소암,
바람의
노래

소암, 바람의 노래

초판 1쇄 발행일 2019년 5월 17일

지은이 손선영
펴낸이 박희연
대표 박창흠

펴낸곳 트로이목마
출판신고 2015년 6월 29일 제315-2015-000044호
주소 서울시 강서구 양천로 344, B동 449호(마곡동, 대방디엠시티 1차)
전화번호 070-8724-0701
팩스번호 02-6005-9488
이메일 trojanhorsebook@gmail.com
페이스북 https://www.facebook.com/trojanhorsebook
네이버포스트 http://post.naver.com/spacy24

© 손선영, 저자와 맺은 특약에 따라 검인을 생략합니다.
ISBN 979-11-87440-47-5 (03810)

* 책값은 뒤표지에 있습니다.
* 잘못된 책은 구입하신 곳에서 바꾸어 드립니다.

소암,
바람의
노래

바다에 이순신이 있었다면,

땅에는 소암대사가 있었다!

손선영 장편소설

트로이목마

일러두기

1. 이 글은 오로지 소설임을 밝힌다.

2. 소설이라고 하나 역사의 한 장면을 재현한 만큼, 통용되는 상당한 역사적 사실이 차용되었다. 이로 인해 실존 인물이나 추정되는 인물 등이 많이 등장한다. 그렇다 하더라도 그 누구도 비하나 비난의 의도는 추호도 없다. 비록 역사에서 재현해내지 못하는 그 어떤 무명씨라 하더라도 조선 역사의 요소를 이루어준 선대로 그들 각각의 삶을 존경하는 바이다.

3. 묘호인 세종을 이도라고 후대에서 표기하지 않듯 가급적 현대에 통용되거나 쉽게 인지되는 이름을 호칭으로 사용했다. 시간 역시 가급적 서력(양력)으로 표기했다. 서력 우선으로 인해 상당한 역사적 날짜가 바뀌므로 혼란스럽지 않기를 바란다.

4. 최근 흐름에 따라 외국인 이름은 발음으로 표기했다. 그러나 역사에서 굳어져버린 몇몇 이름은 한자대로 썼다.

5. 상당한 역사적 유추와 허구로 과거의 몇 장면을 재현했으나 오직 소설이다. 그렇다 하더라도 정설로 통용되는 역사와 특히 『조선왕조실록』을 우선했다.

차례

소암, 바람의 노래

'바른 역사를 위한 한국인들의 모임' – 두 번째 도둑질

바른 역사를 위한 한국인들의 모임, '바한모'에서 전덕남에게 연락이 온 것은 나흘 전이었다. 구마모토 성 인근에 사는 수집가가 경매에 내놓으려는 책 한 권 때문이었다. 일반인에게 공개되지 않았던 순종의 마지막 유산에 얽힌 사건으로 전덕남은 한국인이 되었다. 형이 된 일한과 늘 누나니 오빠니 티격태격하는 장윤정과 가족이 된 것도 그 때문이었다.[1]

　보안 메신저를 통해 전해진 책 이름은 『소암유록』이었다. 글쓴이 소암대사에 대한 기록도 그가 남겼다는 유록도 역사에 알려진 바 없었다.

　대통령을 접견한 뒤 얼굴조차 보기 힘들어진 윤정에게 도움을 청했다. 국립박물관 학예사인 윤정도 "몰라." 콧소리를 냈다. 늘 지하

---

1 「마지막 유산」 내용 중 일부

에 있는 터라 알레르기 비염이 나을 날이 없다며 푸념하던 게 떠올랐다. 지금도 지하 복원실에 처박혀 있는 게 분명했다. 열두 시가 넘어가는 시간이었다.

"주 52시간 근무는 지켜야지." 덕남이 말했다.

"내가 좋아서 하는 일인데 뭘. 알아보고 연락 줄게."

전화가 끊어졌다. 윤정은 어제까지도 답이 없었다.

저가항공사 비행기에 탄 승객은 채 오십 명도 되지 않았다. 두 시간 못 되는 비행을 마쳤다. 검색대를 지나는데 직원이 잠시 덕남을 불렀다.

"타 노리오 상?"

"아닙니다. 저는 한국인입니다. 전덕남."

"아무리 봐도 일본인이신 것 같습니다. 타 노리오 씨 아닙니까?"

검색대 직원이 일본어로 물었다. 공항이 아니었다면 꿀밤이라도 날려주고 싶었다. 덕남과 눈이 마주친 남자도 같은 눈빛이었다.

"죄송합니다."

직원이 여권을 돌려주었다. 괜스레 갑갑했다. 바깥으로 나오자 햇살이 한포국하게 쏟아졌다. 5월의 구마모토는 그야말로 환상적인 날씨였다. 따스한 햇볕에 더한 맑은 공기는 어떤 거짓도 없이 느껴졌다. 비행기 모드이던 전화기를 켰다. 곧바로 카카오톡 메신저가 울렸다.

– 나 쿠마 몬 하나 부탁

윤정이었다. 여전히 애기 짓을 한다. 카톡을 넣었다.

– 나이가 몇 개인데. 34살답게 굴어요.

윤정은 하얀 곰돌이가 망치를 내리치는 이모티콘을 보냈다. 마지막에는 'Boom' 의성어가 점점 커지다 사라졌다. 바깥 공기를 마시다 공항 안으로 들어갔다. 렌터카를 빌리기 위해서였다. 렌터카 사무실 인근에 검은 곰 모양의 캐릭터가 보였다. 쿠마 몬이었다. 구마모토를 살렸다는 평가를 받는 캐릭터. 하얀 곰에 이어 검은 곰인가. 농담을 던지며 프리우스 전기차를 빌렸다. 렌터카 내비게이션에 구마모토 성을 입력했다. 17.5킬로미터, 40분이 걸린다는 알림이 떴다.

구마모토 성. 고니시의 영지를 가토 기요마사가 취했다.[2] 가토는 조선에서 축성술을 완성했다고 전한다. 이후 가토는 미로 같은 천혜의 요새 구마모토 성을 구축했다. 구마모토 성은 전쟁에 대비했던 만큼 반란과 농성에 최적화되었다. 구마모토 성을 축성하는 데 동원된 조선인 노예가 오만 명이 넘는다는 구전도 있었다. 세월이 흘러 일본 내 최후의 내전인 서남전쟁에서 메이지 정부는 반란군을 제압하지 못했다. 심지어 성에 침입조차 불가능했다 전해진다. 임진왜란 당시 쥐까지 먹어가며 버텼다는 가토 기요마사의 한이 서린 성이 아닐 수 없었다.

---

2 가토 기요마사는 정유재란 당시 곽재우에게 처참한 패배를 당한다. 화왕산성에서였는데 토성을 쌓아 그야말로 항복 직전까지 버텼다. 이때의 경험으로 난공불락의 성, 먹을 것이 떨어지지 않는 성을 짓는 데 골몰했다. 임진왜란 이후 도쿠가와 이에야쓰 편에 서서 고니시의 우토성을 공격했으며, 이후 고니시의 봉토를 소유하고 구마모토 성을 축성한다.

밤이 되어 특정한 집을 침입했다. 사이고西鄕라는 성을 보고 흠칫 놀랐다. 바로 서남전쟁을 주도했던 정치인 사이고 다카모리西鄕隆盛의 성과 같았다.

'이거 어디까지 가자는 거야?'

어제 다급하게 윤정이 전화를 걸었다. 인사동 골목, 일반인들이 찾아오기도 힘든 끄트머리에 위치한 모파상에서 라면을 먹던 점심이었다.

"지금 당장 이분한테 전화 걸고 만나 봐."

윤정은 그 말을 전하고 전화를 끊었다. 윤병석. 목사이자 향토사학자. 주소가 마산이었다.

전화를 걸자마자 남자가 "네." 하고 대답했다. 목소리에서 나이가 느껴졌다.

"장윤정 씨 소개로 전화를 드렸습니다."

덕남은 발음에 주의하며 말했다.

남자와 덕남은 긴 이야기를 위해 중간인 대구에서 만났다. 목소리에서 느꼈듯 남자는 족히 일흔 살은 되어 보였다. 그에 비해 옷차림이 우스웠다. 일본말로 소데나시, 민소매 옷차림이었다.

"아, 이상한가? 처음 만나는 사람들은 꼭 한 번씩 물어보더라고. 나는 이상하게 팔이 잘린 이 옷이 편해서 말이야."

"아, 그러시군요. 목사님이라 불러야 하나요?"

"아니. 오늘은 그냥 사학자로 하지."

멋쩍어하며 덕남이 고개를 끄덕였다. 잠시 상황을 살핀 윤병석이 말을 돌렸다.

"어디서부터 이야기를 해야 하나."

윤병석은 그가 아는 긴 이야기에서 시작점을 어디에 두어야 할지 고민하는 듯했다.

"해인사는 알 테고……."

'설마 팔만대장경과 관련된 건가.' 덕남은 지레짐작했다.

"해인사가 소림사와 맞장뜰 정도로 무승들이 강했다는 건 아나?"

"아니요, 전혀 처음 듣는 이야기입니다."

"하긴, 바한모 소속이라도 기록이 아예 없어서 모르는 게 당연할 거야."

남자의 긴 이야기는 그렇게 시작되었다.

탄금대(월탄)
– 궤멸의 전

까마귀가 날았다. 살을 찌운 까마귀의 날갯짓은 더뎠다. 부유하며
떨어지고 치솟기를 수차례, 사력을 다한 날갯짓은 바람을 탔다. 바
람은 물이 없는 곳에서 물이 있는 곳으로 흘렀다. 까마귀도 그랬다.
물은 북에서 내려와 이름을 바꾸고 달천으로 내렸다. 다만 한 줄기
는 흐름을 거부하며 충주성을 휘감았다. 충주성 주변을 훑은 물은
빠르게 침습해 논으로 흘렀다. 모내기를 마친 논은 침습한 물로 찰
방거렸다. 찰방거리는 아래로 미꾸리가 파고들었다. 미꾸리는 진흙
을 삼켰다. 살찐 미꾸리를 쫓아 우기에 메기가 흘러들었다. 자리를
잡은 메기는 농부나 가물치에게 꼬리를 잡히기까지 논에 숨었다. 배
부른 까마귀는 이내 날기를 포기했다. 잔뜩 삼킨 먹이를 소화하려
결국 논으로 내려앉았다. 부리를 들이민 까마귀는 두어 번 목을 빼
냈다 대가리를 처박았다. 꾸욱꾸욱 처박은 대가리 위로 물이 떨어졌
다. 하나, 둘. 까마귀를 태웠던 바람에 들이닥친 빗줄기는 사선이었

다. 잠시, 위세를 더한 비는 논바닥을 곧장 내리찍었다. 까마귀가 날개를 펼쳐 떨어지는 비를 받았다. 날개의 기름기에 미끄러진 비는 색깔이 바뀌었다. 검붉었다. 이어, 비는 기름기를 비집었다. 젖은 날개를 몇 번이고 털어대던 까마귀는 포기한 듯 날개를 적셨다. 까마귀는 부리로 깃털을 정리했다. 날기를 포기한 까마귀 주변으로 까마귀가 더해졌다. 배부른 까마귀였다. 배부른 까마귀가 내려앉은 논은 검붉어졌다. 핏물이었다. 가슴에서 팔에서 다리에서 사람을 움직이고 웃고 울게 했을 피는, 탁하게 논을 적셨다. 누구의 피였는지 누구도 알 수 없게 된 피는 그저 까마귀 주변에서 잠시 머물렀다 진흙과 희석됐다. 급작스레 내린 비는 기세가 대단했다. 비를 뚫고 더 많은 까마귀가 날아왔다. 배고픈 까마귀였다. 뒤를 이어 매와 독수리마저 비를 뚫었다. 시야를 가릴 정도로 내리찍는 비를 뚫고 산짐승마저 모습을 드러냈다. 배고픈 까마귀는 달천과 남한강, 충주성을 넘었다. 배부른 까마귀를 지나 배고픈 까마귀가 내려앉은 곳은 탄금대였다.

일찍이 현의 달인이 가야금을 뜯었다. 그는 가락국의 사람이었고 또한 신라의 사람이었다. 나라를 바꾸지 못해 죽어 나간 수많은 사람들에 비해 그는 나라를 바꾸어도 될 정도로 칭송받았다. 우륵이었다. 우륵이 연주한 가야금 소리는 수많은 사람들의 탄심을 샀다. 나라를 바꾸었던 우륵은 산의 이름마저 바꾸었다. 대금산은 그래서 탄금대였다. 더욱 위세를 올리는 비에도 불구하고 탄금대는 피로 물들었다. 더 많은 비가 내릴수록 더 많은 피가 땅을 적셨다. 잘린 팔, 튀어나온 창자, 구멍이 뚫린 눈으로 까마귀는 부리를 들이밀었다. 살보다 먼저 피가 묻었고 피 묻은 부리를 더욱 살 깊숙한 데로 박았다. 날카로운 부리는 뼈 사이를 더듬었고 심장을 쪼았으며 생과 사를 건드렸다. 생이 다하지 않은 몇몇의 입에서 고통스런 호흡이 터졌다. 몇몇은 그 호흡 한 번에, 몇몇은 수삼 번을 더한 끝에 사멸했다. 총이 먼저였고 칼은 뒤였으며 까마귀는 마지막이었다. 하나같이 살을 헤집었다. 피를 터뜨렸다. 목숨을 빼앗았다. 마지막에서 마지막 목숨까지 먹어치운 까마귀는 그제야 날개를 펼쳤다.

날개를 펼친 봉황이 신립을 쳐다보았다. 마주하려던 건 아닌데 마주치고 말았다. 장대한 날개와 광배, 봉황을 둘러싼 구름마저 흐트러짐이 없었다. 왕은 무엇을 위해 이 검을 하사했을까. 대장군? 승리? 죽음? 돌차간 떠오른 생각은 어느 하나 만족스럽지 않았다. 칼자루로 더운 피가 끼쳐왔다. 홀 봉황이 사라졌다. 상방보검 칼자루에 봉황이 산다던 말은 진짜였다. 장인의 살과 피를 먹었을 서슬을 칼의 전부라 여겼다. 칼은 서슬이 아니라 자루였다. 나와 함께 살 것인지 나와 함께 죽을 것인지. 목하 사멸에 다다라서야 칼의 의미를 깨달았다. 피를 털어냈지만 봉황은 보이지 않았다. 상방보검에 살던 봉황은 이제 신립과 함께 하지 않을 것이다. 나팔소리가 빗소리를 뚫었다. 왜군의 나팔수는 기세를 올렸다. 상등했다. 기마병이 팔천이었다. 류성룡이 다급히 팔천을 더 모았다. 이 정도 위세라면 여진을 치고도 남음이 있었다. 어디서 틀어져버린 것일까.

대륙의 진투는 기세의 일보일거였다. 보병이 전선을 잡고 기병이 대치했다. 흥분한 몇몇은 목숨을 마다하고 전선으로 뛰었다. 보병하나는 보병 하나, 기병 하나는 보병 열을 상대했다. 기병이 보병을헤집고 상당한 피가 싸움 값으로 대지에 뿌려지면 장수가 나섰다.일보일거, 하나를 얻기 위해 한발 전진했다. 기세에서 밀리면 싸움은 끝이었다. 일만 명이 넘는 또는 이만 명에 달했던 여진족과 경원진, 종선진에서도 일보일거의 전투였다. 부하를 죽이지 않고 이기는전투, 이것이야말로 대륙의 전투였다. 신립은 눈을 들었다. 탄금대는 피로 젖었고 패배로 물들었다. 봉황이 허락한 것은 깨달음이 아니라 패배였다. 신립은 떠나는 봉황을 보며 첫 패배를 허심했다. 일보일거는 결국 일보일실이었다. 한 걸음 앞에도 한 걸음 뒤에도 기다리는 것은 패배가 아니라 죽음이었다. 부하는 죽었다. 평원에 왜군의 시체는 보이지 않았다. 조선 군인의 시체만 까마귀 발 아래 버석거렸다.

탄금대는 평원이었다. 눈으로 판단하기에 말이 달리기 좋았다.시야가 트여 활을 날릴 최적의 장소였다. 몸으로 부딪치는 보병을최대한 아낄 수 있었다. 기병의 활은 칠백 보를 날았다. 오백 보 이내라면 백발백중이었다. 조선인만 쓴다는 단궁의 소살은 소리도 없이 적의 심장을 관통했다. 낮은 곳에서 올려 쏠 수도, 높은 곳에서내려 쏠 수도 있었다. 적을 궤멸시키려 불을 달아 날렸다. 백여 명의기병만 불화살을 날려도 적은 혼비백산했다. 불화살은 공포가 되어적을 산멸시켰다. 다만 두 조건이 맞아야 했다. 시야와 바람. 두 가지를 꿰뚫은 화살은 만 명도, 이만 명도 거뜬했다. 보병은 기세를 더해 산멸한 적을 마지막으로 내쫓았다. 북방에서 내려온 적은 더는 남쪽으로 발을 들이지 못했다. 국경인 북방에서 승승장구했던 신립은 오히려 조선을 몰랐다. 양반으로만 살아와 농사를 몰랐다. 밭이 아닌 논을 몰랐다. 모내기를 마친 논은 물이 높았다. 질척거렸다. 그나마 속력을 냈던 말은 두 번의 출병 뒤 완연히 속도가 떨어졌다. 막대한 폭우가 탄금대에 쏟아졌다. 폭우는 말을 적시고 논으로 떨어졌다. 질척거리는 논은 개흙으로 바뀌어 달리는 말의 발을 삼켰다.

패배가 뇌리를 짓누르자 상방검이 무거워졌다. 신립은 겨우 자세를 고쳤다. 상방검을 두 손으로 쥐었다. 평생을 무장으로 전투에만 힘을 쏟았다. 일보일거, 일퇴일실의 싸움을 전쟁이라 착각했다. 바다에서 노략질이나 하던 왜라 하시했다. 싸움의 양상도 전투의 기세도 왜는 대륙과 달랐다. 이 싸움은 어떻게 해야 끝이 나는 것일까. 신립은 투구를 벗었다. 더는 지탱하기 어려워 갑옷의 옆 고름을 잘랐다. 바투 조였던 가슴으로 숨이 돌았다.

"장수의 이름이 무엇이더냐?"

"적은 몇이나 되더냐?"

이틀 전 물었다. 누구 하나 대답하지 못했다. 아니 알 필요조차 없었다. 왜의 속전은 과부죽정의 문제였다. 그저 왜구고 그저 왜국이었다. 왜가 조선을 침범하다니. 다만 병사 하나가 말했다. "이미 왜군이 충주를 지나 목전에 당도했다 합니다." 거짓을 아뢰었다, 목을 벴다. 부화뇌동하여 도망치는 병사가 없어야 했다. 십일 전 왕은 왜를 제압하라 일렀다. 선조는 상방보검을 하사하며 자문감의 군기물을 허락했다. 전폭적인 지지는 왜구의 패퇴와 전투의 승리를 바라는 왕의 마음이었다. 왕은 전투를 몰랐다. 신립은 논을 몰랐다. 칼을 들 힘조차 없어진 지금에야 전투만 알았던 무지를 깨달았다. 배수진은 대실패였다. 밀리고 몰린 군사는 탄금대로 떨어졌다. 칼을 들고 휘두르며 두 눈을 뜨고 물에 잠겼다. 물에서도 칼을 휘둘렀다. 사기의 문제가 아니었다. 전술의 문제였다.

탄금대에 진을 치고, 병사들은 직진했다. 적장의 이름도 모른 채 죽이려 들었다. 적은 퇴각했다. 병사의 규모도 기동력도 조선이 나았다. 쫓기는 듯하던 왜는 단번에 신립의 군사를 둘러쌌다. 오른쪽에서도 왼쪽에서도 공격해왔다. 우왕좌왕, 우사좌사, 사방에서 병사들이 나가떨어졌다. 경천동지 보이지 않는 무기에 병사들이 후퇴했다. 후퇴하는 중간에 비가 내렸다. 후퇴도 버거워졌다. 일만육천 명에 달하던 병사는 단 하루 만에 절반 이하로 줄었다.

이것은 전쟁이다! 신립은 이제야 전쟁을 인정했다. 신립이 아닌 다른 장수도 전쟁을 인정해야 옳았다. 부산성, 동래성, 밀양성은 왜구를 얕보았다. 노략질이라 예단했다. 일이백 명의 군사로 노략질하는 왜구를 쫓아내면 그만이다 여겼다. 틀렸다. 고개를 뒤흔든 신립의 머리칼이 흐트러져 날렸다. 저들은 사람이 아니라 귀신이다. 왜국의 백년전쟁을 우습게 여겼다. 백년의 전쟁을 거치는 동안 저들은 죽고 죽이고, 죽이고 죽이다 그중에 살아난 귀신만 남았다. 다만 왜는 무엇 때문에 조선을 치려는 것일까. 왜의 침략은 관계의 종말과 신의의 종말, 유교의 종말을 의미했다. 하긴 이이가 십만의 군사를 양병하자 논했을 때 대신들은 코웃음을 쳤다. 왜국, 때론 신하이자 동생인 나라! 이이는 이때 전쟁을 모르는 조선과 유교의 종말을 예견했던 것일까. 예는 사라지고 전쟁만 남았다. 그리고 신립은 직감했다.

나는 죽는다.

신립은 벗어버린 갑옷을 달천에 던졌다. 낙하하는 병사들 틈에 섞인 갑옷은 신립의 눈길마저 붉거했다. 죽음으로 깨워야 했다. 조선의 혼! 단군 이후 반도를 지킨 왕과 장수는 무수했다. 백성을 지키고 땅을 방어하고 나라를 이었다. 그들의 혼은 이 땅에 묻혔다. 신립은 외쳤다.

"나는 이제 죽는다. 내가 죽어 조선의 혼을 깨운다. 단 하루라도 조선을 연장할 수 있다면 나는 그리 하겠다."

상방검을 들었다. 칼에서 무게가 느껴지지 않았다. 바투 검을 쥐었다. 이길 수 없더라도 지지는 않겠다. 그때 날았던 봉황이 칼로 되돌아왔다. 신립은 칼을 들고 뛰었다. 뛰어도 밀렸고 뛰어도 밀렸다. 이길 수 없다. 오늘의 패배를 역사는 기억할 것이다. 다만 조선의 혼을 깨울 수만 있다면. 신립은, 날았다. 봉황도 날았다.

충주성은 한양을 향하는 상징적인 현에 속했다. 이홍윤의 옥사로 예성부에서 유신현으로 강등되는 곡절을 겪었다. 전라도나 경상도에서 충주성을 거쳐 한양으로 오르는 것이 관례였다. 고니시 유키나카小西行長를 선두로 하는 선봉대는 거칠 것 없는 북진을 거듭했다. 단순히 조선에서 빼내거나 구입한 지도로는 불가능한 진격이었다. 더해서 조선 군사들의 기본적인 방어와 공격 수단을 꿰뚫고 있었다. 첩자가 없었다면 불가능했다. 삼도 순변사로 봉직된 기병 팔천 명과 류성룡이 다급히 소집해 인계한 병사 팔천까지, 탄금대에 집결한 조선 군사는 무려 일만육천 명에 달했다. 일만팔천 명 정도로 추산되는 고니시의 군사는 단 14일 만에 탄금대에 도달했다. 대등한 군사로 국가와 국가가 맞붙은, 조선사에 기록될 실로 대대적인 전투였다. 단 이틀 만에 조선의 군사 일만육천 명은 궤멸했다. 신립은 탄금대 아래로 떨어졌다. 1592년 6월 7일이었다. 5월 23일, 왜군이 상륙한 지 16일 만이었다. 이틀을 지체한 고니시 유키나카는 다시 북진했다. 다만 고니시의 병사 오백 명 정도가 탄금대에 묻혔을 따름이었다.

전조1
– 1581年 1月 25日, 대마도 사절단의 굴욕

싸락눈이 어도에 떨어졌다. 어도를 때린 싸락눈은 재빠르게 비켜났다. 바람도 싸락눈을 재빠르게 밀어냈다. 밀려난 싸락눈은 품계석을 건드렸다. 품계석은 싸락눈 따위에 아랑곳없다는 듯 자리를 지켰다. 싸락눈은 회오리를 그렸다 가장자리를 향해 빠르게 바닥을 쓸었다. 흙을 건드리며 몸집을 불린 싸락눈은 점점 느리게 굴렀다. 싸락눈을 굴린 바람은 담벼락에서 기세를 잃었다. 거의 동시, 바닥을 다지듯 동동거리는 흑피혜에 부딪쳤다. 바람과 싸락눈이 박자를 맞출수록 흑피혜는 더 빨리 장단을 놀렸다. 흑피혜 위로 소쿠타이와 히타타레 차림의 남자는 점점 얼굴이 식어갔다. 굳어진 표정 끝에는 증오마저 어렸다. 남자의 눈은 오직 한 곳, 조선의 왕이 있다는 근정전에 고정되었다. 비단으로 한껏 치장을 하고 계급을 드러낸 복장은 의미를 잃었다. 적어도 왕, 아니 국사를 논하거나 교역과 정책을 나눌 대신이라도 만나야 계급은 색깔을 드러내기 마련이었다. 남자는 오른쪽 배에서 시작해 허리를 지나 다리에 붙은 도갑을 건드렸다. 도갑에서 점점 손끝이 올라 도의 자루에 손이 미쳤다.

"야나가와 가로[家老]. 부디."

도톰한 두루마기에 이엄을 쓴 남자가 야나가와 시게노부[柳川調信]3에게 다가갔다. 야나가와 시게노부는 대마도 도주의 가신이었다. 도주인 소 요시시게[宗義調]와 양자이자 당주인 소 요시토시[宗義智] 모두에게 두터운 신임을 받았다. 남자는 두 팔을 가슴에 모아 야나가와에게 공손하게 고개를 숙였다.

"아무리 그래도 이건 심하지 않소?"

게이테츠 겐소[景轍玄蘇] 역시 한 발 앞으로 나섰다. 겐소는 안경을 검지로 올리며 남자를 노려보았다. 게이테츠 겐소는 임제종 파의 승려였다. 도주 소 요시시게가 친히 겐소를 대마도로 초청했다. 겉으로는 도량이 높은 승려를 초대해 화복을 돕는다지만, 대마도 서산사에 겐소를 둔 이유는 교역을 위해서였다.

겐소는 명과 조선에 두루 밝았다. 비단 명과 조선에 그치지 않고 혼란한 일본국의 실권을 쥐기 시작한 토요토미 히데요시[豐臣秀吉]와 깊은 관계를 맺으려는 의도가 숨었다. 게이테츠 겐소와 토요토미 히데요시는 형제의 연을 맺었다 풍문이 나돌았다. 날조된 것일 뿐이라 해도 겐소는 동래보상단과 대마도를 연결시킨 끝에 오늘, 경복궁에

---

3 「선조실록」 14권 13년 음력 12월 21일 : "일본국이 현소(玄蘇)·평조신(平調信) 등을 시켜 내빙하고는 우리나라를 통하여 중국에 조공하려고 하였는데 그 언사가 불순하여 조정에서는 이를 거절하였다."

다다랐던 것이다.

"멀고 긴 걸음 하셨는데 제가 다시 알아보겠습니다."

남자는 이엄의 끈을 풀었다. 수발을 드는 꼬마가 잰걸음으로 달려와 남자의 이엄을 받았다. 꼬마는 이엄을 가슴 품에 넣었다. 남자는 꼬마를 보지도 않고 등에 멨던 봇짐을 풀었다. 봇짐을 받아들려는 꼬마는 동시에 휘청거렸다. 남자가 멨던 봇짐의 무게가 아이를 압도했던 탓이다. 남자는 머리를 매만졌다. 옷매무새를 확인한 뒤 남자는 근정전을 쳐다보았다. 잠시 야나가와 가로와 겐소 승려에게 눈인사를 하고는 척척 근정전을 향해 발을 내디뎠다. 남자는 어로도, 품계석도 멀찍이 떨어진 가장자리만 에둘러 걸었다. 근정전이 눈을 가릴수록 남자의 걸음은 무거워졌다. 티를 내지 않을 배포는 가졌으나 이번만큼은 달랐다. 그야말로 진퇴양난이었다. 싸락눈이 내리기 시작한 경복궁 근정전 앞뜰을 매서운 추위가 휘감았다. 벌써 반나절 가까이 상단과 대마도 교역단이 추위에 떨었다. 싫고 좋고는, 싫다 좋다 말하지 않으면 알 수 없는 법이다. 대마도 도주가 명과 거래를 터 달라는 문서를 하시에 전달했던가. 내전은 그저 침묵만 자리할 뿐 어떤 하문도 없었다.

"거기까지다."

솜털이 부숭한 아이가 창을 내밀었다. 제법 근엄한 척 입술에 힘을 주었지만 애송이로만 보였다. 다만 그가 입은 내금위 관복이 남자를 막아섰을 따름이었다. 아우르자 안면이 있는 내금위 관리가 보였다. 설핏 남지를 보는 듯했지만 고개를 돌렸다. 시시히 침묵의 무게가 드러나기 시작했다. 적어도 이 침묵은 의도된 침묵이었다. 오랫동안 상인으로 살아왔던 남자는 예견했다. 조금 더 압박하면 침묵은 가타부타 결과를 낼 것이다.

"나리, 참군 나리!"

남자는 목청을 가다듬었다.

"지금이 처음입니다."

남자의 목소리가 근정전 바람을 뚫었다. 딱 두 마디를 높였을 뿐인데 내금위 참군이 달려왔다. 남자를 막았던 창이 일시에 하늘로 향했다.

"이것이…… 처음이라고?"

"네, 지금입니다. 무례했던 환관을 불러주십시오."

"겨우, 이거면 되겠나?"

참군인 이성덕이 본론부터 찔렀다. 그의 성격다웠다. 두 시진을 넘게 떨게 했으니 그 역시 못마땅했을 것이다. 정직한 사람에게 뇌물을 먹이면 이래서 편했다. 악한일수록 뇌물에 면역성이 크기 마련이었다. 육진 뒤 대시장에서 동래보상단이 운영하는 기녀관은 선견지명이 아닐 수 없었다. 더불어 시장의 아이들에게서 작은 것 하나라도 이야기라면 돈을 주고 샀다. 이성덕은 양반이라고는 하나 위세가 없었다. 그는 부인을 일찍 여의고 수절하다시피 살았다. 성격이 올곧아 먼저 떠난 부인에게 의리를 지켰다.

"동래보상단의 수장이시라고?"

"김의겸이라 합니다."

"족보를 사셨던가? 하긴 나라가 어수선하니."

남자는 특유의 직설화법으로 술잔을 돌렸다.

"자송의 이름을 지어주셨으면 합니다. 기녀관과 아낙은 엄연히 다른 법이지요."

"조건은?"

"두 가지만 들어주십시오."

"자송도 아는 일인가?"

이성덕은 술잔을 내려놓았다. 김의겸도 술잔을 내렸다. 김의겸은 본능적으로 포착했다. 지금이다. 이성덕을 내 사람으로 만들 순간!

"하나부터 열까지 자송의 계획이었지요."

하나부터 열까지 김의겸의 계획이었다.

"자송이?"

믿지 못하겠다는 듯 이성덕의 눈이 커졌다. 반응이 있다는 것은 마음이 있다는 뜻이었다.

"늙어가는 홀아비 하나 꼬드기는 거야 식은 죽 먹기보다 쉽지요."

김의겸은 내렸던 잔을 올렸다. 이렇게 쉬운 일을 일 년 육 개월이 나 끌었다고 한다면, 상단의 동자도 웃을 일이었다. 빈 잔을 내리는 데 이성덕의 한숨이 안주처럼 날아왔다.

"그런데 나흘 전이었나요? 자송이 자결을 하려 했습니다. 겨우 목 숨을 부지한 자송이 그러더군요. 참군 나리를 사랑하게 되었다고. 더는 아무 일도 할 수 없으니 그만 목숨을 끊겠다고요."

짙은 한숨이 더욱 빠르게 날아왔다. 쐐기를 박을 시기였다.

"이제 아무짝에도 쓸모없는 자송은, 노비로 팔려갈 겁니다. 아니라면……."

"아니라면?"

"사 가십시오. 두 가지만 들어주시고."

이런! 이성덕이 탄식을 터뜨렸다. 거래는 성립됐다.

미인에게 하룻밤이면 무너지는 게 남자인데 이성덕은 일 년 육 개월을 버텼다. 기녀가 먼저 사랑에 빠졌다. 이성덕의 딸을 자신의 딸처럼 돌보며 이성덕의 집과 기녀관의 일을 함께 보았다. 그래도 이성덕은 돌아보지 않았다. 기녀 자송이 은장도를 뽑아 가슴을 찌르고서야 얼굴을 마주했다. 두 달 전이었다. 지독한 사내였다. 자송을 시집보내는 조건으로 김의겸은 참군 이성덕과 면을 텄다.

싸락눈이 김의겸과 이성덕 사이에서 나풀거렸다. 참군인 이성덕이 끄덕이고 되돌아섰다. 그가 돌아서자 싸락눈도 비켜서듯 흩날렸다. 반면 대치하듯 서 있는 어린 금의위 관군과 김의겸 사이에 입김이 부딪쳤다. 대치도 잠시, 일다경도 지나지 않을 시간에 환관이 나타났다. 환복 소매에 두 팔을 끼우며 환관은 부르르 떨었다. 음, 목소리를 가다듬는가 싶더니 특유의 간드러지는 목소리를 높였다.

"대명국과 거래를 성사시켜 달라는 언사가 불순하여 거절한다, 라고 전하께서 말씀하셨다."

환관은 목소리를 낮추며 거듭 말했다.

"무엇보다 도자기 기술자를 사겠다는 것, 종이 기술자를 사겠다는 것은 허황된 말씀이라며 시건방진 왜놈들, 하고 대노하셨다."

"저들에게 그대로 통번하리이까?"

김의겸은 환관을 노려보았다.

"김 수장, 왜 그러시나. 전하께서 그러셨다는 말씀은 내가 그대에게 전하는 친근함의 표시이니 너무 괘넘치 마시오. 그리고 팔만대장경을 달라는 말은, 하도 어처구니가 없어 내가 전하지 않았네."

"환관 나으리. 가까이 좀."

김의겸은 잔뜩 목소리를 늘여 환관을 불렀다. 주저하는 듯하던 환관이 김의겸에게 다가왔다. 김의겸은 환관의 귀에 속삭였다.

"북쪽 변방에 노비로 가시고 싶지 않거들랑 면전과 뒷전을 잘 가리시오. 당신은 그게 없지만 나는 이게 있소이다."

주먹을 내밀었다. 협박이었다. 환관은 놀란 듯 눈이 커졌다. 내민 주먹을 받으라는 시늉을 했다. 환관이 손바닥을 내밀었다. 김의겸은 환관의 손에 은 한 냥을 건넸다.

"천안 저잣거리에 유명한 술꾼이 아버지시라고요? 며칠 술값은 될 겝니다."

은을 받아든 환관의 눈썹이 파르르 떨렸다. 너는 여기까지다, 경멸을 담아 되돌았다. 휘이잉 찬바람이 근정전을 휩쓸었다. 바람을 따라 싸락눈이 바람을 그려냈다.

김의겸은 공을 친 상단과 사신단에게 무거운 발걸음을 뗐다.

"거절한다고?"

승려 겐소가 염주를 돌렸다. 말을 아는 외국인과 거래를 트기는 이래서 어려웠다. 순간을 놓치지 않고 겐소가 합장을 했다. 눈치를 챈 야나가와가 도갑에 손을 댔다. 찰나 금의위 군사들이 도열했다. 적을 포위하는 진법이었다. 여차하면 칼을 꺼내겠다는 의도가 다분했다.

"칙쇼! 십 년이 지나든 이십 년이 걸리든 내 이곳을 불태워주겠다."

악의를 담아 야나가와가 침을 퉤 뱉었다. 몇몇 군사가 다분히 검을 꺼내려 손에 힘을 주었다. 야나가와의 행동은 왕을 모욕하는 모습으로 내비쳤을 것이다.

"야나가와 가로, 이곳에서 명을 달리한다면 대마도 도주인 소 가문의 꿈은 풍비박산 날 것입니다. 십 년이든 이십 년이든 당신의 의지를 지탱할 명분을 가지고 돌아가십시오."

김의겸이 에둘렀다.

"나무관세음보살. 참으십시오. 어차피 가로와 이 땡중은 조정을 살피려 했던 것이지 이기거나 지기 위함이 아니었지 않소."

겐소의 융통성이 빛을 발했다. 몇 번이나 이름을 바꾸었던 한낱 승려일 뿐인 게이테츠 겐소를 일본국 주요 인물이 초대하는 이유였다. 반대되는 사리 판단에도 명분과 구실을 만들어주는 이해타산! 야나가와가 도갑에서 손을 뗐다. 김의겸은 금의위 관군을 향해 공손히 머리를 숙였다. "너희는 여기까지다!" 참군이 먼저 의도를 읽고 관군을 물렸다.

"가십시다." 손을 내밀며 나가는 문을 가리켰다. 이들을 여기까지 끌고 온 것만 해도 모험이었다. 야나가와 시게노부나 게이테츠 겐소 역시 이를 모를 리 없었다. 애당초 이들의 무리한 요구를 들어줄 조선의 상단이나 유력 인사는 만무했다. 그럼에도 연줄을 동원해 근정전 앞마당까지 데리고 온 것은 미래를 위한 포석이었다.

조선은 일본국을 몰랐다! 나아가 조선은 세계적인 흐름을 무시했다.

얼마 전 조선의 물가가 일본국으로 인해 들썩거렸다. 조선과 명, 일본은 상당한 교역품을 주고받았다. 세 나라의 생산품은 구라파 상인과 인도 상인을 통해 전 세계로 퍼졌다. 조선과 명, 일본은 수입과 수출로 물품을 교환하는 한편으로 시세가 맞지 않을 때에는 통용되는 화폐로 형평을 맞추었다. 이 경우 수입상은 수출상에게 은을 지불했다. 은으로 인해, 미래의 시세를 겨냥해 수입품을 미리 사재기해두거나 반대로 차곡차곡 은을 모아두기도 했다. 이러한 관행은 벌써 천년 가까이, 또는 천년이 넘게 이어졌다. 따라서 은의 시세가 안정적일수록 교역 역시 변화 없이 진행되었다. 균열은 새로운 은 채취법이 등장하면서 나타났다. 일명 연은분리법으로 불리는 은 제련 방법인데 비약적으로 은의 생산을 확대시켰다. 단천에서 개발되어 단천연은법[4]이라고도 불렸다. 왕이 이를 친히 시험할 정도였으며 은의 생산량을 몇 배나 늘릴 수 있는 획기적인 생산 방법이었다. 반면

4　단천연은법 : 연산군일기 49권, 연산 9년 5월 18일, 양인(良人) 김감불(金甘佛)과 장례원(掌隸院) 종 김검동(金儉同)이, 납[鉛鐵]으로 은(銀)을 불리어 바치며 아뢰기를, "납 한 근으로 은 두 돈을 불릴 수 있는데, 납은 우리나라에서 나는 것이니, 은을 넉넉히 쓸 수 있게 되었습니다. 불리는 법은 무쇠 화로나 남비 안에 매운재를 둘러 놓고 납을 조각조각 끊어서 그 안에 채운 다음 깨어진 질그릇으로 사방을 덮고, 숯을 위아래로 피워 녹입니다." 하니, 전교하기를, "시험해 보라." 하였다.

이 시기 명은 조선에 폭력에 가까운 조공을 요구할 때였다. 조공으로 인해 입은 폐해가 장악원 기녀부터 제주도 해녀에 이르기까지 막대했다. 은에 대한 조공도 마찬가지였는데 이 제련법이 알려질 경우 생겨날 명의 요구를 피하기 위해 일부러 은폐하기에 이르렀다. 낭중지추, 엄청난 생산량을 가져다줄 제련법을 가만둘 리 없었다. 연은분리법은 바다를 건너 일본에 전해졌다. 일본국은 비약적인 은 생산량을 등에 업고 상당한 다이묘들의 배를 불렸다. 이는 백년전쟁을 치르던 일본국 전체에 지대한 영향을 미쳤다. 오다 노부나가織田信長와 그의 심복이자 실세인 토요토미 히데요시가 정권을 쥐고 무사와 도주 등 유력 인사를 다룰 수 있는 이면에는 은으로 이룬 막대한 부가 숨어 있었다. 급기야 일본국의 은 생산량은 세계 무역을 휘어잡았다. 싸고 좋은 은을 사려면 일본국으로 상선을 돌리는 것이 무역의 관례가 되었다. 육십여 년 전, 연은분리법을 일본에 유출시키기 전 동래보상단은 은 광산을 비밀리에 매입했다. 이후 은을 생산하는 한편으로 다이묘들을 후원했다. 동래보상단이 여러 유력 다이묘와 독대하는 이유도 그래서였다. 은의 생산량과 흐름을 읽은 김의겸은 은을 싼 가격으로 조선에 풀었다. 은의 시세는 형편없이 떨어졌다. 종전에 비해 절반 이하로 거래되는 은으로 인해 조선 경제가 휘청거렸다. 아무리 많은 은을 내주어도 쌀을 살 수 없는 현실에 절망하는 이들도 생겨났다. 김의겸은 이때 큰 깨달음을 얻었다. 나라를 쥐락펴락하는 것은 비단 왕과 대신만이 아니다! 풀었던 은을 거둬들이며 김의겸은 다시 한 번 희열에 빠졌다. 가격을 예측하고 거래를 한다는 것은 미래를 내다보는 것과 진배없었다.

'여전히 조선은 모른다! 그래서 조선은 여전히 내 손바닥 안이다.'

김의겸은 생각을 욱여넣으며 앞장섰다. 항아와 견습 내시가 그들이 드나드는 쪽문으로 상단을 이끌었다. 야나가와와 겐소의 불편한 표정은 보지 않아도 보였다. 도자기나 종이 기술자는 일본국의 생활과 밀접하게 관련되었다. 이 둘로 인해 동래보상단도 상당한 수익을 올렸다. 응당 그들이 요구한 이유를 알겠다. 다만 왜 팔만대장경을 달라고 했을까. 그 의문만은 쉽게 답이 떠오르지 않았다. 상단 맨 뒤에서 두어 번 머리를 휘두르며 답을 떠올렸다. 그때였다.

"김 수장, 당신은 잠시 찾으시는 분이 계시네."

"찾으시는 분?"

눈을 뜨며 제지한 이를 보았다. 상선 김계한이었다. 적어도 궁궐에서 몇 안 되는 실권을 지닌 내시였다. 정신이 퍼덕였다.

"먼저들 가보십시오. 저는 상의할 일이 있으니……."

김의겸의 곁으로 꼬마가 품에서 이엄을 꺼냈다.

"아니 되었다. 지금은 몸이 더워질 것 같구나. 저분들은 오늘은 이태원⁵ 말고 시장 안 기녀관으로 모시거라."

꼬마는 김의겸에게 허리를 숙였다.

---

5 조선 초기부터 진제, 전관, 이태, 홍제 등 네 곳은 역원으로 주요하게 기능했다. 특히 북쪽에 위치한 홍제원은 명나라 사신을 묵게 한 곳이었고, 이태원은 남쪽에 자리 잡은 만큼 주로 왜국의 사신을 묵게 했다. 몇몇 포털 사이트에 임진왜란 이후 이태원이 이타인으로 불리며 일본인들이 정착해서 유래했다는 내용은 틀렸다고 볼 수 있다.

야나가와와 겐소가 문으로 빠져나가기도 전에, 김의겸은 상선을 따랐다.

두 시진이 지나 해가 뉘엿해진 저녁 무렵, 김의겸은 창덕궁 집춘문 방향에서 모습을 드러냈다. 그의 눈은 짙푸르게 멍들었고, 피가 터졌는지 무명천으로 코를 대충 막아 몰골이 흉했다. 집춘문을 나서기 전 김의겸은 춘당지 부근을 향해 두 팔을 대고 엎디었다. 누가 보기라도 한다는 듯 예를 다해 절을 올렸다. 싸락눈은 이제 함박눈으로 변해 등을 하늘로 향한 김의겸에게 내려앉았다. 절을 올리는 중에도 김의겸은 오른손과 왼손을 꾹 쥐고 있었다. 오른손에는 청화백자 매화무늬 주병을, 왼손에는 벌을 이루었을 매화무늬 술잔이었다.

전조2
- 1590年 12月 3日, 통신사의 밤

무릇 통신사다. 명나라에 의해 조선과 일본은 더불어 책봉을 받았다. 명이 신하의 나라로 대외적으로 인정했다. 책봉으로 조선과 일본은 대등해졌다. 조선의 왕과 막부의 장군이 대등하다! 조선으로 보자면 불평등했다. 이전까지 일본이나 대마도 등은 조선에 조공을 바치던 나라였다. 신의를 통하는 사이라는 통신通信, 명칭이야 그렇다지만 다분히 조선에게는 굴욕이었다. 다만 통신사는 신의를 통한다는 자체 의미보다 진수하고 가르친다, 아랫사람에게 준다는 의미를 부각시켰다. 실리였다. 이는 조선과 일본의 암묵이었다. 그러나 이번만큼은 양상이 달라졌다. 조선이 개국하고 일곱 번째 통신사로 황윤길이, 부사로 김성일이 출발했다. 매화와 사과 꽃이 만발했던 한양에서 4월 9일에 출발했다. 토요토미 히데요시를 면전에서 만나기까지 아홉 달이 걸렸다. 신의가 통해? 실로 불통이 아닐 수 없었다. 1590년 12월 3일, 간토 및 도호쿠 원정을 승리로 이끈 토요토미를 그제야 만났다. 악공과 기녀까지 대동해 격식을 갖추었다. 황윤길과 김성일은 일본의 전국 통일을 축하하는 사절이었다. 그럼에도 토요토미는 황윤길과 김성일의 존재를 무시하는 듯했다. 보기에 따라 그들이 왔다는 사실을 모르는 것 같았다. 심지어 최근 복속시킨 규수 등지의 도주와 말을 섞으면서도 조선의 통신사에게는 눈길을 주지 않았다. 구석에서 이들과 토요토미의 모습을 보며 숨죽인 사람은 다름 아닌 소 요시토시를 비롯한 야나가와 시게노부, 게이테츠 겐소 등 대마도 도주 일행이었다.

소 요시토시에게는 토요토미의 엄명이 내려졌다. 조선을 복속시키라는 것이었다. 대마도 도주, 다이묘인 소 요시토시는 조선에서도 예조참의에 해당하는 벼슬을 하사받았다. 대마도는 지정학적 이유로 일본과 조선, 두 나라를 섬겼다. 어쩔 수 없이 소는 지략을 짜냈다. 토요토미에게는 복속, 즉 조선을 휘하에 두는 것에 토를 달지 않는 대신 조선에는 통일을 축하하는 통신사를 보내 달라 요청했다. 길고 지루한 외교 끝에 통신사가 일본에 도착했다. 여기서부터 소의 계략이 빛을 발했다. 승려인 겐소의 책략이기도 했다. 통신사에게 명으로 갈 길을 빌려 달라는 '정명가도征明假道, 가도입명假道入明'을 조선의 왕에게 문서로 전해 달라 졸랐다. 조선의 입장에서 '정명가도, 가도입명'은 가당치 않았다. 소의 계략은 통신사를 직격해 일행을 두 문장으로 몇 달간 고심하게 만들었다. 이를 두고 서인이었던 황윤길과 남인이었던 김성일, 서장관으로 통신사에 합류했던 북인 허성까지 첨예하게 대립하며 의견이 분열했다.

"강한 쪽에 붙는 겁니다. 결국 살아남는 게 강한 거니까요."

겐소는 소에게 몇 번이고 다짐을 두었다. 역사적으로 대마도는 조선과 일본국에 수없이 복속되고 정복되었다. 특히 조선 국론을 분열시킨 당파 싸움과 각각의 입장 차를 꿰뚫은 겐소는 적확하지는 않더라도 차선에 해당하는 이중적인 지혜를 짜냈다. 급거 분열된 통신사들은 일본의 정확한 현안을 보고하지 않으리라 내다보았다.

"자, 다들 드시게."

상석에 앉은 토요토미가 자리한 사신들에게 손짓했다. 왜소했던 토요토미는 방석을 포개어 앉았다. 사모와 흑포 차림이었다. 사신들 앞으로 탁자 하나가 놓였다. 탁자 위에는 떡 한 접시와 옹기사발 하나가 전부였다. 토요토미의 말에 수발드는 여인들이 사발에 탁주를 따랐다. 아무도 토요토미를 향해 수작, 읍배하지 않았다. 그야말로 격식조차 없는 자리였다. 황윤길은 김성일에게 속삭였다.

"이게 사신을 대접하는 연회라니. 해도 너무하는구려. 마치 비렁뱅이를 대접하는 자리 같지 않소."

"누가 아니랍니까. 거기다 정명가도를 문서에 표기해 달라고 지금도 요구하고 있습니다. 난감하군요."

통신사와 부사는 소리를 죽였다. 토요토미가 갑자기 자리를 떴기 때문이다. 토요토미는 돌쯤 된 아이를 안고 나왔다. 통신사를 향해 무어라 외쳤다. 역관이 재빨리 이를 통역했다.

"조선의 악공에게 아들인 토요토미 쓰루마쓰를 위한 성대한 음악을 연주하라고 합니다."

통신사들은 그들의 위신이 먼저였기에 일본의 사정에 어두웠다. 토요토미 히데요시는 쉰세 살에 얻은 장남을 어느 누구보다 애지중지했다. '복속된 조선'의 사절단에게도 자랑하고 싶었다. 과거라면 무슨 일이든 굽실거렸을 일본국이지만, 이제야 반대적인 입장에 놓였으니 조선 악공이 감읍하여 주기를 바랐다. 이를 몰랐던 통신사들은 토요토미의 무례함으로만 여겼다. 극명한 입장 차이였다. 이때 아기인 쓰루마쓰가 통신사를 향해 오줌을 갈겼다.

상황을 보던 야나가와가 슬며시 웃었다.

"통신사 위신이 말이 아니군요."

"저들은 돌아가도 바보 소리 들을 겁니다."

겐소가 퉁바리를 놓듯이 통신사를 보았다. 특히 당황해하는 황윤길의 모습에 크게 웃었다. 겐소의 웃음은 조선 통신사 악공들의 연주에 묻혔다.

이날 토요토미 히데요시는 만족했다. 얼마 후 통신사를 통해 조선의 왕에게 서신을 전했다. 당파로 사분오열한 대신들은 토요토미가 명백히 밝힌 의중조차 무시하고 말았다. 토요토미는 이렇게 밝혔다.

「人生一世 不滿百齡焉 鬱鬱久居此乎 不屑國家之遠 山河之隔 欲一超直入大明國 欲易吾朝風俗於四百餘州 施帝都政化於億萬斯年者 在方寸中 貴國先驅入朝 依有遠慮無近憂者乎 遠方小島在海中者 後進輩不可作容許也 予入大明之日 將士卒望軍營 則彌可修隣盟

사람의 한평생이 백 년을 넘지 못하는데 어찌 답답하게 이곳에만 오래도록 있을 수 있겠습니까. 국가가 멀고 산하가 막혀 있음도 관계없이 한 번 뛰어서 곧바로 대명국大明國에 들어가 우리나라의 풍속을 4백여 주에 바꾸어 놓고 제도帝都의 정화政化를 억만년토록 시행하고자 하는 것이 나의 마음입니다. 귀국이 선구先驅가 되어 입조入朝한다면 원려遠慮가 있음으로 해서 근우近憂가 없게 되는 것이 아니겠습니까. 먼 지방 작은 섬도 늦게 입조하는 무리는 허용하지 않을 것입니다. 내가 대명에 들어가는 날 사졸을 거느리고 군영軍營에 임한다면 더욱 이웃으로서의 맹약盟約을 굳게 할 것입니다.」[6]

토요토미가 명백히 밝힌 의도는 '대명국을 일본이 점령하겠으니 조선도 협조하기 바란다.'였다.

토요토미의 친서를 전달한 통신사 일행은 당파대로 분열했다. 황윤길이 '병화가 있을 것, 토요토미는 담력과 더불어 지략도 상당할 것이다.'는 뜻을 전한 데 반해 김성일은 '병화의 정상은 발견하지 못했고, 토요토미는 그저 쥐와 같은 인물이라 무서워할 필요가 없다.'는 의견을 피력했다.[7]

상황을 갈마보던 소 요시토시 역시 크게 웃었다. 소의 웃음은 조선 악공의 음악 소리에 묻혔다. 겐소가 소에게 귓속말했다.

"도주, 조선 속담에 이런 말이 있습니다. 굿이나 보고 떡이나 먹

6 「선조 수정 실록」 25권 선조 24년 3월 1일(양력 1591년 3월 25일)
7 각주 6과 같은 실록 내용 일부 인용. 『국사편찬위원회 조선왕조실록』에는 오직 우리 입장에서 존대어로 번역되었지만 표현에 따라 상당히 방약무인한 글로 바뀐다.

는다고요."

"떡이나 먹자고?"

"그렇지요. 그저 기다리고 지켜보는 겁니다. 이득은 떡을 먹는 사람이 취하는 거지요."

겐소가 검지로 탁자 위에 놓인 떡을 가리켰다.

"이득이라." 소는 팔을 길게 뻗어 떡을 집었다. "하긴 먹을 것을 앞에 두고 버리는 것은 죄이지요."

밤은 깊어갔다. 화마의 전조를 두고 조선 악공은 더욱 연주를 높였다. 황윤길과 김성일은 여전히 해결되지 않는 '정명가도'를 놓고 탁주에 시름을 섞었다.

"그런데 하나를 모르겠습니다. 왜 토요토미 간바쿠關白는 팔만대장경을 진상품에 넣으라는 걸까요?"

가신인 야나가와가 고개를 갸웃거렸다.

"간바쿠의 의중을 아는 사람은 운명한 오다 노부가나밖에 없다고 하지요."

겐소 승려가 목소리를 낮추었다. 겐소의 말에 소 요시토시 역시 고개를 갸웃거렸다. 명쾌한 가운데 해결되지 않는 하나는 대마도 도주 일행도 마찬가지였다.

속전, 그리고 속결

 1592년 5월 23일, 임진왜란의 필두를 맡은 선봉장 고시니 유키나카가 부산에 당도했다. 명분은 교섭 결렬이었다. '정명가도'가 발목을 잡았다. 칠백 척에 이르는 판옥선을 이끌고 휘하의 병사 일만팔천칠백 명이 부산포에 내렸다. 단봉을 십자로 묶고 나팔 사이로 끈이 휘날리는 듯한 고니시 다이묘의 문장紋章이 부산포를 덮었다. 고니시 문장이 새겨진 전기戰旗 뒤로 붉은 천에 십자가가 새겨진 깃발도 도열했다. 고니시가 가톨릭 신자라는 사실을 만방에 알리는 전기였다. 다만 상당한 군사가 배에 숨었다는 사실은 고니시와 소 요시토시를 비롯한 승려 게이테츠 젠소만이 아는 비밀이었다.

 부산진성을 지키는 수군첨절제사 정발이 일본의 제1군을 맞았다. 정발은 백성들을 부산성으로 대피시켰다. 적에게 빼앗길 위험이 있는 부산진 수군 배 세 척은 전시 대응방법대로 침몰시켰다. 정발은 젊고 혈기왕성했다. 겨우 서른아홉 살의 나이에 정삼품 절충장군에 임명될 정도로 명망이 높았다. 정발도 전쟁은 처음이었다. 전시 대응방법대로 봉화를 올렸다. 최선을 다해 전쟁에 임했으나 정발은 죽음을 직감했다. 정발은 그의 말인 용상에 투구와 갑옷을 묶어 북으로 달리게 했다. 임진년의 전쟁은 과거 조선이 치렀던 전쟁과 결이 달랐다. 총이 등장했다. 부산진성은 북쪽에 담이 없었다. 왜군은 정확히 이를 노렸다. 성안에 있던 병사와 백성을 합쳐 천 명이 넘는 사람은 전멸했다. 상당수 사람들이 조총에 죽었다. 정발 역시 총에 맞아 전사했다. 다만 정발이 북으로 달리게 했던 말은 노모가 사는 연천까지 내달려 집을 찾아왔다. 부산성이 함락되는 데 하루가 걸리지 않았다. 천여 명이 몰살되었지만 왜군의 피해는 미비했다.

고니시의 군사는 다음날인 5월 24일 동래성으로 치달았다. 동래성은 동래부사인 송상현이 지켰다. 당시 왜구가 침입한다는 흉흉한 소문은 부산 전체에 나돌았다. 송상현은 왜구에 대처하기 위해 성을 고치고 한편으로 군사를 길들이는 등 만반의 대비를 한 터였다. 동래성 주변에 숲을 조성했고 복병이 숨을 곳을 만들었다. 멀리서는 동래성이 보이지 않도록 위장했으며 성문 바깥에는 능철과 마름쇠를 깔아 왜군에 대비했다. 아쉽게도 송상현의 계산은 빗나갔다. 조총과 절대적인 대군의 침략은 없었다. 왜군은 부산성을 지키는 송상현에게 다다르기 전 다대포진도 공격했다. 다대포진은 윤흥신 수군첨절제사가 동생 윤흥제와 함께 천 명이 안 되는 병사로 주둔하고 있었다. 5월 23일은 일만 명에 이르는 군사를 후퇴시켰다. 밤이었고 피로했던 왜군은 전면전을 피했다. 별다른 피해가 없었던 왜군과 달리 다대포진은 전쟁 물자를 모두 소진했다. 싸움이 불가능해진 것이다. 다음날 왜군이 다시 쳐들어왔다. 목하 패배가 닥쳐왔음에도 첨사 윤홍신과 동생 윤홍제는 마지막 숨까지 다해서 다대포진을 지키려 애썼다. 많아야 천 명, 겨우 몇백 명으로 상대하기에는 왜군의 숫자가 상상을 넘어섰다. 그야말로 중과부적이었다.

왜군의 기세와 달리 가톨릭교를 믿던 고시니에게 전쟁은 양날의 검이었다. 상인 출신이라 입지가 불안했던 그는 대마도 도주인 소 요시토시와 사돈 관계를 맺고 정권을 잡은 토요토미 히데요시에게 충성을 맹세했다. 그가 전선의 최선두에서 1군을 이끌었다는 사실은 실리를 위해 고뇌했던 마지막 결과물이었다. 소 요시토시 역시 장인을 따라 1군에 합류했다.

송상현은 동래성 망루에서 왜군의 외침을 들었다. 분명 조선말로 왜군은 말했다.

"목패를 보시오."

목패에 적힌 글귀는 아홉 자였다. '戰則戰矣전칙전의 不戰則假道부전칙가도', 싸우려거든 싸우지만 싸우지 않으려거든 길만 빌려주시게. 비록 침략군이었으나 조선에 대해 고시니는 예우했다. 송상현은 목패를 보고 즉각 목패로 대응했다. '戰死易전사이 假道難가도난', 전사하는 것은 쉽지만 길을 빌려주는 것은 힘들다. 송상현은 죽음을 직감한 의지를 왜군에게 전했다. 전투는 조선군의 완벽한 패배로 끝났다. 송상현은 죽음이 다다르자 갑옷을 벗고 관복을 입었다. 장군으로 전투에 졌다는 것을 시인한 것이나 다름없었다. 주군인 선조가 있는 한양을 향해 예를 다해 절을 올렸다. 전투에 패한 장수였던 송상현은 성문 위 망루에서 왜군을 기다렸다. 왜군 보병이 송상현에게 득달같이 달려들었다. 목이 잘려나갔다. 고니시를 위시한 소 요시토시는 송상현을 영웅으로 대했다. 그를 죽인 부하를 처단했고 성 바깥에서 송상현의 장사를 지내주었다. 또한 송상현의 첩과 가솔 등이 그를 따라 순절하도록 허락했다.

동래성 전투가 한창이던 때 경상좌수사 박홍은 동래성 구원에 실패했다. 어쩔 수 없이 경주까지 퇴각했다. 경상좌병사 이각은 이와 반대로 울산의 좌병영 군사를 버리고 달아났다. 영산을 대신 지키던 영산 현감 강효윤은 양산마저 지켰다. 고니시를 위시한 왜군 제1군이 이보다 북쪽에 위치한 박진이 지키던 밀양까지 함락하는 데 단 나흘이 걸렸다. 나흘 만에 경상도에 주둔하는 군사는 도망친 몇몇을 제외하고 전멸했다. 이때까지 전란을 알려야 했을 봉화는 조정까지 전달되지 않았다.

전란을 틈타 가토 기요마사의 2군은 5월 28일에 부산에 상륙했다. 병력은 무려 이만이천 명에 달했다. 제1군과 제2군의 목적은 하나였다. 한양의 함락. 이를 위해 고니시의 제1군은 조령을 거쳐 한양으로 향했다. 가토의 군대는 죽령을 거쳐 한양으로 향하는 길을 택했다. 두 군이 설정한 한양을 오르는 길에는 각각의 목표 또한 존재했다. 고니시의 제1군은 부산에 이어 밀양, 대구, 상주, 문경을 격파하는 계획이 세워졌다. 가토의 부대는 언양을 지나 경주, 영천, 군위, 조령 등으로 진군하는 계획이었다. 이는 정확히 경상좌수영을 궤멸시키고 북상하는 길이었다. 이어 두 부대는 충주에서 만나게 되어 있었다. 다만 고니시와 가토 각자의 목적이나 충성도에 따라 조선이 입은 상당한 폐해는 달라졌다.

5월 27일에는 경상우수영에 전란이 닥쳤다. 구로다 나가마사黑田長政가 이끄는 제3군과 모리 요시나리森吉成를 선두에 세운 제4군이 김해 죽도에 당도했던 것이다. 3군과 4군은 무려 이만팔천 명에 이르렀다. 이들이 타고 온 판옥선만 사백여든다섯 척이었다. 김해성은 3군과 4군의 공격을 수차례 막아내지만 초계 군수 이유검과 김해 부사 서예원이 도망치며 성을 넘겨주듯 함락되고 말았다.

1군과 2군, 3군이 진격하며 마주친 성읍은 대부분 하루 만에 함락되었다. 대규모 군사가 처음으로 맞붙었던 탄금대 전투도 겨우 이틀을 끌었을 따름이었다. 전쟁이 발발한 지 이십 일 만인 1592년 6월 12일 수도인 한양이 왜군에게 함락되었다. 그야말로 속전이자 속결이었다. 왕이 성읍을 버리고 도망친 전쟁은 일본국의 승리를 의미했다. 성을 버린 군주는 할복하거나 참수를 당했다. 일본에서라면 전쟁은 끝이 났다. 즉 일본식의 전쟁 승리 방식에서 일본은 승리했다. 승리에 도취한 일본군은 그들도 모르는 사이 사분오열하고 있었다. 고니시는 전쟁에 회의적이었던 반면 가토는 전쟁의 승리에만 도취되어 전공을 가로채려고까지 들었다. 노략질을 하던 습성을 버리지 못했던 각 군의 병사들은 전쟁보다 전리품에 열을 올리기 시작했다. 속전과 이로 인한 속결 사이에서 작으나마 조선에 비친 빛이었다. 또한 탄금대에서 신립을 맞이했던 것으로 알았던 고니시는 카게무샤影武者, 즉 그림자 무사를 세웠다. 사위인 소와 승려인 겐소만이 알고 있는 비밀이었다. 토요토미의 밀명을 이행하기 위해 그는 따로 일만 명의 군사를 선박에 주둔시켰다. 고니시의 부대가 1군이면서 가토의 대군에 미치지 못했던 이유였다. 3군과 4군이 사백여든다섯 척의 배에 이만팔천 명이 넘는 병사가 탔던 것에 비해 칠백 척이나 되는 대규모 선박이 필요했던 실질적인 이유였다.

카게무샤를 세우고 남하하던 고니시는 의지를 다졌다. 별동대가 해인사를 함락시킨다!

의병

조선관군은 초전박살이 났다. 대적할 장수도 대치할 군사도 마땅치 않았다. 군사를 소집하기도 전에 일본군은 북진했고, 장수들은 북으로 도망치기 바빴다. 한양이 함락되었던 1592년 6월 12일보다 나흘 앞섰던 6월 9일, 선조는 몽진蒙塵을 결정했다. 수도인 한양과 백성을 왕이 버렸다는 뜻이었다.

이날마저도 춘추관의 사관은 붓을 놓지 않고 기록했다.

「上已出御仁政殿, 百官人馬闖咽於殿庭° 是日, 大雨終日, 上及東宮御馬, 中殿御屋轎, 淑儀以下到洪済院, 雨甚, 舍轎乘馬, 宮人皆痛哭步從° 宗親 文武扈從者, 數不滿百° 晝點于碧蹄館, 僅備御廚, 東宮則闕膳° 兵曹判書金應南, 親自奔走於泥濘中, 猶不能制, 京畿觀察使權徵, 抱膝瞪目, 罔知所措

새벽에 상이 인정전에 나오니 백관들과 인마人馬 등이 대궐 뜰을 가득 메웠다. 이날 온종일 비가 쏟아졌다. 상과 동궁은 말을 타고 중전

44

등은 뚜껑 있는 교자를 탔었는데 홍제원洪濟院에 이르러 비가 심해지자 숙의淑儀 이하는 교자를 버리고 말을 탔다. 궁인들은 모두 통곡하면서 걸어서 따라갔으며 종친과 호종하는 문무관은 그 수가 일백 명도 되지 않았다. 점심을 벽제관碧蹄館에서 먹는데 왕과 왕비의 반찬은 겨우 준비되었으나 동궁은 반찬도 없었다. 병조 판서 김응남이 흙탕물 속을 분주히 뛰어다녔으나 여전히 어찌해 볼 도리가 없었고, 경기 관찰사 권징은 무릎을 끼고 앉아 눈을 휘둥그레 뜬 채 어찌할 바를 몰랐다.[8]」

왕이 한양에서 도망쳤다는 소문은 삽시에 퍼졌다. 멍하니 뜬눈으로 죽음을 기다리던 백성들은 분노했다. 노비 문서 등이 보관된 장례원이 먼저 불탔다. 사흘 뒤 고니시 유키나카의 1군에 이어 가토 기요마사의 2군 역시 한양에 도착했다. 다만 도성의 함락은 어쩌면 이 전쟁이 호락호락하지 않을지 모른다는 사실을 일본 장수들에게 각인시켰다. 일본의 전쟁은 공성, 즉 성을 공격하면 공격받은 성주가 수성을 했다. 지켜내거나 빼앗기거나. 성을 뺏긴 성주는 전투에서 진 것으로 간주되어 할복하거나 참수당했다. 대신 성에 소속된 백성은 이긴 성주에게 인계되었다. 성에 사는 백성은 자유인이라기보다 성주에 따라 주인이 바뀌는 성의 노예나 진배없었다. 왕이 도망을 쳤는데도 나라가 항복하지 않는다는 사실은 고니시를 비롯한

---

8 『조선왕조실록』 선조 26권, 1592년 6월 9일(음력 4월 30일) 인용

가토마저 상당한 당혹감에 휩싸이게 만들었다. 조선의 지도와 형세, 싸우는 방식과 진군 방식 등 전쟁에 관한 만반의 준비를 지원했을 누군가는 보험이라도 된다는 듯 조선, 즉 대륙의 정복법만은 일본에게 전수하지 않았던 것이다. 광해군의 분조와 명의 원군 등은 일본군에게 싸워야 할 명분을 잃게 만들었다. 일본 군사들은 '이미 이겼는데 왜 싸워야 하지?'라는 의문이 가득해졌다. 백년전쟁을 거치며 최소한의 피해만 입히고 끝나는 전쟁 방식을 일본은 찾아냈던 것이다. 정복한 입장에서 조선의 백성들이 귀속하거나 복속하지 않고 식량이나 물자 보급을 거부하는 모습은 일본군에게는 낯설었다. 특히 장삼이사가 모여 호미나 낫을 들고 싸우려는 상황은 일본군에게 더없는 골칫거리였다. 백년 동안 체득된 일본군대의 전투 방식에, 나아가 살육 방식에 명분 없는 백성의 죽음은 없었다. 조선 백성은 기꺼이 죽으려 들었던 것이다.

일본군은 조선 침략 계획대로 팔도를 나누어 진군했다. 고니시의 1군은 한양 입성 이후 곧바로 평안도까지 진군했다. 가토의 2군은 함경도를 향했다. 구로다 나가마사의 3군은 황해도로 모리 요시나리의 4군은 강원도로, 후쿠시마 마사노리福島正則의 5군은 황해도로 향했다.

일본군이 조선에 상륙한 지 팔 일째가 되던 날, 경상도 영천성은 누구도 지키지 않는 빈 성으로 일본군이 무혈입성을 했다. 가토가 이끄는 2군이었다. 상당한 군사가 경상도 남쪽에서 북쪽까지 진군했다. 그들의 상식으로 고니시와 가토의 군대가 지나간 빈 성은 조

46

선이 아닌 일본군의 성이었던 것이다. 그런 연유로 3군 이후는 조선 출정에 간극이 있었다. 간극으로 인해 일본군이 북으로 진군한 성은 비었다. 도망친 조정을 고니시와 가토가 쫓는 형국이었고 남부에 주둔한 일본군은 북진 시기를 엿보았다. 즉 일본군과 일본군 사이의 조선 땅은 텅 빈 꼴이었다. 점령한 땅이었기에 일본군은 방비가 허술했다. 빈틈을 내보였던 이 지역에서 토호들이 분기탱천하며 일어섰다. 두세 명의 의지는 대여섯 명으로, 이들은 다시 열 명에서 백여 명으로 늘어났다. 곽재우도 이들 중 하나였다.

곽재우는 1592년 6월 1일을 전후해 매부인 허언심을 꼬드겼다. 일본군을 무찔러야 한다는 명목이었다. 곽재우의 가족은 개죽음을 자처한다며 말렸다. 동네 사람들도 그를 미쳤다며 비아냥거렸다. 전쟁은 그만큼 절망적인 상황이었다. 곽재우는 계백이 황산벌에 출정하는 심정으로 첩을 비롯한 말리는 가족의 목을 베려 들었다. 매부 허언심이 뜯어말렸다. 그의 집에 가족을 의탁하고는 평소 알고 지내던 한량인 심대승, 권란 등과 그들의 노비들까지 의병으로 삼았다. 겨우 쉰 명 정도가 전부였다. 다만 이들의 첫 시작은 관으로 보기에는 노략질이었다. 부족한 물자와 무기를 구하려 초계현과 신반현의 관아를 뒤졌고, 버려진 세곡선에서 곡식을 훔쳤다. 곽재우는 그보다 먼저 의병을 일으켰던 송빈의 무모한 죽음을 알았다. 거대한 적과 마주하려면 적어도 거대한 우군이 필요한 법이다. 오십여 명의 경험 없는 병사로는, 그에 걸맞은 제한적 전투를 할 수밖에 없었다. 당장 할 수 있는 전투라고는 국지전이 전부였다. 도망치며 진을 빼고

약을 올리는 전투답지 않은 전투. 곽재우가 의도했든 그렇지 않았든 국지전은 상당한 성과를 올렸다. 거점과 성을 점령한 일본군은, 그저 왜구로 전락해 삼삼오오 노략질을 일삼거나 후방으로 조선의 보물을 빼돌리기 급급했다. 이들은 곽재우의 의병과 맞설 만한 규모거나 그보다 적을 때가 많았다. 반면 승전고를 올리는 곽재우의 주변에는 점점 의병이 늘어갔다.

곽재우는 한량이었다. 글을 알았지만 뜻대로 출세의 길이 열리지 않았다. 심지어 과거에는 합격했으나 답안에 오류가 있다며 파방되었다. 그깟 벼슬 따위, 곽재우는 미련을 버렸다. 곽재우의 집안은 지역 명망가였고 상당한 땅을 가진 부호였다. 임진왜란 이전 조선은 총체적으로 위기였다. 위정자와 왕은 백성을 돌보지 않았고 기근은 전국을 덮었다. 왜구의 노략질은 하시 계속되었고 명의 계속되는 조공에 나라가 들썩일 때가 예사였다. 이런 가운데에 왕과 대신들의 소모적인 정쟁과 당파 싸움은 정치에 뜻을 둔 청년들을 지치게 만들었다. 곽재우도 그런 사내들 중 하나였다. 비약적으로 공과 상이 발달하며 신분을 무시한 부호가 생겨났다. 이들의 사상은, 재물이었다. 급변하거나 부박하며 때론 비상식적이고 비이성적인 상황에 곽재우는 스스로 한량이 되기를 청했다. 예는 무너졌고 유교는 명분을 잃었다. 벼슬은 명분을 잃은 허울에 불과했다. 잘 먹고 잘 사는데 무슨. 그러나 전쟁은 달랐다.

곽재우와 같은 한량, 집안 좋고 재물이 넉넉해 걱정 없는 남자들은 끼리끼리 어울렸다. 이들 중 한둘이 벼슬에 나가면 서로를 변호했다. 곽재우는 평소 친분이 두터웠던 김성일의 도움을 여러 번 받았다. 김성일은 통신사 부사로 일본으로 떠났던 관리였다. 곽재우는 무예에도 심취했다. 그와 비슷한 한량들은 무와 문을 게을리하지 않았다. 비록 벼슬에 나가지 않을 뿐 수신제가에 최선을 다했던 것이다. 곽재우가 무예를 접하게 되었던 스승 중에는 승려도 있었다. 그는 합천 해인사 출신의 탁발승이었다.

　곽재우를 위시해 일거에 각지에서 의병이 봉기했다. 이들은 곽재우와 비슷했거나 때론 필요에 의해 관리로 임명되며 일본군과 대치하여 힘을 빼놓았다. 김시민은 진주 목사가 병사하자 김성일의 요구로 목사직을 대리했다. 그는 진주성을 지켜내는 데 혁혁한 공을 세웠다. 또한 의병장 김면과 연계했고 정예병을 양성했다. 벼슬을 그만두고 낙향했던 김천일 역시 나주에서 의병을 일으켰다. 김천일은 왜군에 함락된 수원성을 되찾았다. 그는 같은 뜻을 지녔던 고경명, 박광옥, 최경회 등과 의병을 일으켰으며 후일 명과 연합해 일본군과 싸웠다. 김시민 이후 김천일은 진주성을 지켜내려 사력을 다했다. 서산대사는 불교계의 거두로 승병의 우두머리였다. 그와 함께 사명대사 역시 승병을 일으켰다. 서산대사와 합세하는가 하면 요소요소에서 여러 장수들과 일본군을 괴롭혔다. 경상우도나 전라도로 진격하려던 상당한 일본군이 패퇴했고, 이미 진격해간 1군과 2군은 보급로가 끊어지며 진퇴양난에 빠졌다. 다만 의병에 대한 활약상을 춘추관의 사관처럼 의무감으로 기록해줄 이는 어디에도 없었다. 의병에 대한 기록은 바람에 실려온 구전이 거의 전부였다.

소암,
바람의
노래

1592年 5月 23日, 임진왜란 발발
– 해인사

패랭이를 쓴 노인이 힘겹게 산을 올랐다. 발보다 먼저 지팡이가 산
으로 내디뎠다. 산을 오르는 곁으로 보조를 맞추며 물길이 이어졌
다. 노인은 잠시 패랭이 너머 산 정상을 올려다보았다. 노인은 험준
한 산이 연이어지는 봉우리를 보며 감탄을 내뱉었다.

"천혜의 지형이로세. 말뚝을 박듯 기준을 잡은 산에서 계단처럼
낮은 산이 연이어지니 하늘 위에서 벼락을 떨어뜨려도 맞추기가 어
려울 것이네. 색색이 차별을 둔 담록은 볼 때마다 새로우이. 저 속에
사람이 숨었어도 모를 거야."

그때 노인 곁으로 아이가 달려왔다. 다섯 살쯤으로 아이는 누더기
옷을 입었다. 다리가 껑충해 바지가 짧았다. 산에서 사는 듯한 개 몇
마리가 꼬리를 살랑이며 다가왔다. 아이가 개 곁으로 가자 곧바로
멀어졌다. 아쉬운 표정이던 아이는 곧 할아버지 곁으로 갔다.

"할아버지. 다 와 가요?"

"얼추 다 왔다. 이제 일각[9] 정도만 오르면 될 거야. 네 이름이……
."

"흑이요. 검어지라고 흑이. 할아버지가 불러주고서는. 할아버지
가 그랬잖아요. 허여멀건 하게 착하기만 해서 흑이라고."

"그랬냐? 요즘 할아버지가 깜빡깜빡하는구나."

노인이 물색없이 아이를 보며 웃었다. 아이 뒤로 세 아이가 나타
났다. 가마니에 구멍을 뚫어 옷으로 삼았다. 가난을 입은 아이들은
물놀이로 발이 젖었다. "이 녀석들!" 목소리가 메아리쳤다. 곁으로
흐르는 계곡물에서 까까머리가 불쑥 나타났다. 회색 적삼과 바지,
짚신에 각대로 비구승복을 차려입었지만 보얀 살결만은 손과 얼굴
에서 단번에 드러났다.

"엄마."

흑이 노인을 외면하며 까까머리에게 다가갔다. 비구가 아닌 비구
니는, 아이들과 꽤나 물장난을 쳤던지 깨나른한 모습이었다. 노인을
보자 머리가 땅에 닿도록 흠신했다.

"저런. 엄마라고 부르라 그랬누. 어쩌려고."

노인이 멀어지는 아이의 뒷모습을 보며 혼잣말했다. 눈매가 가늘
어지며 설핏 고뇌하는가 싶었지만 이내 우렁차게 목소리를 높였다.

"얘들아, 얼른 올라가자."

노인은 조금 전처럼 지팡이를 무겁게 내질렀다. 노인의 걸음은 일

---

9 십오 분

정했다. 반면 아이들과 비구니는 멀어졌다 가까워지기를 반복하며 산길을 올랐다. 노인의 말처럼 일각 정도를 올랐을 때 솟을대문 하나가 나타났다. 맞배지붕 옆으로 지붕을 감싸듯 소나무 두 그루가 양옆으로 솟구쳤다. 맞배지붕 기와 아래에는 현판이 있었다. 현판에 적힌 여섯 글자는 '가야산 해인사'였다.

"가야산 해인사라."

노인은 반사적으로 중얼거렸다. 허리를 펴며 노인이 곧추서자 이내 아이들이 달려왔다. 아이들의 왁자지껄한 소리에 기척을 느꼈는지 일주문 근처에서 승려 네 명이 나타났다. 호법승들은 노인을 보자 얼른 고개를 숙였다.

"서 사부님. 오랜만입니다."

호법승 중 선임으로 보이는 사내가 앞으로 나섰다. 호법승은 노인을 서 사부라 불렀다.

"이제야 은퇴했거든. 나이가 나이라 회자정리 할 때도 되었지."

"회자정리라니요. 되바라진 말씀이지만 아직도 가야산을 오를 정도로 정정하신데요."

"뭐 듣기에 나쁘지는 않네그려. 개들은 여전하구먼. 왜 이렇게 가야산에 개가 많은가?"

"저희가 보시하는 개입니다. 보살들이지요."

"말장난은. 많이 컸구나. 가만, 자네 이름이……."

"아, 사부님께서 아명을 흑이라고 지어주셨어요."

호법승의 말에 다리가 껑충했던 아이가 달려들었다.

"아저씨 나랑 이름이 같아요. 나도 흑이. 나도 흑이."

아이의 말에 노인의 얼굴이 설핏 붉어졌다.

"사부님다우십니다. 아직도 색깔로 아이들을 구분하시는군요. 그 랬던 탓인지 저는 계를 현무로 받았습니다."

"아, 자네. 다문천왕이구만."

"이제 알아보시네요."

다문천왕은 불교 사천왕 중 한 명으로 수미산의 북방을 수호하는 천왕이다. 비사문천왕으로 불리며 많은 야차들을 거느린 모습으로 탱화는 묘사했다. 삼국시대 이후 조선에서는 민간신앙이나 도교사 상과 결합해 북방을 지키는 신 현무와 겹쳐져 사용되었다.

"계를 현무로 받았다면 자네가 다문천왕을 이끄는 게로구만. 기 특하네, 기특해."

서 사부로 불린 남자는 현무의 등을 다독였다.

현무가 절을 안내하듯 앞장섰다. 아이를 비롯해 서 사부 일행은 일주문을 따라 완만한 절터를 올랐다. 일주문을 지나 비로자나 부처 를 모신 대적광전에 다다랐다. 대적광전 계단에 이르자 기다렸다는 듯 노승이 나타났다. 서 사부는 노승을 보자 버선발로 마주하는 부 인처럼 달려갔다.

"제석천! 이리 반가울 수가요."

"제석천이라니요. 당치 않습니다. 땡추일 뿐입니다."

노승이 합장을 했다. 노승은 대적광전 소맷돌을 내려와 서 사부의 손을 맞잡았다.

"그럼 주지스님을 믿고 따르는 저 아이들도 땡추인 겁니까? 새를 잡아올 걸 그랬나 봅니다. 이걸 제석천에게 줄지 주지에게 줄지 고민했다고 하면서요."

"허허허. 그게 또 그렇게 됩니까. 서산대사가 들었으면 비아냥거렸다고 웃겠습니다."

"사명대사는 또 어떻고요. 주지스님 제자가 되어야 하나, 고민했을 겁니다."

주지와 서 사부가 선문답을 주고받았다. 사명대사가 서산대사의 도력을 시험하려 새를 잡았다는 일화였다. 새를 잡아 놓아줄지, 아니라면 서산대사에게 드릴지 고민했다고 하며 만나러 왔다. 서산대사는 웃으며 대답했다. 소승을 만나러 오는 길에 바깥으로 가서 마중해야 할지 안으로 모시고 들어와야 할지 몰라서 망설이는 중이었다고.

이에 더해 서 사부가 말했다.

"주지스님의 제자가 되는 것은 어렵지 않으나 저 아이들을 해인사에 들여야 할지 말아야 할지 고민했습니다."

유쾌하게 받아친 서 사부의 표정과 달리 주지의 이마에 보시시 주름이 졌다.

"일단 안으로 드시지요."

주지는 학승과 먼 길 오른 참배객을 피해 퇴설당으로 발을 옮겼다. 주지는 목로가 전부인 소박한 방으로 서 사부를 안내했다. 서 사부가 앉기도 전에 현무가 눈치껏 다기를 준비해왔다.

"사람 구실은 하나보구나. 이제는 스님 구실도 하겠지?"

"아이고, 사부님도."

현무가 머리를 조아렸다.

"저 아이가 사대천왕 노릇을 할 줄은 꿈에도 몰랐습니다."

"그러라고 흑아라고 부르신 거 아닙니까?"

"저야 뭘 압니까."

"저도 흑이에요. 그런데 왜 흑아라고 불러요?"

꼬마가 끼어들었다.

"너 같은 꼬맹이라 그런단다."

서 사부가 아이의 코를 살짝 쥐었다. 현무를 향해 주지가 살짝 고개를 끄덕였다. 현무는 이번에는 서 사부를 따라왔던 아이를 데리고 나갔다. 되돌아선 현무를 향해 서 사부가 한마디를 덧붙였다.

"이왕 사람 구실 하는 김에 아이들에게 공양 좀 해주시게나."

나가려던 꼬마가 물었다.

"엄마는 밥 안 줘요?"

"너희 먼저 먹어. 스님이랑 이야기 마치면 갈게."

비구니가 아이를 타일렀다. 아이들이 나가고 문이 닫혔다.

"형님, 잘 지내셨습니까?"

서 사부가 소탈하게 물었다.

"좋고 말고가 있나. 나 같은 늙은이야 입적할 날만 기다리는 거지. 응기, 자네는 이번에……?"

"은퇴했습니다. 우매한 신하가 되는 게 한순간이더라고요. 어린

사간원이 저를 두고 혼매하고 용렬해서 청체淸體하라 했답니다. 이조
정랑 자리를 두고 당파 싸움이 발발할 때나 뭐가 다르겠습니까. 그
자리에 이제 젊은 친구를 천거하겠으니 비키십시오, 하는 거지요.
형님께는 죄송하지만 오래 살았구나, 싶더군요. 그만둘 때가 지금이
다 싶어서 미련 없이 사직서를 제출했습니다."

서 사부, 노인은 서응기였다. 천하일색 황진이의 꼬드김에도 꿈
쩍하지 않았다는 송도삼절 중 하나인 서경덕의 외아들이었다. 인품
에 반한 황진이는 급기야 서경덕에게 배움을 청했다. 서응기는 성리
학이 그간 구축해왔던 학문적 이론을 상당 부분 부정한 인물이었다.
유를 숭상하는 양반에게 보이지 않는 성리학을 보이는 격물의 단계
로 끌어내렸다 반발을 샀다. 격물에 대한 깊이 있는 사유를 바탕으
로 하는 치지가 굳이 양반이 아니어도 누구나 할 수 있는 형이하학
의 단계로 끌어내려지기 때문이었다. 서경덕은 한술 더 떠 불교를
비판했다. 현실을 외면하는 사상으로 치달았던 탓이다. 뜻있는 불교
계 인사는 오히려 서경덕을 지지했다. 인연은 대를 이어 서응기에게
다다랐다.

"그나저나 저 아이들은?"

서응기가 여인을 바라보았다.

"괜찮겠나, 현암? 이번에도 떼어놓아야 할 텐데?"

"어머. 노사님은! 저 아이들이 다른 데 가는 것도 아니고 이곳에
서 오히려 안전하게 잘 먹고 살 텐데요. 걱정 안 합니다."

"옹주마마."

"주지스님, 또 장난치시네요. 제 나이 올해 스물아홉입니다. 법랍만 스물여덟이에요. 옹주는 무슨. 가당치도 않습니다요."

"장난인 줄도 아시니 하산하십시오."

딸과 아버지 같았다. 탁발승으로 저잣거리를 제법 떠도는지 때론 상스러운 억양으로 주지와 장단을 맞추었다. 주지가 목로에 놓인 다기에 차를 부었다.

"그래도 마음은 아파요. 계를 받기 전 아이들을 부를 때는. 그 이름을 아는 건 저밖에 없잖아요. 저 아이들도 엄마가 없다는 건 알거든요. 그저 부르고 싶은 거죠. 엄마, 엄마라는 말, 너무 부르고 싶으니까. 기축옥사에서 겨우 건져낸 아이들이에요."

현암은 역모에 해당할 이야기를 소화가 잘 되지 않아요, 하는 표정으로 말했다. 정여립의 난! 난이라는 이름으로 평정된 동인. 정여립이 실제 난을 일으켰다기보다 유학을 숭상하는 조선에서 스승을 비판한 정여립을 상징적으로 몰아세운 동인 탄압이었다. 동인의 영수였던 이발을 필두로 정여립과 말만 텄다는 이유로 죽임을 당한 사람까지 무려 천 명이 넘었다. 오늘도 어디인가에는 정여립과 문답을 했다는 이유로 고문을 당하거나 죽음에 처한 억울한 사람이 있을지 몰랐다. 몇 년이나 조선 전체를 뒤흔들고 있는 사건이었다.

"잘 키우겠네. 아니지. 그 말은 틀렸나. 세상에서 다친 아이들, 불가에서 잘 치료하겠네."

"거짓말도 잘하시네요. 수행이라는 말로 생길 고뇌가 백팔 개는 가뿐히 넘을 걸요. 그냥 자신을 지킬 배짱 하나라도 가진 채 살아가게 해주세요. 모두가 부처님의 자식으로 살 필요는 없잖아요."

현암의 말에 서응기도, 주지도 크게 한숨을 내쉬었다. 다만 두 사람의 표정은 철없는 딸을 바라보는 듯했다.

"모두가 세상을 검다고 지적할 때 아직은 하얗다, 라고 큰소리 칠 사람 하나는 있어야지요. 안 그런가?"

"그 반대가 아니고요?"

서응기의 말에 현암이 반발하자 주지가 껄껄 웃었다.

"그나저나, 안 좋은 소문이 나돕디다그려. 십팔사략 중 두 기가 실전했다고……."

"세상에는 비밀이 없다더니만. 어찌 아셨는가? 혹시 성욱이? 땡추 이놈 이거."

"저니까 말했겠지요. 저희 식솔들에게 고기랑 막걸리를 잔뜩 얻어먹었더이다. 고기 속에 풀이 있고 술 속에 맑은 물이 있다는 궤변을 늘어놓아서. 모르는 사람이 들었다면 마치 격물하여 치지한 깨달음을 설파하는 듯해서 우스웠습니다."

"하여튼 성욱 녀석은 청화당 부엌간을 못 떠나게 해야겠습니다. 아님 짝을 지어주어 파계를 시키던가. 실전은 아니고 명나라로 확인차 떠났습니다. 돌아오고 말고는 그들의 몫이겠지요. 그나저나 현암은 이제 어찌시려고?"

"행자객사에서 하루 머물고 나가봐죠. 조선 팔도가 수행할 곳인데요. 탁발할 곳이야 어디인들 없겠어요?"

"저는 소암과 차 한 잔 하겠습니다. 소암의 방에서 지나온 이야기나 좀 들지요."

"그러시게들."

주지는 배웅한다는 듯 두 사람을 향해 합장했다.

"아 참. 유도의 관점에서나 불도의 관점에서, 왜 올해는 일본이 팔만대장경을 달라는 생떼를 부리지 않았나요?"

합장을 하던 주지가 사레 걸린 모습으로 현암을 보았다.

"유도적 관점에서는, 모르겠네그려."

"불도적 관점에서도, 모르겠는걸."

주지와 서웅기가 마주보며 웃었다.

"그러게요. 왜 올해는 사신단이나 조공단 같은 걸 보내 조정을 귀찮게 안 했나 몰라요."

주지와 서웅기도, 현암이 무심코 건넨 말의 위험성을 인지하지 못했다. 현암이 합장 반, 허리 반 숙여 건넨 인사에 두 사람은 다시 한 번 웃었다. 현암이 문을 열자 그림자가 고개를 숙이고 길게 뻗기 시작했다. 높은 산의 기세에 점점 그림자는 빠르게 산을 잠식했다. 서웅기는 행자승 객사를 향하는 현암을 물끄러미 바라보았다.

임진왜란 출병 전
– 오사카 성

토요토미 히데요시가 방석 위에 앉았다. 토요토미가 자리에 앉자 기다렸다는 듯 장수들 앞으로 술상이 날라졌다. 탁주에 매실장아찌와 밥, 된장국이 전부인 소박한 상이었다. 토요토미의 집무실인 천수각에는 오랜만에 긴장이 감돌았다. 상석에 앉은 토요토미가 자리를 둘러보았다.

누구를 믿어야 할까!

토요토미는 기반이 없었다. 전통적인 다이묘가 아니었던 그는 바닥에서부터 이 자리까지 올라왔다. 은밀한 자리라면 대대로 가문에 충성을 바친 후다이, 가신이 자리하는 게 마땅했다. 최근에는 토요토미가 믿었던 타케나카 시게하루가 사망했다. 문맹인 그를 떠받치며 글을 읽어주는 사이쇼 조타이西笑承兌가 왼팔이라면 타케나카 시게하루는 오른팔이었다. 토요토미는 재주의 절반을 잃은 것이나 마찬가지였다. 더구나 천하제일의 책략을 지닌 구로다 간베에는 점점 눈

높이가 달라져 다른 곳을 보는 듯했다. 천하통일은 주군이었던 오다 노부나가조차 이루지 못한 대업이었다. 일본 만방에 천하통일을 이루었다 외쳤지만 허리가 잘려나간 느낌이었다. 충성을 맹세했다고는 하나 간사이關西와 간토關東의 기운이 달랐다. 큼, 침을 삼키며 토요토미는 자리를 둘러보았다.

"오늘 자리는 처음이자 마지막 점검이다. 조선 침략은 그만큼 비밀리에 속전속결 해야 한다. 군사는?"

사이쇼 조타이가 일어섰다.

"육십 만 대군이 출병을 기다립니다."

토요토미의 긴 한숨이 잠시 토해졌다. 육십만 명은 가장 부풀린 수치였다. 칼을 들고 일선에서 싸웠던 토요토미가 모를 리 없었다.

"도쿠가와는?"

"허리가 아파 칼을 들 수 없다 합니다."

가토 기요마사의 새된 목소리가 천수각에 울렸다. 역시 간토는 불복종하는 것인가. 토요토미를 비롯한 간사이 병력은 일본 전체의 육할에 해당했다. 도쿠가와 이에야스德川家康를 필두로 하는 간토 병력은 사 할에 해당했다. 도쿠가와 이에야스가 허리가 아프다는 말은 사할의 병력이 떨어져 나간다는 것을 의미했다. 이십사만 명이라는 숫자가 토요토미의 머릿속에서 지워졌다. 토요토미는 백만 대군의 출정을 원했다. 조선을 짓밟고 명나라를 넘어 세계를 제패하고 싶었다. 최신무기인 조총으로 무장한 백만 명이라면 어디에 내놓아도 지지 않을 것이라 생각했다. 육십만이 출병해 조선을 정복한다, 그 뒤 조선 군사를 규합해 백만 명의 군사를 만든다. 백만 명의 군사로 명나라를 친다! 이 거대한 그림에는 일본 전체의 단합이 필수였다. 육 할이 출병해버리면 토요토미의 세력은 일본을 비우게 된다. 사 할의 세력이 규합해 토요토미를 저지하려 든다면……. 생각만 해도 모골이 송연해졌다.

"허리라. 괘씸한. 언젠가는 허리를 꺾어주마. 병사들의 사기는 어떠하냐?"

토요토미는 핵심적인 질문을 물었다.

"다이묘나 병사들이 바다 건너기를 무서워합니다."

노략질이 아닌 전쟁이었다. 노략질을 일삼는 도적떼들이야 배 하나로 바다에서 살았다지만 병사는 달랐다. 특히나 군사들 내부에서 반발이 심하다는 이야기는 속속 전해 들었다. 아무리 일본국 내에서 날고 긴다고 해도 지금껏 구축되어 온 전통은 하루아침에 무너지지 않았다. 조선만 해도 그랬다. 때론 스승의 나라였고 때론 형님의 나라였다. 조선이 있었기에 대륙의 직접적인 정벌도 수없이 차단되었다. 일본국을 정복하려던 몽골의 군대는 그야말로 파죽지세였다. 이미 구라파 일대를 집어삼켰고 고려도 함락되었다. 그럼에도 바다를 건너는 족족 몽골군은 태풍에 궤멸했다. 일본국은 이를 카미카제新風라 부르며 칭송했다. 만일 몽골군의 기세대로 일본에 상륙했다면 일본은 전례 없는 화마를 입었을 것이다. 일본국 전체의 지형이나 기조가 바뀌는 것은 물론 그 어떤 다이묘도 건드리지 않는 천황마저 몽골군의 칼날에 이슬이 되었을지 몰랐다. 병참기지나 보급기지로 전락했을 일본을 카미카제가 구했다. 장수가 된 뒤에야 깨달았다. 전설은 고려 장수들의 지략이 만들어낸 결과물이었다. 몽골군을 배에 태운 고려의 장수에게 우연은 없었다. 태풍의 전조를 읽고 몽골군을 조급하게 만들어 시류를 오해하게 만들었을 것이다. 무엇보다 전설은 그냥 만들어지지 않는다. 전장에서 이름도 계급도 없이 죽어간 수많은 장병들의 피가 이루어낸 사념의 결집체였다. 판세를 짚어낸 남자는 카미카제가 반드시 필요할 거라고 말했다.

"자네들은 조선 출병이 무서운가?"

토요토미가 좌중을 아울렀다. 시선은 오롯이 토요토미에게 모였다.

"역사를 무시할 순 없겠지. 그러니 우리가 역사를 가지고 가면 될 게야. 전서를 보태서."

장수들의 눈매가 가늘어졌다. 토요토미가 헛소리라도 하는 게 아니냐는 반문도 숨어 있었다.

"병사들 사이에 소문을 내라. 우리가 카미카제를 찾으러 간다고."

"카미카제? 카미카제라 하셨습니까?"

토요토미의 일거수일투족을 챙기는 사이쇼 조타이가 놀란 눈으로 되물었다.

토요토미는 한포국한 웃음으로 자리한 장수들을 살폈다. 가토의 눈도, 고니시의 눈도 두려움을 넘어 경외로 바뀌었다.

"고니시가 출병할 때 쓰는 문양은 무엇인가?"

"시, 십자가와 가문의 문양이자 우토 성을 상징하는 모양을 전기에 새겨 출병합니다."

"거기에 하나를 더해서!"

완급을 조절하며 토요토미가 꿀걱 침을 삼켰다. 토요토미가 잠시 침묵하자 천수각도 침묵에 잠겼다.

"고려를 지켜낸 카미카제, 팔만대장경을 전기로 명국을 치러 들어가는 것이다. 과거에는 지켜냈지만, 미래에는 침략의 일선에서 휘날릴 팔만대장경을 떠올려 보라. 천년고도 신라와 고려의 정신을 집약한 팔만대장경이 그저 촌구석 방사인 합천 해인사 따위에 은거해 있다는 게 말이 되느냐! 팔만대장경이 속삭이지 않느냐. 나를 카미카제로 쓰라고!"

토요토미의 목소리에는 절정의 의지가 담겼다. 그의 뜨거운 목소리에 장수들은 감읍한 듯 고개를 조아렸다. 토요토미가 막걸리 사발을 들었다. 장수들도 잔을 들었다. 장수들의 눈빛은 점점 결연해졌다. 소 요시토시와 겐소, 가신인 야나가와 시게노부가 액막이가 되어 조선에 그토록 팔만대장경의 진상을 요구했던 이유가 그제야 밝혀졌던 것이다. 성미가 급하고 포악한 가토 기요마사가 술잔을 내려놓으며 말했다.

"간바쿠, 제가……."

가토의 말을 재빨리 토요토미가 잘랐다.

"가토, 가토에게는 가토의 길이 있고, 고니시에게는 고니시의 길이 있네. 사이쇼와 구로다도 마찬가지이지. 조선 정벌은 모두가 한 몸처럼 움직여야 하네. 이만 물러들 가게나."

토요토미가 길었던, 그러나 뜨거웠던 저녁이 파했음을 알렸다. 토요토미가 손짓으로 장수들에게 먼저 나가라는 신호를 보냈다. 다만 토요토미는 사이쇼를 따로 불러 귓속말했다.

이각이 지난 뒤 텅 빈 천수각에 고니시 유키나카가 들어섰다. 비어 있는 상석, 도코노마를 주시하다 창가로 다가갔다. 오사카 성 꼭대기, 아래로 야경이 보였다. 성의 석벽을 밝힌 화톳불과 해자에 반사된 주홍빛이 압도적인 성의 위용을 할기죽거렸다. 성은 아무렇지 않다는 듯 약간의 살점만을 인간에게 허용했다.

"어떤가? 보시기에 흡족한가?"

어둠에서 모습을 보이지 않은 채 토요토미가 고니시에게 말을 건넸다. 고니시는 면전에 토요토미가 있다는 듯 부동자세가 되었다.

"제가 보기에는 넘치고도 남음이 있습니다."

"고맙네그려."

천수각 비밀의 방에서 모습을 감추었던 토요토미가 어느새 상석에 정좌했다. 방석을 높이 쌓아 무릎 위로 턱을 괬다. 돌아선 고시니를 향해 자신의 우측, 빈자리에 앉으라 손바닥을 보였다.

"우토 성의 야경은 어떤가?"

"굽어볼 만큼 높지만 주변에 이만큼 볼 야경이 없습니다."

"쓸쓸하겠네그려. 한양의 야경은 어떨 것 같은가?"

"한양이라 하심은?"

"조선말이네. 조선의 한양."

"생각해본 적이 없어서……."

"그래, 그럴 거야. 우리는 섬나라 일본국에서만 갇혀 살았으니까."

말을 하던 토요토미가 촤르르 소리가 나도록 부채를 펼쳤다. 상 아래에 미리 두었던 듯 붓을 꺼냈다. 토요토미는 펼친 부채에 최선을 다해 무언가를 적었다. 고니시는 글자를 모르는 토요토미가 그저 그림을 그리나 막연히 짐작했다. 부채에 무언가를 쓰고는 후후, 소리가 나도록 말렸다.

"우습지, 내 모습이?"

"아닙니다. 필사적이라는 느낌을 받을 정도입니다."

"허허허. 그렇다네, 지금 나는 필사적이라네."

말을 하던 중에도 부채에 후후 바람을 넣던 토요토미가 "이정도면 됐으려나?" 하고 만족한 웃음을 띠었다. 토요토미는 절제된 동작으로 부채를 날렸다. 부채는 사뿐히 나돌아 고니시의 왼팔 근처에 안착했다.

"어떤가, 알아볼 만한가?"

고니시는 토요토미가 날린 부채를 집으려다 두 눈이 휘둥그레졌다. 부채에는 또박또박 열 글자의 한자가 적혀 있었다.

朝鮮 漢陽城主 小西行長   조선 한양성의 성주 고니시 유키나카

고니시는 저도 모르게 히익, 하는 새된 소리를 내고 말았다.

"한양성의 성주라니요. 토요토미 간바쿠, 실로 과분한 명입니다."

"아닐세. 그만큼 자네가 해야 할 일이 많을 거야. 보자……, 자네의 군사가?"

"사위인 소와 저의 군사를 합치면 삼만이 좀 넘습니다. 이래저래 끌어모으면 삼만삼천 명까지도 될 줄 압니다."

"나는 자네를 조선 선발대의 제1 장수로 세울 것이네. 그러나 자네는 대신 해주어야 할 일이 있어."

"할 일이라고 하시면?"

"자네는 조선 정벌에 누구를 데리고 가겠나? 그래, 신이라고 하지. 어설픈 종교 논쟁을 하려는 것은 아니니 허심탄회하게 말해보게."

토요토미가 고니시의 종교를 모를 리 없었다. 고니시는 일본국 내에서도 상당한 유명세를 띤 천주교도였다.

"저야 아무래도…… 천주를 마음에 새기겠지요."

"그래, 그렇다면 우리 군사는? 자네 말고 우리 군사는 어떤 신을 모시고 가야 하나?"

"그거야."

답을 하고 싶었지만 고니시는 딱히 떠오르는 말이 없었다. 고민하다 토요토미와 눈이 마주쳤다. 토요토미는 예상했다는 듯, 이번에는 품에서 부채 하나를 꺼냈다. 촤르륵 펼쳐 냄새를 맡는 시늉을 했다. 두어 번 자신을 향해 바람을 일으키던 토요토미가 두 번째 부채를 고시니를 향해 날렸다. 이번에는 회전하던 부채가 고니시의 상 위에 정확히 떨어졌다. 순간 고니시는 두 눈을 의심했다. 다섯 글자가 적혀 있었다.

八萬大藏經 팔만대장경!

"별동대를 조직해 자네가 직접, 팔만대장경을 취하라. 조선은 어
차피 수일 내로 손아귀에 떨어질 게야. 팔만대장경 경판 하나하나를
인쇄해 일본국 병사에게 입히고 일본 군사가 발을 딛는 곳마다 전기
로 활용하라. 팔만대장경은 우리의 카미카제일지니, 명을 넘어 천축
국까지 일본국의 병사가 발을 내딛게 하라!"

임진왜란 발발 이틀
- 해인사

눈을 뜬 서응기는 무거운 몸뚱어리에 나이를 절감했다. 만년이다. 아버지는 육십이 못 돼 하직했다. 이치를 통달해 죽음마저 평안하다 아버지는 말했다. 서응기는 아버지 서경덕의 경지에는 이를 수 없었다. 날아오르는 나비의 날갯짓을 보고 격물의 치지를 깨달았던 아버지다. 서응기는 어제 꾸었던 꿈조차 해석해내기 어렵다. 다만 아버지의 철학이 현세적이라면 아버지는 세상으로 더 나갔어야 하지 않을까. 그것만큼은 이해할 수 없었다. 기근이 심해 어른은 초근과 목피로 연명했고 시구문 바깥에는 굶어 죽은 아이들로 넘쳐났다. 서응기는 욕심을 냈다. 아버지의 후광으로 관직에 올랐지만 더 벌려고, 더 가지려고 애썼다. 재물은 버는 족족 가난한 사람들에게 나눠주었다. 특히 고아들을 한 명이라도 더 찾아내 그 아이들이 굶지 않도록 애썼다. 선조 오 년에 관직에 올라 이십일 년까지 십육 년이나 녹봉을 먹었다. 그 사이 정여립을 구실로 삼았던 기축옥사야말로 그가 겪은 최악의 비극이었다. 같은 유학을 배우면서 스승이 다르고 추구하는 바가 다르고 기와 이에 대한 해석이 다르다고 해서 칼부림을 하고 목숨을 앗아야 할 정당성은 어디에도 없었다. 그런 의미에서 촌구석 방사로만 인식되는 조선의 여러 사찰은 어린아이들을 피신시키기에 안성맞춤이었다. 비록 유학을 모른다 해도 살아가는 것에는 문제가 없었다. 아니 모르고 살아가는 것이 더 나을지 몰랐다. 자연스레 해인사와 연결되었다. 천재로 소문이 자자했던 아버지에게 배움을 청하는 학승들이 많았다. 아버지는 아버지다웠다. 상당한 불교에 대한 이해를 바탕으로 비판도 칭찬도 했다. 겸허하게 학문으로 불도를 인정했던 것이다. 이심전심, 부처의 웃음처럼 아버지는 도력이 높은 스님들과 염화미소를 나누었다.

깍. 까마귀 소리가 새삼 서웅기를 깨웠다. 박자를 맞추듯 끙, 소리를 내며 몸을 일으켰다. 소암의 암자는 비좁고 불편했다. 말이 암자지 토굴에 가까웠다. 큰 돌이 무언가의 압력을 견디지 못해 굴러 나왔고, 그 자리에 굴을 파고 들어가 사람 두 명 정도가 누울 자리를 확보했다.

"무너지지 않는 게 용하구나." 토굴을 기어 나오며 혼잣말했다. 바깥으로 나오자 밤은 아직 산을 떠나지 않았다. 구름은 호위무사처럼 색깔을 달리하며 산을 감쌌다. 무시광겁 모습을 바꾸는 구름은 시간을 지킨 나비처럼 오르고 내리기를 반복했다. 암자를 지키듯 서있는 기다란 돌 앞까지 나와 기지개를 켰다. 그때 돌 옆에서 머리가 땅으로 처박듯 떨어지다 중심을 잡았다. 아이였다. 아이는 부르르 몸을 떠는가 싶더니 다시 머리를 처박았다 끌어올리기를 반복했다. 가만히 아이를 보다 머리를 받쳐주었다. 아이는 한동안 일어나지 않았다. 아이는 일각이나 잠들어 있었다. 여염집이라면 엄마 품에서 젖 냄새를 맡을 나이이지 않을까. 아이는 눈을 뜨자마자 벌떡 일어섰다.

"대사부님께서, 대사부님께서."

아이는 말문이 막혔는지 그만 눈물을 쏟았다. 아이를 안으며 말했다.

"대사부님한테 가면 되느냐?"

아이는 눈물을 닦았다. 그러더니 크게 고개를 끄덕였다. 암자는 장경판전과 연결되는 오솔길을 따라 천 보 정도 위쪽이었다. 서응기는 아이를 안고 암자를 내려왔다. 장경판전 근처는 새벽이 따로 없었다. 벌써부터 학승들이 판전을 정리하고 있었다. 학승들 중 체격이 좋고 단단한 몸을 가진 승려들이 나무회초리 같은 물건에 말총을 달아 먼지를 털어댔다. 수십 번이나 본 광경이지만 볼 때마다 생경했다. 놀라움을 떠나 신기했다. 팔만 개가 넘는 판전을 하나하나 점검했다. 깨지고 뒤틀린 글자가 나타나면 일차적으로 글자 하나하나를 보수했다. 다만 이는 단속적인 수리였다. 나무는 영원하지 않았다. 개별적으로 물기를 먹어 뒤틀리거나 썩어서 삭는 나무가 생겨났다. 아이가 대사부라 칭한, 소암은 글자 정도만 수리해 다시 판전 안으로 들어가는 장경판을 '착득거着得去'라고 불렀다. 이도저도 못해 도저히 쓰지 못하게 된 장경판을 버리며 '방하착放下着'이라 불렀다. 조금은 장난기 어린 명명이었지만 적절했다. 안고 가야 할 것과 버려야 할 것, 인간만큼 이를 가리지 못하는 종족도 드물었다. 착득거나 방하착에 얽힌 장님의 일화처럼 인간은 눈을 떴어도 눈을 감은 존재나 다름없었다. 이때 안고 있던 아이가 꾸무럭거렸다. 놓아 달라고 몸부림쳤다. 아이를 놓자 재빨리 장경판전으로 뛰어갔다. 그제야 소암이 모습을 드러냈다. 아이는 그림자도 보이지 않았을 소암을 어떻게 찾아냈던 것일까. 그만 껄껄껄 웃음이 났다. 아이가 적삼 옆구리를 붙들고 소암을 서응기의 곁으로 데려왔다.

"형님, 좀 더 주무시지 않고."

소암은 판전 안이 신경쓰이는지 눈도 마주치지 않았다.

"예끼 이 사람, 오랜만에 만나는데 격조했다던가 보고 싶었다던가 한마디 해주어야 하는 거 아닌가?"

서응기는 반가운 마음에 와락 소암을 껴안았다.

"저는 형님이 껴안으시리라 보고 두 손을……."

그제야 알아차렸다. 소암은 이미 두 팔을 펼쳤던 것이다. 그의 손은 온통 먹물 범벅이었다.

"아니, 이게 뭔가?"

"팔만대장경입니다. 이 손 안에 있지요."

소암은 더욱 짓궂은 표정이 되어 서응기의 얼굴에 손을 가져다댔다. 절로 인상이 찌푸려지며 피했다. 밤을 샜던 게 분명했다. 손가락 하나하나에 대장경 판전의 글자를 느끼며 장경판을 지켰던 것이다.

"형님, 아직 성불하시려면 멀었습니다."

"예끼, 이 사람아. 그러면 자네 손은 부처의 손인가?"

서웅기의 말에 소암의 표정이 활짝 펴지며 껄껄껄 웃었다. 서웅기는 소암을 보며 마음 한구석이 저려왔다. 서웅기도 소암도, 웃음이 닮았다. 아버지의 흔적이리라. 아버지는 아이들을 잘 돌보았다. 특히 부모를 잃은 아이를 보면 언제든 집으로 데리고 왔다. 서웅기가 열여섯 살이 되었을 무렵 어린아이를 데리고 왔다. 아이는 아버지를 잘 따랐다. 그 무렵 서웅기는 아버지와 버름해졌다. 아무리 배워도 아버지를 따르지 못한다는 자격지심이 한몫했다. 서웅기에게 아버지는 그야말로 괴물이었다. 아이는 달랐다. 아버지에게 주지 않았던 것을 아이에게 주었다. 아이는 서웅기를 형님이 아니라 아버지처럼 따랐다.

"무슨 생각을 그리 하십니까?"

"부처의 손을 잡을 마음이 되었나 싶어서."

서웅기는 소암의 손을 맞잡았다. 힘을 빼려던 소암이 손에 힘을 주었다.

"일단 가실까요?"

맞잡은 손은 먹물로 범벅이 되었을 것이다. 그 손을 소암이 이끌었다. 산을 내려다보는 장경판전 왼편이었다. 과거에는 널찍한 공터였다. 스님들이 나무를 패거나 장경판을 수리하던 장소였다. 지금은 공터 중앙에 건물이 한 채 들어섰다. 가로세로 스무 자 정도로 보였다. 건물에는 편액이나 현판이 없었다.

"이름이 없네?"

"곧 지어야죠. 그냥 제가 차나 마시려고 만든 곳이라……."

소암이 말을 흐렸다. 반대로 의중이 있다는 뜻이었다. 산을 오르느라 몇 겹으로 신었던 짚신을 벗었다. 소암과 차를 마신 뒤 가야천에 발을 담가 피로를 풀고 싶었다.

"남은 짚신이 있으십니까?"

"글쎄. 스무 죽을 가져왔는데 반도 안 남았을 걸."

"애들에게 삼아두라고 하겠습니다."

"되었네, 되었어. 합천 장터에서 열 죽만 사면 될 걸, 뭣하러."

서응기가 대답하는 사이 소암은 분주하게 건물 안팎을 오갔다. 서응기가 건물 안으로 들어섰다. 어제 본 주지의 방처럼 목로 하나가 전부였다. 곧 소암이 다기와 더운물을 담은 질그릇을 내왔다. 목로 위 뜨거운 물에서 김이 모락거렸다. 금세 목구멍으로 군침이 돌았다.

"하동에서 공양해 온 차입니다. 드시지요."

차가 우러나기도 전에 후르릅 한 모금을 마셨다. 허겁거리는 서응기에 비해 밤을 새웠을 소암은 느긋했다. 차를 마시며 팔을 펼쳐 몸을 풀듯 이상한 동작을 시전했다.

"벌써 오 년은 넘었나 봅니다."

"그랬을 게야. 나는 나대로 일이 있으니."

"그래도 현암을 시켜서 아이들을 보내는 일은 잊지 않으셨더이다. 그것만 해도 노익장을 과시하는 게지요."

"예끼 이 사람아."

내려놓는 찻잔에 소암이 우려낸 차를 채웠다.

"소암, 아버지가 왜 송도삼절인지는 알잖은가?"

벌써 몇 번이나 해댔던 소리다. 소암이 모를 리 없었다. 그러나 서응기가 이런 푸념을 늘어놓을 상대가 오로지 자신뿐임을 소암도 알았다.

"황진이와 박연폭포, 아버지를 일컬어 송도삼절이라고 하지. 그런데 아버지가 벼슬을 하러 한양으로 가면 어떻게 되누?"

"송도삼절 중 일절이 사라지지요."

"그러니까. 벼슬하지 말고 송도에 가만히 계시라는 비아냥거림이었던 게야. 그걸 모르는 속인들은 칭송으로 착각했던 거고. 그뿐인가. 퇴계 선생에게는 근본이 없다 무시당했고 율곡 선생에게는 독창적일 뿐 근본에 이르지 못했다 폄훼 당했으니까."

찻잔을 든 손을 놓더니 소암이 주먹을 쥐었다. 주먹은 바위와 같았다. 바위는 금세 형세를 바꾸어 나비처럼 날았다. 두 손으로 반원을 그리며 날을 세운 왼손이 앞으로 나왔다. 날은 어느새 날개가 되어 푸드덕 하늘을 날았다. 하늘을 날던 날개는 땅으로 내려앉았다. 불시에 땅을 기며 포효했다. 기막히게 절제되었고 처절하게 화려했다. 소담하다가도 투박했고 소박하다가도 대담해졌다.

"뭐…… 하는 겐가?"

영문을 몰라 서응기가 물었다. 서응기가 묻는 중에도 소암의 손은 빠르게 움직였다. 날을 세웠던 손은 어느새 발톱처럼 오므려졌다.

"화담 선생의 사상을 증명하고 있습니다."

"뭣……이라?"

"나비가 날아오르니 세상의 모든 이치를 깨달았도다. 화담 선생의 사상을 제가 몸소 증명하고 있다는 말입니다."

차를 한잔 마신 소암이 목소리를 높였다.

"허, 이 사람. 무슨 말을 하는 겐가?"

"보시겠습니까?"

소암이 길게 팔을 뻗어 서웅기가 마주보는 소암의 등 뒤 장지문을 밀었다. 장지문을 밀자 방안의 공기가 확연히 뒤바뀌었다. 소암이 손을 뻗은 너머로 사백 명에 달하는 승려가 흑백청홍의 적삼을 나눠 입고 손을 뻗었다. 소암이 주먹을 쥐면 그들도 주먹을 쥐었고 소암이 호랑이의 발톱을 흉내 내면 그들도 호랑이의 발톱을 흉내 내었다. 소암이 합장을 하자 뒤로 보이는 승려들이 일제히 합장을 했다.

등 뒤로 보이던 승려들이 일사분란하게 자리를 떴다. 서웅기는 절도 있고 파괴적인 모습에 현혹되어 저도 모르게 박수를 쳤다.

"형님답습니다. 어느 양반이 잘하고 멋진 모습을 보았다고 박수를 친답니까?"

"그게 뭐 잘못됐나? 일찍이 박연 선생은 자신이 적의 대가이면서 새로운 가락을 부르는 장악원 악공에게 읍소하며 절까지 했다네. 좋은 건 좋다, 잘한 건 잘했다 말해야지. 그나저나, 소림사에 필적하는 절은 해인사뿐이라는 말이 틀리지는 않나 보이."

"무슨 그런 무서운 말씀을 하십니까. 조정에서 알기라도 하면 사군을 양성했다 벌하려 들겠습니다. 저들은 그저 수신제가하는 것입니다. 오로지 팔만대장경을 지키는 게 저들의 일일 뿐입니다."

소암의 말에 서응기가 잠시 생각에 빠졌다.

"그래, 이곳 이름을 소림원으로 하는 건 어떠하겠나?"

"소림원이요? 소림원이라. 나쁘지 않습니다. 주지스님께 말씀드리겠습니다."

"찻값은 한 겐가?"

소암의 화답에 서응기도 맞받아치며 껄껄껄 웃었다.

서응기도 몰랐던 것은 아니었다. 그러나 승려들이 실제 무예를 수련하는 모습은 처음 보았다. 조선 초 팔만대장경을 보관했던 일과 이토록 단단하고 강력한 승병이 양성된 일은 뿌리가 달랐다. 조선의 사상은 딱 하나였다. 숭유억불 정책. 반면 조선이 성립할 당시 마지막까지 저항한 것은 승병이었다. 고려가 역사의 이슬로 사라진 뒤 고려를 좌지우지했던 승려들은 갈 곳을 잃었다. 이들 중 상당수는 부패했고 부정했다. 재물을 챙겨 보통사람으로 변신했다. 반면 무예로 수신제가하며 불도를 지키려던 상당수 진짜 승려들은 조정의 힘이 미치지 않는 절을 찾아 숨었다. 그중 하나가 해인사였다. 신라와 고려를 지나며 상당한 절들이 관력이 미치는 곳에 창건했던 데 반해 해인사는 가야산 속에 꽁꽁 숨어 있었다. 비밀이 전승되고 바깥에 내보이지 않을 천혜의 요새였던 셈이다. 이를 알 리 없었던 조정 대신들은 시간이 지나며 해인사를 그저 촌구석 방사쯤으로만 여겼다. 해인사에, 지나간 유산이자 민간신앙과 결합한 호국불교의 상징 따위야 처박아두어도 되리라 예단했다. 부적 같은 세월이 흐르며 백

오십 개가 넘는 말사와 암자를 거느린 해인사는, 누구도 눈여겨보지 않는 산속 요새로 성장했다.

"혹시 저들의 훈련을 좀 보아도 되겠는가?"

"그러시겠습니까?"

소암이 일어섰다. 뉘엿뉘엿 해가 떠오르는 이른 새벽이었다. 서응기는 왠지 흥분되었다. 조선에서 모질게 버텨낸 인내를 더해, 고려를 지탱했던 무예와 신라가 삼국을 통일했던 불교의 응축한 천년을 보는 셈이었다.

"현무!"

"네, 사부님."

"현무진을 시전하라."

"예? 서 사부님 앞에서요?"

잠시 망설이는 듯했지만 현무의 손짓 한 번에 백 명의 승려가 일시에 나타났다. 현무가 "무장!" 하고 외치자 어디인가로 달려갔다. 돌아온 그들은 방패를 쥐었다. 방패 위에는 손잡이와 함께 칼자루가 사선으로 두 개 모습을 드러냈다.

"저건?"

"지순입니다."

"지순이라면, 종이방패를 말하는 건가?"

"그렇습니다. 기름을 먹이고 덧대고 덧대 공을 들인 종이방패는 화살도 뚫지 못합니다. 게다가 철갑방패보다 가볍고 그때그때 보수하기도 편합니다. 물론 저 중에는 철갑방패도 있습니다. 화전과 같이 진세에 따른 필요성 때문에 철갑으로 대체했습니다."

두 사람이 이야기를 나누던 중에 현무가 외쳤다. "현무진!" 외침과 동시에 방패를 등에 멨다. 백 명은 네모에서 마름모꼴로 재빨리 자리를 잡더니, 금세 학처럼 모양을 휘었다. 이 열 오십 횡으로 바뀐 진의 첫 열이 칼을 뽑았다. 등을 완벽히 방어한 탓인지 양손에 칼을 들고 거침없이 전진했다. 그러다 몸을 낮추나 싶은 순간 이 열에 있던 오십 명의 승려가 방패를 밟고 하늘로 솟구쳤다. 공격하는 찰나, 곧바로 등을 돌려 몸을 감추었다. 일 열과 이 열로 섰던 방패가 나란히 위와 아래로 자리해 밀치고 나갔다. 순간 서응기의 눈에 적이 허둥거리며 방패에 의해 밀려나는 형세가 보였다. '그렇구나.' 서응기는 탁, 무릎을 쳤다.

"백병전에서는 특화해서 우리 군을 지키고, 산악에서는 적을 아래로 밀어내겠구나. 방어용 진으로는 저만한 기술이 없겠어."

몸을 돌린 현무는 두 칼을 교차하며 현란했던 시전을 마무리했다. 서응기는 저도 모르게 일어나 박수를 쳤다.

"형님, 저야 그렇다지만 애들이 경박하다고 놀릴 겁니다."

"잘한 걸 잘했다고 하는 건데 뭐가 경박한가? 대단하네그려."

소암의 말과 달리 현무진을 시전한 백 인의 승려 얼굴에는 자부심이 가득했다.

"가거라. 아침 공양 시간이다."

소암의 외침에 현무들이 물러갔다. 소암과 서응기가 소림원으로 명명한 마당에 내려섰다. 진즉에 서응기도 알았다. 해인사의 무승들에 대해서. 다만 보는 것은 처음이었다. 비밀과 신비를 그대로 간직했다. 외부인에게는 어떤 경우에도 무술을 시전하지 않았다. 사천왕을 필두로 그들이 어떤 식으로 진을 펼칠지 짐작은 해보았다. 현무진은, 짐작을 완전히 넘어섰다.

"보셨다시피 현무는 북쪽 다문천왕을 형상화한 것입니다."

"하긴. 우리는 북에서 늘 침략을 받았으니, 무엇보다 중요한 게 방비였겠지. 남쪽은 주작인가? 증장천왕?"

"맞습니다. 주작, 증장천왕이지요. 이들은 봉술을 날개처럼 휘두릅니다. 아마도 소림사의 학권과 비슷하지만 다를 겁니다. 우리 민족성을 닮은 건지도 모르지요. 우리는 왜구를 쫓아만 낼뿐 웬만해서 죽이지는 않잖습니까. 동생 같은 존재들이니."

"틀리지 않음세. 그럼 동쪽을 방비하는 것은 청룡 지국천왕일 테고, 서쪽은 백호 광목천왕이겠구면."

"네, 맞습니다. 이 땅의 오랜 무예가 겹겹이 세월을 입으며 형상화된 거니까요. 이곳 삼신당만 해도 그렇지요. 엄밀히 말해 삼신당은 불교와 인연이 없지요. 조선 범부 집집만 해도 어떻습니까. 곳곳에 단군의 얼굴을 부적으로 벽에 붙여두지 않았습니까. 마찬가지이겠지요."

"하긴."

서응기는 소암의 말에 맞장구를 쳤다. 조선의 성리학이 이와 기를 논하던 이황과 이이의 대결에서 분화하며 정작 벌어진 일은 정쟁과 당파, 세력 싸움이었다. 이에 지친 몇몇 학자들은 아버지 서경덕의 사상에 심취했다. 다만 이 역시 변화하고 있었다. 아버지가 가장 아끼던 제자인 토정 이지함은 비결이나 비법에 집착했다. 격물하여 치지한 뒤 세상을 내다볼 수 있다는 사실을 직접 시연하려 들었다. 서응기는 오히려 그와 반대되는 현세에 집착했다. 그 어떤 사상도 인간을 직접 구제하는 밥 한 술보다 못하다는 지론이었다. 초근목피하며 굶고 살아서는 죽음밖에 남는 것은 없었다. 이는 곧 실사구시를 의미했다. 실재에 바탕한 학문, 이는 서응기가 아니더라도 상당한 학자들에게 반향을 일으켰다. 향후 조선의 성리학은 이지함이거나 서응기이거나 둘 중 하나로 분화하지 않을까. 적어도 서응기의 생각은 그랬다. 오늘 눈앞에서 본 불교도 변했다. 호국불교는 신라 이래 이 땅을 지탱해준 사상이었다. 수신제가 치국평천하! 이 말에는, 다른 땅이 아닌 이 땅에서 피어났던 불교를 함축했다. 나를 수양해 나라를 지키는 함축은 대장경에 이식되었다. 함축에 이은 응축은, 곧 상징으로 변했다. 대장경은 지켜주며 이루어주었다. 민초는 그런 팔만대장경을 지킬 의무를 지녔다. 누가 시켜서가 아니었다. 오죽했으면 조선 초기 해인사로 옮겨지는 대장경은 손에서 손으로 전해졌다. 백성들은 강화도에서 한양을 거쳐 합천까지 인간 띠가 되어 끊어지지 않았다 전한다. 현무, 주작, 백호, 청룡은 민초의 대변인이자 일선이었다. 팔만대장경을 지키기 위해 최선을 다하고 있었다. 이것이 치국평천하를 위한 수신제가가 아니고 무엇이겠는가.

서응기는 소암을 보며 흐뭇한 미소를 지었다. 속세의 인연이 해인사까지 이어지리라고 누가 알았을까. 그저 아버지의 뜻을 받들어 힘든 아이들을 해인사에 몸소 데려왔다. 현무만 해도 그랬다. 아이였다. 아이는 어른이 되었다. 그보다 먼저, 아버지가 데려왔던 고아를 해인사에서 만났다. 기와 이, 인과 연으로 설명하기에는 부족했다. 그저 운명적이었다. 아이를 데려왔는데, 잃어버렸던 기억 속의 아이를 만났다. 기억 속의 아이는 소암이라고 자신을 소개했다. 서웅기는 눈물이 나서 소매로 훔치고 훔쳤다. 먼 산을 보는 듯하던 소암은 합장을 하며 고개를 숙였다. 흙바닥에 뭉개진 눈물이 떨어졌다. 소암도 아팠던 것이다.

"속연은 속연, 버리려 했지만 그러지 못한다면 속세의 인연은 지금도 인연이겠지요." 소암은 그렇게 말했다. 이십 년 전이었다. 서웅기는 소암과 지금껏 교류를 해왔다. 겉으로는 원조나 공양이었지만 속에는 소암과 끈끈한 유대가 숨었다. 또한 역모나 전란에 휩싸여 죽임을 당할 아이들을 보호해줄 곳도 해인사밖에 없었다.

대장경은, 상징이다. 그저 불교, 폄훼하기에는 다른 것이 도사렸다. 도사림 속에 사람이 들었고 소암이 섰으며 아이들이 커갔다. 보전하고 지켜야 했다. 내가 아니라 이 땅에 살아갈 보통을 위해. 서웅기는 생각과 사찰, 과거와 사람을 아울렀다. 유도와 불도는 지금을 지킨다. 응축이 대장경이다. 미래는 모른다. 그때 멀리서 뿔나팔 소리가 울렸다. 서웅기가 고개를 갸웃했다. 소암도 마찬가지였다. 소암의 얼굴은 일순 일그러졌다.

저 나팔소리는……!

"그야말로 파죽지세입니다."

사이쇼 조타이가 토요토미에게 문서를 읽었다. 동래성에서 대마도를 거쳐 오사카 성까지, 단 하루 만에 전황을 기록한 문서가 전해졌다.

"절반의 출병으로 쓸어버릴 정도로 조선은 입만 살았던 겁니다. 오죽했으면 왕이 신하의 입담에도 나가떨어진다는 소문이 자자했겠습니까?"

당파 싸움을 에둘러 나쓰카 마사이에가 조선을 힐난했다.

"다이묘들이 분발해 주기를 바라야지요."

토요토미가 차를 마시며 웃었다. 토요토미가 집무하는 오사카 성과 별개로 나고야 성에 출진을 위한 다이묘들과 병사들이 주둔했다. 출정을 앞두었던 다이묘들은 이제 나고야 성을 모두 떠났다. 그들은 이십만 명에 육박했다. 전략이나 전술에 따른 시기를 두고 조선에 상륙했다. 주로 행정을 담당했던 문공파인 고니시를 1군에, 무관파인 가토를 2군에 둔 것은 토요토미와 그의 가신들이 짜낸 책략이었다. 견원지간인 고니시와 가토를 나란히 침공하게 함으로써 전가를 높이려는 지혜였다. 적어도 충주에 다다를 때까지 이 전략은 성공했다. 고니시에게는 한양을 선사하기로 약조했다.

일본은 일본만의 구역 단위를 확정하며 토호들에게 다이묘大名라는 호칭을 썼다. 두루 이름을 알린 자[10], 라는 뜻처럼 봉건제 사회에서 이름을 써도 아무렇지 않은 세력자를 지칭했다. 통일을 이룬 왕이나 실권자들이 으레 그러듯, 토요토미 히데요시 역시 구획 조사를 실시했다. 구역 단위의 기준은 쌀이었다. 조사 기준은 고쿠다카石高, 이는 쌀 한 석[11]을 생산하는 토지의 면적을 가리켰다. 한 석에 대한 통용 기준은 성인 남성이 일 년에 먹는 쌀로, 일백 고쿠다카를 기준으로 두 명에서 세 명을 징발했다. 토요토미 시대에는 두 명 반을 징발하는 것으로 기준했다. 곧 쌀을 생산하는 기준이 일본 사회에서 영주들의 세력을 지칭하는 말로 통용되었다. 얼마의 땅과 부하를 거느렸는가 하는 단위로 치환되었던 것이다. 일만 석 이상을 가진 영주를 다이묘라 불렀다. 일만 석이 되지 않는 영주를 소묘로 구분했다. 따라서 다이묘는 최소 일만 석을 생산하는 땅을 가졌다. 절대평

---

10 대명大名 : 두루두루 알려진 이름

11 한 석, 고쿠다카의 통용 단위는 지금처럼 무게가 아니라 부피였다. 일정한 사각 통 안에 들어가는 쌀의 양으로 환산했는데 현재 무게로 치면 135에서 150킬로그램 정도였다. 다만 도량형이 치밀하지 않았던 일본에 비해, 우리나라는 보통 한 석은 한 섬과 같은 양으로 144킬로그램으로 통용했다.

균으로 일만 석당 일만 명의 소작인들을 보유했으며 이백오십 명의 병력을 징발했다. 토요토미 히데요시 아래 가장 많은 수확량, 즉 고쿠다카를 가진 다이묘는 도쿠가와 이에야스였다. 그는 255만 석을 보유했으며 그의 영지는 무사시, 즉 에도였다. 모리 데루모토毛利輝元가 뒤를 이었는데 120만 석에 아키, 히로시마를 영지로 세를 떨쳤다. 우에스기 가케카쓰上杉景勝가 120만 석에 무츠, 즉 아이즈에 주둔했다. 뒤를 이어 마에다 토시이에가 83만 석, 다테 마사무네가 58만 석, 우키다 히데이에가 57만 석, 시마즈 요시히사가 55만 석으로 뒤를 이었다.

"그렇지만 지금 만큼 중요한 때가 없습니다. 곳간이 비었으니까요."

토요토미 히데요시를 수행하는 사이쇼 조타이가 분위기를 가름했다. 도쿠가와 이에야스가 출병하지 않은 것을 두고 괘념할 것을 강조했다.

토요토미는 1군에서 16군까지 조선 출병을 기획했으나 일본 내 상황에 만전을 기하려 실제 출병은 9군까지만 이루어졌다. 명분은 그랬다. 실상은 달랐다. 출병하지 않은 10군에서 16군 다수가 간토 지역 도쿠가와 이에야스의 영향권에 있다는 사실은 불안감의 하나였다. 토요토미의 충신들인 고부교五奉行는 마지막까지 토요토미의 안위를 지키기 위해 전력을 다했다. 수많은 전장에서 살아남았던 토요토미는 그의 일거수일투족을 함께했던 사이쇼 조타이 외에 고부교가 토요토미에 힘을 더했다. 사법을 관장한 아사노 나가마사浅野長政,

행정을 맡은 이시다 미쓰나리石田三成, 토목에 역량을 보탠 마시타 나가모리增田長盛, 자금을 담당했던 나쓰카 마사이에長束正家와 승려였던 마에다 겐이前田玄以는 종교를 담당했다. 이들 중 이시다 미쓰나리와 마시타 나가모리는 평양성을 함락할 경우 명과 교섭을 담당하기 위해 가장 늦게 출병했다.

"내일이 계획대로 충주성을 함락시키는 날인가?"

토요토미가 찻잔을 들어 '계획대로'를 강조했다. 내심 한양을 함락시키는 데 삼 일을 생각했던 그였다. 충주에 이르는 데 십 일이 걸렸다는 사실이 녹록하지 않을 미래를 내다보는 듯했다.

"그래, 대업을 앞둔 시기이니 다들 몸 간수 잘 하시고, 돌아가서 귀를 열어 놓으시게나."

토요토미가 자리했던 가신들에게 돌아갈 것을 명령했다.

아직 저녁상 전이었던 터라 사이쇼가 의아함에 고개를 갸웃했다.

"아니야. 내가 생각할 게 좀 있어서 그러니 자네들이라도 가서 먹고 마시게나."

오사카 성 천수각으로 어둠이 틈입했다. 잠시 간을 보던 신하들이 엎디었다 곧바로 자리를 떴다. 토요토미는 도코노마에 앉아 조금 전까지 신하들이 있던 곳을 내려다보았다. 어둠 속에서도 토요토미의 눈은 형형했다.

"음식을 내와라."

토요토미가 천수각 바깥에 선 하인을 향해 소리쳤다. 미리 기다렸던 듯 상당한 음식이 커다란 상에 날라져 왔다. 개인상을 선호하는 일본에서는 이례적이었다.

"오래 기다렸지?"

토요토미가 허공을 향해 물었다. "그만 나오게나." 한 번 더 허공을 향해 말했다.

"당치 않습니다."

토요토미가 누구에게도 가르쳐주지 않은 내실의 비밀 문이 열리며 남자가 나타났다.

"가네모토. 함께 저녁을 먹고 싶어 청했네."

토요토미는 조금은 쑥스러운 듯 내실에서 나타난 남자를 바라보았다. 남자는 토요토미 앞으로 나와 예를 갖추어 절을 올렸다.

"아, 우리 사이에 무슨 큰절인가. 보다시피 자네가 좋아할 만한 음식들로 준비했네. 어떤가?"

"토요토미 간바쿠, 그 전에."

남자가 잠시 뜸을 들였다.

"오늘은 저 상을 물리고 제가 대접하는 상을 받아보심은 어떠실지요? 저 가네모토가 오직 토요토미 간바쿠를 위해 연회 상을 준비했습니다."

"그래? 오직 나를 위해? 그렇다면야."

토요토미가 껄껄 웃었다. 토요토미의 명령에 오사카 성 오 층, 천수각을 지키던 하인과 무사들이 모두 아래로 물러갔다. 대신 가네모토로 불린 남자가 은밀히 자신의 사람들을 채웠다. 가네모토는 일각 정도 만에 준비를 마쳤다. 가네모토는 바깥을 향해 말했다.

"상을 먼저 들여와라."

조선말이었다.

토요토미가 준비했던 연회 상에 비해 두 배는 커 보이는 상 하나가 힘겹게 천수각으로 들어왔다. 상은 가로세로 열자는 족히 되었다. 무겁고 튼튼해 보였다. 상을 들여온 남자들은 하얀 두건에 무명천으로 만든 적삼과 바지를 입었다. 조선의 복장이었다.

"덮개를 가져와라."

가네모토의 말에 한 남자가 재빨리 방을 나갔다 들어왔다. 남자는 둥글게 만 종이를 들고 나타났다. 종이는 상의 크기에 맞추었던 듯 상 위에 딱 맞게 포개졌다. 백자 문진으로 모서리 네 곳을 눌렀다. 돌돌 말았다 포개진 종이 위의 그림을 본 토요토미의 눈이 커졌다.

"저것은……!"

"조선의 지도입니다. 간바쿠께서 통치하게 될 땅이지요."

가네모토의 말에 토요토미는 손바닥으로 종이를 쓸었다.

"엄청나구먼. 지금껏 만져본 종이와는 질부터가 다르네."

"그렇습니까? 이 종이는 조선의 왕이 쓰는 종이입니다. 조지소에서 가져온 것이지요."

"조선의 왕이라. 그렇다면 이 그림은?"

"도화서 화원을 시킨 것입니다."

"그래?"

새된 목소리로 토요토미가 큼지막하게 미소를 지었다.

"조선 땅을 밟아보시겠습니까?"

가네모토가 손을 내밀었다. 상대적으로 키가 작은 토요토미가 가네모토의 손을 잡고 상 위로 올라갔다. 토요토미가 조선을 밟고 선형국이 되었다.

"그럼 이 상은?"

"미리 조선을 밟아보시라고 특별히 제작한 상입니다. 장경판을 만드는 방식으로 제작한 통나무 상입니다. 장인의 기술로 짜서 맞추었습니다."

"그래? 이렇게, 이렇게."

토요토미가 상 위에서 지도를 지르밟았다.

"괜스레 미안하네그려. 그래도 자네가 태어난 나라이지 않은가?"

"간바쿠. 너무 괘념치는 마십시오. 그런데……!"

"이 사람. 우리 사이에 무슨 뜸을 그리 들이나?"

"간바쿠. 만약에 토요토미 간바쿠의 아드님인 쓰루마쓰께서 명나라를 통치합니다. 이때 명나라의 여인을 취해 결혼을 하고 아이를 낳으면 어느 나라의 부인이고 아이입니까? 반대로 쓰루마쓰 도련님을 남편으로 맞는 여인과 태어난 아이는 어느 나라의 아이입니까?"

"이런 이 사람, 가르치려는 겐가?"

"그래서 너무 심려치 마시라는 말씀을 먼저 드렸던 것입니다. 제가 대답을 하자면 생각하기에 따라 명나라의 부인이기도 하지만 일본국의 부인이기도 합니다. 저 역시 그렇지요. 조선에서는 저를 김의겸으로 부릅니다만 이곳 일본국에서는 저를 가네모토라고 부릅니다. 저라는 사람을 아는 것이 중요한 것이지 김의겸이나 가네모토나

실은 같은 사람이지요."

"자네에게 나라는 중요하지 않다?"

"그것도 대답을 드리자면 중요하지만 또 중요하지 않은 것이지요. 일본국이 백년전쟁을 끝내고 간바쿠께서 통치하실 수 있던 기저에는 이게 있었지요."

가네모토, 김의겸은 소매에서 은 한 냥을 꺼냈다. 은 한 냥을 본 토요토미가 껄껄껄 웃음을 터뜨렸다.

"이 은은 일본에서 생산한 것이지만 구라파 전체에 팔려나갑니다. 특히 바다를 셋이나 건너야 하는 파랑국 사람들은 일본국의 은을 최고로 칩니다. 이 은이 깔리는 한 일본은 망하지 않습니다."

"그래서 자네가 그러지 않았나. 은으로 세계를 움직일 수 있다고. 조선을 지나 명나라로 가는 이유도 바다가 아닌 땅으로 교섭이 가능한 은의 근거지를 제패해야 한다고. 그게 세계를 지배하는 일이라고."

"그렇습니다."

김의겸이 고개를 숙였다. 그때 토요토미의 배에서 꼬르륵 소리가 났다. 토요토미가 겸연쩍은지 큰소리로 웃었다.

"제가 너무 제 얘기만 했습니다. 다이코太閤, 전식으로 먼저 음식 하나를 들이겠습니다."

김의겸이 바깥을 향해 "가져오너라." 하고 목소리를 높였다. 놋쇠 그릇이 담긴 쟁반을 들고 여인이 나타났다. 연녹색 저고리에 남송색 치마를 입었다. 수라를 책임지는 궁녀의 복장이었다. 음식을 곁에 두고 다소곳이 절을 올렸다. 신속한 동작으로 음식을 챙기고 다시 일어났다.

"저 아이는 기녀인가? 그런 것치고는 복장이 좀 구리구먼."

"허허허. 그렇습니까. 사옹방의 기녀입니다."

"사옹방?"

"아. 실은 돈을 주고 빼내 온 조선 왕의 요리사입니다."

"오, 그런 것인가?"

토요토미가 혀를 날름거리며 입맛을 다셨다.

"조선 왕이 먹는 음식이라. 그래 음식이 무엇인고?"

보채는 토요토미를 김의겸이 웃으며 진정시켰다. 김의겸은 여인을 향해 손가락으로 지도 한 곳을 짚었다. 여인은 놋쇠그릇 두 개를 김의겸이 가리킨 곳에 놓았다. 곁에 배추김치도 놓았다. 놋쇠그릇을 놓은 자리에 적힌 이름은, 동래였다.

"동래에는 밀면이 유명합니다. 국수이지요. 전식으로 준비했습니다. 동래를 드십시오."

오, 오오, 토요토미의 감탄사가 천수각에 크게 울렸다. 기가 막힌다는 표정이었다. 젓가락도 들기 전에 입술을 몇 번이나 핥았다. 여인이 젓가락을 준비해 토요토미에게 건넸다. 함경도 부근에 서 있던 토요토미는 마치 달려오듯 젓가락을 받았다. 돌차간 주저앉아 게걸스럽게 국수를 먹기 시작했다. 소금에 절인 배추김치와 밀면을 맛깔나게 먹던 토요토미가 문득 생각났다는 듯 김의겸을 보았다.

"그나저나 동래성이 쑥대밭이 되었다고 들었네. 자네 피해가 크지 않았나 모르겠네."

"만반의 준비를 했었지요. 염려해 주셔서 감사합니다."

"그래." 말을 하며 토요토미는 두 손으로 놋쇠그릇을 들더니 고개를 젖혔다. 동래 위에 내려놓은 그릇은 텅 비어 있었다.

"다음은 뭔가?"

토요토미가 보챘다. 토요토미와 김의겸을 번갈아 본 여인이 재빨리 문을 열고 나갔다. 금세 여인은 접시 하나와 술병을 들고 나타났다. 여인이 접시를 양산 부근에 놓았다. 술병은 안동에 놓았다. 토요토미는 그 모습을 보며 오, 크게 감탄사를 내뱉었다.

"우리가 따먹은 곳인가?"

경박한 말투로 물었다. 김의겸은 그런 토요토미를 향해 말없이 웃었다.

"양산은 말고기가 유명합니다. 말고기로 치자면 갓 잡아 내놓는 육회야말로 천하일미이지요. 안동은 양반이 많아 제례가 많습니다. 덩달아 술이 발달했습니다. 특히 소주로 치자면 팔도에서도 으뜸으로 꼽지요."

궁녀복을 입은 여인이 토요토미에게 술잔을 건넸다. 김의겸에게도 술잔을 건네려 하자 잠시 기다리라 전했다. 김의겸은 소매에서 잔 하나를 꺼냈다. 청화백자 매화무늬 술잔이었다. 여인이 토요토미에게 술을 따랐다.

"아니 왜 자네 잔과 내 잔이 다른가?"

"천하를 제패하실 분과 같은 잔을 써서야 되겠습니까."

여인에게 술을 받은 김의겸이 두 손으로 잔을 들었다. 기분이 한 껏 고조된 토요토미는 살짝 고개를 끄덕이고는 술을 비웠다.

"크흡, 향기가 아주 진하고 맛도 일품이구나. 육회도 어서 맛보자 꾸나."

재빨리 육회를 맛본 토요토미는 급하다는 듯 목소리를 높였다.

"안주가 하나뿐이니 이래서야 쓰겠느냐. 어서 이 지도를 채워보 아라, 어서."

토요토미의 말에 여인이 되돌았다. 금세 다른 그릇을 내왔다. 제 법 크고 두터운 질그릇을 준비했다. 질그릇 위에서는 김이 모락모락 솟았다. 여인은 살짝 미소를 지은 뒤 질그릇을 놓았다. 대구였다.

"대구다, 대구! 그래 이곳은 무슨 음식이 유명하더냐?"

"갈비찜입니다. 드셔 보십시오."

두 손을 모은 김의겸이 들기를 청했다.

몇 번이나 술을 비우고 육회와 갈비찜을 먹던 토요토미의 얼굴이 불콰해졌다. 토요토미의 목소리도 자연스레 높아졌다. 상 위, 지도 에 앉은 토요토미도 절도 있던 자세에서 점점 거나해졌다.

"이거이거, 너무 감질나지 않느냐. 조선 팔도에 음식을 깔아놓고 내가 비집고 다니며 먹을 수는 없느냐?"

토요토미가 소리를 높였다.

"따뜻하고 바로 만든 음식을 내드리려 하는 것이니 조금만 참으 십시오. 그것보다……."

"이곳의 음식을 가져와라." 김의겸이 손가락으로 한 곳을 딱 짚었다. 충주였다. 토요토미는 김의겸이 가리킨 곳을 보고 이해했다는 듯 고개를 끄덕였다. 모습을 감추었던 여인이 쟁반을 들고 나타났다. 여인은 충주에 그릇 두 개와 술병을 내려놓았다. 내려놓은 그릇에는 사과설기와 사과한과가 한 그릇에, 다른 그릇에는 민물어탕이 담겼다.

"대추술입니다. 달짝지근하니 상당한 맛을 자랑하는 술입니다. 다만!"

김의겸이 목소리를 높여 강조했다.

"오늘 싸울 간바쿠의 군사들을 위해 이곳은 놓아두십시다, 어른."

"음…… 그러면 이렇게 하세나. 자네는 나와 모든 일정을 비우고 충주에서 승전보가 날아들 때까지 먹고 마시는 게야. 자는 시간을 빼고. 어떤가?"

자세를 고쳐잡은 김의겸은 잠시 생각에 빠졌다.

"하지만."

김의겸이 말하려 하자 재빨리 토요토미가 잘랐다.

"그래. 허허실실이지. 알아, 안다고. 그리고 이곳의 음식도 내오게."

토요토미가 손가락으로 지도 한 곳을 딱 짚었다. 합천이었다. 토요토미의 말에 여인은 김의겸을 번갈아 보았다. 김의겸이 고개를 끄덕였다. 여인이 재빨리 문 바깥으로 나갔다. 돌아온 여인은 나무 대접 하나를 들고 나타났다. 합천에 대접을 내려놓았다. 색색으로 원을 그리며 놓은 것은 나물이었다. 검은 고사리, 하얀 도라지, 붉은 꽃잎 조림, 파란 시금치와 함께 바깥은 치자로 물들인 무채 등이 빛깔을 뽐냈다.

"여기는 전부 풀떼기구먼. 크하하하. 절이 있는 곳답네. 그래, 충주는 그렇다 치고 합천은 내어가게나. 오늘 같은 자리에 풀떼기는 어울리지 않아. 합천 음식은 결과를 본 뒤에 먹기로 하지. 자, 술을 한 잔 해보세나."

이때 시간을 알리는 종소리가 멀리서 울렸다. 토요토미가 잔을 들었다.

"드디어 조선의 심장을 먹을 차례인가? 충주는 보이는 심장, 보이지 않는 심장은 해인사, 팔만대장경!"

1592年 6月 5日 저녁
– 해인사

"어떻게 되었는가?"

대적광전 앞 삼층석탑 주변을 서응기는 돌고 돌았다. 한시도 가만 있지 못하고 서응기가 발을 굴렀다. 그때 두 명의 승려가 숨을 헐떡이며 뛰어왔다. 승려 앞으로 소암이 나섰다.

"너희들은 어디로 갔던 아이들이냐?"

"목포입니다."

"목포라."

참지 못하고 서응기가 먼저 물었다.

"경상도 방면으로 갔던 승려들은?"

서응기는 동요했다. 소암은 차분한 모습으로 고개를 저었다. 반면 이마에 잔뜩 힘이 들어가 주름이 졌다. 오지 않았다는 것, 마음을 괴롭히고도 남았다.

"어서 가서 몸부터 추스르거라."

소암이 두 승려를 향해 고개를 끄덕였다. 두 승려는 청화당 방향으로 발걸음을 돌렸다.

합천 가야산 근처에서 뿔나팔이 울린 지 십사 일째였다. 봉화가 오르거나 상응하는 특수 상황이 발생했을 때 산 아래에서 뿔나팔을 부는 것은 오래된 약속이었다. 다만 봉화가 북으로 가지 않고 아래로 내려왔다. 별것 아니라고 생각했는데 그래도 의아했다. 소 잃고 외양간 고치는 것보다는 낫지 않겠느냐며 오히려 서응기가 소암을 다그쳤다. 소암이 대구와 부산으로 발 빠른 승려를 보냈다. 무슨 일인지 알아 오라는 의도였다. 대구로 갔던 승려는 하루가 되지 않아 돌아왔다. 부산으로 간 승려는 오리무중이었다. 깊은 밤, 자시에 격론이 벌어졌다. 부산으로 한 번 더 가보자는 의견과 기다리자는 의견이었다. 상황에 대한 추측도 나뉘었다. 기축옥사를 경험했던 승려들은 의견이 분분했다. 의견은 결국 봉화가 오른 대목에서 막혔다. 원로들 사이에서 '직접 가서 알아보자'는 의견이 우세해졌다.

"그럼 이렇게 합시다."

서응기가 나섰다. 그도 회의에 참여했다. 해인사는 갇힌 곳이었다. 바깥 동정이 중요했던 터였다. 그런 까닭에 서응기의 의견이야말로 일당백이었다.

"조선 주요 성읍으로 발 빠른 승려 스무 명을 이 인 일 조로 짝을 지어 보냅시다."

의견에 소암도 뜻을 보탰다. 한양, 부산, 대구, 광주, 대전, 목포, 충주, 진주, 밀양, 골포, 총 열 곳을 정했다. 부산과 인접한 골포는 정보 공유 차원에서, 경상도 거점인 밀양과 진주 역시 같은 차원에서 파견하기로 했다. 특히 경상도 방면으로 가는 승려들에게는 무장을 시켰다. 봉화가 오른 지 이틀이 지난 술시에 출발했다. 뉘엿한 어둠 사이로 승려들은 빠르게 사라졌다. 가장 가까운 대구와 밀양, 부산과 골포, 진주 등 하루나 이틀 안에 다녀올 수 있는 지역에 갔던 승려들의 소식이 없었다. 충주까지 같이 움직여 한양으로 가기로 했던 승려들도 소식이 없었다. 나흘이 지난 밤 목포를 향했던 승려들이 처음으로 돌아왔다.

"무슨 소식인지 들었느냐?"

"전쟁이 났다, 왜구가 쳐들어왔다, 정여립의 잔당이 다시 난을 일으켰다, 같은 확인되지 않은 소문만 무성했습니다. 조금 특이한 점은 경상도에서 오기로 했던 상인들이 통 보이지 않는다고 합니다."

소암은 충격을 받았다. 조선팔도가 거대한 땅덩어리지만 소문에는 민감했다. 사람에서 사람으로, 말에서 말로 전해져 소문은 금세 팔도로 퍼져가는 법이었다. 소문보다 빠르거나, 소문을 붙잡아둘 정도라면! 소암은 절로 소스라쳤다. 떠오르는 생각이 끔찍해서였다.

소문을 내줄, 사람이 없다!

그때였다.

"사부님!"

갈급한 목소리였다. 대전으로 갔던 승려였다. 목포로 갔던 승려가 돌아온 지 한 시진 후였다. 다만 한 명만 돌아왔다. 그의 뒤로 범부들이 보였다.

"어째서 너만 혼자 왔느냐?"

입었던 백색 적삼은 피로 물들었다. 백호 휘하 승려 중 한 명이라는 뜻이었다. 그를 가장 먼저 끌어안은 승려 역시 백호였다. 주지가 인근 사람들과 돌아온 승려를 대적광전 안으로 이끌었다.

"전란이 났습니다. 같이 갔던 형님께서 죽음으로 저를 지키셨습니다. 저라도 가서 알리라고……."

무릎을 꿇은 백호 승려는 그만 울음을 터뜨렸다.

"울음은 뚝 그치거라. 무슨 일이 있었느냐. 자세히 말해보아라."

원로 승려가 다그쳤다.

"제가 듣고 본 게 진짜인지 가짜인지 모르겠습니다만, 동래, 부산, 양산, 밀양까지 왜구에게 당했다고 합니다. 관군은 하나도 남김없이 죽었고, 대항하던 백성들 역시 모두 죽었다고 합니다."

"왜구……? 왜구라고 했느냐?"

주지가 참지 못하고 목소리를 드높였다.

"네가 본 것만 사실대로 말해보거라. 어서."

소암이 말했다.

"하얀 바탕에 검은 문양을 넣은 깃발과 수없이 밀려드는 왜군을 보았습니다."

"혹시 갑옷을 입었더냐? 이렇게, 이렇게……."

서응기는 조정에서 본 적 있는 일본 장수의 모습을 손짓 몸짓으로 흉내 내었다.

"그 뭐랄까, 귀신의 형상을 한 갑옷을 입은 장수가 일선에 있었습니다. 새까맣게 왜구들이…….”

“왜구가 아닙니다. 왜군, 즉 일본국 군사들입니다. 대마도를 다녀왔던 역관들 사이에서 소문이 무성했습니다. 올해나 내년쯤 일본군이 조선에 출병할지 모른다고요.”

“그 말씀은?”

“노략질 따위 일삼는 왜구가 아니라 조선이 전란에 휩싸인 겁니다. 방비해야 합니다.”

“섣부른 주장입니다.”

단호한 서응기의 주장에 한 노승이 반박했다.

“이미 소암도 눈치챘을 겁니다. 상상하기는 싫지만! 소문이 떠다니지 않고 멈추어 있습니다. 그 말씀은, 소문을 전할 사람이 없다는 뜻입니다.”

서응기는 꿀꺽 말을 삼켰다. 경상도가 함락되었을지 모른다는. 경상도가 함락되었다면 다음은……?

“그들이 지금까지 줄기차게 요구한 것 중에, 팔만대장경이 있었습니다. 십여 년 전, 대마도 도주의 가신인 평조신과 승려 현소가 왔을 때도, 또 재작년에 이들이 사신으로 다시 방문했을 때도 똑같이 요구했습니다. 전하께서는 언사가 불순해 요구는 거절한다 단칼에 자르셨지요. 곧바로 이곳으로 진군할 겁니다.”

“누구도 우리를 당할 수는 없습니다.”

푸른 적삼을 입은, 청룡이 나섰다.

“맞습니다. 이곳의 호랑이는 저희입니다.”

백호 역시 격분했다. 어깨가 들썩거렸다.

"진정해라. 우리는 아무것도 아는 게 없다. 서 사부께서도 말씀하셨지만 모든 것은 추정에 불과하다."

소암이 승려를 진정시켰다. 이때 바깥에서 사부님, 목소리가 울려 퍼졌다. 현무의 목소리였다. 현무는 몇 번이고 다급하게 외쳤다.

"사부님, 사부님!"

현무가 대적광전에 모습을 드러냈다. 등에는 푸른 적삼을 걸친 승려를 현무가 업고 있었다. 현무는 대적광전에 승려를 내려놓았다. 승려는 앳된 얼굴이었다. 그러나 고통과 날숨은 경각에 달했음을 알 수 있었다. 승려는 잠시 허공을 응시했다.

"나다, 소암이다. 청룡 구십팔. 말해보아라."

소암의 말에 서응기는 바닥을 내리쳤다. 아이. 이름도 없는 아이. 아직 계도 받지 못해 승려도 아닌 아이. 수신제가하여 치국평천하하겠다는 아이. 그 아이가 적의 칼에 베인 것이다. 몇 번이고 바닥을 내리쳤다. 청색 옷을 입은 청룡 승려 아흔여덟 번째.

"충주까지 적이 당도했습니다. 왕이 곧 한양을 버리고 도망친다는 소문이 한양에 파다합니다."

승려는 가는 숨을 힘겹게 토해냈다.

"부산에 도착한 왜군의 선박이 사백 척이 넘었답니다. 그만큼의 배가 며칠째 들어왔다고 합니다."

"되었다, 되었다. 어서 의승들에게 데려가라, 어서!"

소암이 다급하게 제지했다. 현무와 청룡이 일어섰다. 그때 청룡 구십팔이 쐐기를 박았다.

"합천으로 오는 도중에 수많은 왜군을 보았습니다. 초행길이라 헤매는 것 같았지만 해인사로 진격하는 것이 확실했습니다."

안타까운 표정으로 소암이 물었다.

"몇이나 되는 것 같더냐?"

청룡 구십팔이 두 손을 들었다. "이렇게, 이렇게." 구십팔은 앞에 적이 있다는 듯 손으로 대보는 행동을 했다. "최하 앞줄만 다섯 번!" 손의 방향이 바뀌었다. "뒤로도 최소 일곱 번 이상."

"칠천!"

서응기가 곧바로 계산했다. 그 순간 소암도 동시에 외쳤다.

"고령이다."

"이 길이라고?"

귀갑을 입은 장수가 말 아래에서 보필하던 수행무사에게 물었다. 수행무사의 말은 뒤에서 간격을 두고 따라왔다.

"네, 이 길뿐이라고 합니다."

"근처에 온천이라도 있으면 좋았겠다."

귀갑을 입은 장수가 수행무사에게 말했다.

"찾아볼까요?"

"아니다. 하루빨리 임무를 마쳐야지. 이제 얼마나 남았다고 하더냐?"

장수의 목소리에서 고단함이 느껴졌다.

"조선의 거리 단위와 일본의 거리 단위가 달라 놀랐습니다. 조선인 앞잡이가 오백리 길이라고 해서. 일본국 전체를 훑을 길이지 않습니까. 살펴보니 오십 리 길이었습니다.[12] 이제 사십 리를 넘었으니 빠르면 세 시진, 늦어도 네 시진 정도면 도달할 것 같습니다."

"시켰던 일은 어떻게 되었느냐?"

"준비해 두었습니다."

그때 멀리 길 앞에서 소란이 일었다. 왜군 병사의 단말마가 들리는가 싶더니 고함소리가 연이어졌다.

"무슨 일인지 알아보라."

수행무사가 주변에 섰던 호위병사에게 전달했다. 호위병사가 재빨리 진열의 선두로 뛰었다. 되돌아온 병사는 숨을 헐떡였다.

"승려 한 명이 칼을 들고 막아섰다 합니다."

"승려 하나가?"

귀갑을 입었던 장수가 투구를 벗었다. 투구를 벗은 그의 머리에서 김이 모락모락 솟았다. 다만 그의 표정은 웃긴 일도 다 있다는 듯 입꼬리가 실룩였다.

"그래서?"

수행무사가 장수를 대변하듯 병사에게 물었다.

"한 명은 도망쳤고 한 명은 여전히 대치 중입니다. 저희 병사 일곱 명이 기습에 목숨을 잃었습니다."

칙쇼, 수행무사가 화가 난 듯 칼자루에 손을 얹었다. 그때였다.

"고니시 나리, 잠시만 기다리십시오."

---

12 한국은 1리가 0.4킬로미터, 일본은 1리가 4킬로미터이다.

봇짐을 멘 조선인이었다. 수행무사나 호위병사 사이에서도 그림자처럼 모습을 보이지 않던 남자였다. 남자는 고니시 유키나카가 귀갑 속 장수라는 사실을 알고 있었다.

"상단 수장께서 예정에 없던 일이 생기면 반드시 알아보라 하셨습니다. 이는 간바쿠의 명령과……."

"그래, 그래. 별 귀찮은 시어머니를 붙여주셨군. 자네가 가서 알아보든가."

남자는 살짝 목례를 한 뒤 봇짐 끈 양쪽에 손가락을 얹고 뛰었다. 익숙한 모습이었다. 보따리장수인 게 분명했다. 남자의 뒷모습을 보던 고니시가 물었다.

"저 앞잡이 이름이 무엇이라고?"

"이완영이라고 하더이다. 동래상단에서 네 번째 위치쯤 된다고 했습니다."

"나라를 팔아먹어도 시원찮을 놈이구먼. 저 녀석은 환생을 해도 나라를 팔아먹을 놈이지 않을까?"

고니시의 말에 호위무사가 웃었다. 두 사람이 이야기를 주고받는 사이, 남자가 되돌아왔다. 남자는 단도를 쥐고 있었다.

"저 승려는, 해인사 출신의 탁발승이라 하더이다. 더 묻기 전에 아오타 노리오靑田德男가 목을 베어버렸습니다. 푸른 밭에 덕 있는 남자라는 이름인데, 그저 살생을 좋아하는 하급 무사에 불과했군요. 덕남의 말로는 시장에서 굴러먹던 장돌뱅이라 싸움깨나 배운 것 같다고 했습니다."

이완영이 아오타 노리오를 일본식으로도 발음했다, 조선식으로도 발음했다.

"수급은?"

"길가에 던져버렸습니다."

"특별한 정보는 없었고?"

"없었습니다. 그런데 다이묘, 하나만 여쭤보아도 됩니까? 보통 무사라면 칼을 어떻게 쥡니까?"

이완영이 물었다. 질문의 의도를 파악한 듯 고니시가 고개를 끄덕였다.

"승려가 어떤 칼을 가지고 있었느냐?"

"하위 분조를 담당한 무사의 도를 빼앗았더이다."

"처음 쥐는 도였다? 그랬다면 두 팔로 쥐어서 좌우로 흔들려고 했을 것이다."

"정확히 오른손으로 목을 겨냥했다면요?"

이완영이 재빠른 동작으로 수행무사의 칼 두 자루 중 하나를 뽑았다. 번개 같은 동작으로 수행무사의 목에 칼을 겨눴다. "이렇게요." 이완영이 동작과 연이어진 마지막이라는 듯 고개를 끄덕였다.

"이런 걸 장돌뱅이가 배울 수 있다고 보십니까?"

목에 칼이 겨눠진 수행무사는 칼을 뽑지도 움직이지도 못한 채 움츠러들었다. 곧바로 이완영이 수행무사에게 칼을 건네주었다.

"목을 벴다면 도를 제대로 배운 자다. 찌르려 했다면 배움이 얕은 자다. 자네와 같은 동작으로 같은 속도로 목을 벴다면, 그는 무사다."

고시니가 단언했다.

"그렇다면 참수당한 승려는 무사입니다."

"그리고?"

"시간을 끌었고, 한 남자를 살려 보냈지요. 제가 더이상 짐작할 바는 없으나 남자는 푸른 적삼을 걸쳤습니다. 일반적으로 조선에서 스님들이 입지 않는 색깔입니다. 기억해두시기 바랍니다, 다이묘."

이완영은 무리 속으로 끼어들었다. 원래부터 없었던 듯 이완영의 모습은 보이지 않았다.

"병사들에게는 이각만 더 전진하라 명해라. 쌍림까지 진격하면 잔치가 기다릴 것이다. 그리고 아오타를 불러라."

호위병사가 재빨리 선두로 뛰었다. 북소리가 울렸다. 나팔도 울렸다. 와, 병사들의 목소리가 안림천을 건너지 못한, 고령 부근에서 크게 메아리쳤다. 속도를 내는 병사들과 반대로 한 남자가 뒤로 걸어왔다. 고니시와 호위하는 백여 명의 병사를 제외한 나머지 병사들이 두 무리로 나뉘어 전진했다. 그 앞으로 고니시와 대치하듯 한 남자가 막아서는 형세가 되었다.

"아오타 노리오!"

고니시의 외침에 남자가 고개를 들었다. 감쳐문 입술과 날카로운 눈매에서 의지가 읽혔다. 긴 머리를 적당히 묶은 야성이 아오타를 감쌌다. 햇볕에 그을린 얼굴과 팔에서 드러나는 근육이 서생은 아니라는 사실을 대변했다.

"네, 다이묘."

"이 조선에서, 어떻게 승려가 무술을 익히느냐?"

"어렵습니다. 조선은 숭유억불의 국가입니다. 승려가 칼을 드는 것만으로도 모반이 됩니다."

"그러나 너는 무예를 배우지 않았더냐? 게다가 너는! 이곳 해인사에서 수학을 했다지?"

"해인사에서 수학을 했을 뿐 무예와는 관계없습니다. 저 같은 남자가 대마도에서 살려면 무술은 필수이지요. 그렇지 않다면 죽음만 남을 테니까요."

아오타는 억누르는 분노와 사제를 멸살했다는 사실에 아랫입술을 깨물었다. 아오타의 가문은 대마도 도주인 소 집안과 팽팽한 세력을 형성했다. 백년전쟁을 겪으며 아오타의 집안은 점점 위기에 내몰렸다. 몰락을 직감한 아버지가 아오타를 해인사에 맡겼다. 백년전쟁이 종식되었다는 소식을 듣고 사부에게 하산을 청했다. 팔 년 전이었다. 그러나 돌아간 집은 전소되었고 집안의 소작농들은 노비로 전락했다. 그나마 살아난 아이들은 거지가 되어 굶어 죽기를 기다릴 뿐이었다. 아이를 거뒀고 그들을 키웠다. 배운 게 칼질이라, 품삯을 받고 호위하는 용병이 되었다. 조선 출병을 앞둔 소의 귀에 아오타의 이야기가 흘러들었다. 조선 출병에 동참하라는 명령이었다. 하지 않겠다, 아오타는 버텼다. 조선은 아오타에게 아버지이자 어머니였다. 도주인 소가 급기야 아오타가 거둔 이십여 명의 아이들 목숨을 볼모로 붙잡았다. 부모 대부터 이어져 온 빚이 문제였다. "네가 안

가면 아이들이 죽는다. 네가 가서 공을 세우면 아이들의 빚을 까주 겠다!" 도주인 소는 느물거리며 웃었다. 아오타는 조선으로 출병할 수밖에 없었다.

"더 할 말은 없느냐?"

수행무사가 다그쳤다. 아오타는 고개를 가로저었다. 상황을 갈마보던 고니시가 고개를 끄덕였다.

"쌍림에 가서 먹고 마셔라. 한 시진 쉰 뒤에 진격할 것이다."

첨병 역할을 맡은 아오타를 향해 고니시가 말했다.

"네." 대답하며 아오타는 염불을 외웠다. 속으로 기도했다.

'사제를 베고 지체하며 숨겼던, 그 뜻을 누군가가 반드시 읽게 해 다오. 나는 전쟁에 참여했지만 이기고 지는 것은 내 뜻이 아니다.'

아오타는 속에서 들끓는 화를 삭였다. 사제의 목을 베며 속으로 말했다.

'모든 짐은 내가 지옥에서 짊어지겠다. 하마 사제의 목숨이니 부처여, 그가 성불하게 하소서!'

선두에 섰던 병사들이 빠른 걸음으로 쌍림에 당도했다. 해는 가야산 방향으로 몸을 숨겼다. 신시였다. 아오타는 쌍림에 이르러 무언가 이상하다는 직감이 엄습했다. 백여 명의 첨병이 먼저 쌍림으로 진입해 마을 부녀자를 겁박했다. 닭을 비틀고 돼지와 소를 잡았다. 연회 준비를 마친 것과 동시에 병사들이 당도했다. 별동대 만 명이 먹을 음식으로 부족했지만, 나흘을 예상하고 음식을 준비했던 터였다. 아직 음식은 넉넉했다. 병사들은 배불리 먹었다. 아오타는 묵묵히 병사들의 모습을 보았다. 길을 가리키는 목패를 보며 슬그머니 웃었다. 목패가 가리킨 해인사의 방향은 분명 반대였다. 직감이 답했다. 해인사에서도 누군가 움직이기 시작했다! 아오타는 점점 웃음이 커졌다. 살고 죽는 것은 어차피 인간의 몫이 아니었다. 부처조차 나고 살며 죽는 것을 관장하지 않았다. 아오타는 그제야 닭다리 하나가 놓인 그의 그릇을 받아들었다. 조선을 떠난 뒤로 오골계는 팔 년 만이었다.

"재미있겠다. 내가 죽든, 내가 살든."

1592年 6月 5日, 申時에서 戌時(오후 3시 ~ 저녁 7시)

– 해인사

고령까지 말을 달려갔던 청룡의 1진, 열 명의 승려가 아녀자 여덟 명을 데리고 왔다. 고령까지 갔던 이유는 허허실실, 시간을 벌기 위해서였다. 그곳에서 숨었다. 왜군에게 붙잡히지 않고 해인사 방향으로 도망친 부인 셋과 아이 다섯을 구해냈다. 여덟 명은 옆 마을로 갔던 이웃이었다. 잔칫집 품앗이를 위해서였다. 산등성에서 새까맣게 닥치는 왜군을 보고 도망치기 바빴다고 설명했다.

"모든 싸움은 소암에게 맡깁시다."

서응기가 말했다.

"대사부 소암에게 이 싸움을 맡기는 것에 동의합니다. 그 전에 우리를 우리가 좀 더 진지하게 논합시다. 비록 한 시진에 달하는 시간 정도가 전부이겠지만 가능하지 않겠습니까. 여기는, 우리의 집입니다."

주지가 서응기에게 힘을 보탰다.

나의 싸움이라, 소암은 거대하게 다가오는 책임감에 부르르 몸이 떨렸다. 그러나 물러설 수 없었다. 해인사에만 천여 명이 살고 있었다. 더불어 그들이 지키기 위해 열심을 다하는 팔만대장경이 존재했다. 무승 오백여 명과 학승 오백여 명, 매일 창건했다 닫기도 하는 작은 암자까지 해인사의 말사와 암자는 일백오십 개가 넘었다. 적의 숫자는 많게는 일만, 적게는 구천 명이 넘을 듯했다. 눈대중이었지만 청룡 승려 1진이 확인했다. 일 대 십, 누군가는 중과부적이라고 하겠지만 또 누군가는 가능한 싸움이라고 말하지 않을까. 개도 집안 싸움에서는 먹고 들어간다고 했다. 지금부터는 죽음을 넘어서는 의지와 지략, 무엇보다 죽음마저 불사할 용기가 필요했다.

곧바로 대적광전에는 지혜가 모였다.

허허실실. 실실허허. 국지전. 지략전. 전면전. 삼십육계.

주지와 소암이 여섯 개의 전술을 꺼냈다. 부가적으로 허실허실을 말했다. 삼십육계는 전술이 아니니 여섯 개로 정해졌다. 허허실실이 일 번이었다. 평소 지략이나 머리 쓰는 일보다 몸으로 수련하는 상황에 익숙했던 청룡, 백호, 주작, 현무 네 승려는 그저 머리만 긁적거렸다. 다만 청룡 1진이 고령까지 숨어서 해인사를 가리키는 목패를 바꿔놓은 그제야 고개를 끄덕였다. 허허실실. 가짜로 진짜를 가린다. 급습을 당했던 터라 준비가 필요했다. 그만큼 시간을 벌어야 했던 것이다. 허허실실을 위한 몇 가지 방편을 준비했다. 이를 위해 해인사 내 모든 승려가 일사분란하게 움직여야만 했다. 고령에서 해인사까지 육십 리 거리였다. 느긋하게 먹고 출발한다면 이십 리 길이 일반적으로 한 시진이니, 느긋하게 먹는 시간에 휴식까지 감안한다면 네 시진 정도가 남았다.

소암은 전면전을 가장 먼저 떠올렸다. 오백 대 일만 명의 싸움! 이 싸움은 지게 되어있다. 정예병사 만 명이 오백 명을 공격한다는 것은 해인사 승병의 몰살을 의미했다. 전면전이 벌어져서는 안 되었다. 결국 허허실실이 최초의 방어이자 공격이었다.

"지피지기도 중요하겠지요."

서응기는 여기까지, 머리로는 이해했다. 아무리 무관 장수 집안이었다지만 서응기는 전투에 참여해본 적이 없었다.

"제가 이해하지 못한다면 다른 승려들도 마찬가지일 겁니다."

"지피지기라. 그렇군요. 서 사부님을 위한 것이지만 모두에게도 지피와 지기가 될 테니. 해인사는……."

서응기의 말을 듣던 소암이 부연해서 설명했다. 여러 승려 대표들도 이야기를 경청했다.

해인사의 승려는 천 명 정도였다. 학승과 무승을 절반씩 유지한 결과였다. 다만 이들은 학승과 무승을 가리지 않고 팔만대장경을 보수하고 유지하며 판전을 새로 만드는 데 투입된다. 학승은 팔만대장경의 내용을 익혔다. 또한 이를 해석하고 설파하는 데 중점을 뒀다. 내용을 모르는 경전을 설파하는 것은 어불성설이었다. 81,352개의 판전, 누구보다 이를 깊이 안다는 것은 불가능일지 몰랐다. 그러했기에 불가능을 가능으로 만드는 일에 학승이 사력을 다했다. 학승들이 내연이라면 무승들은 외연이었다. 이들은 장경판과 판전을 학승들의 의견을 들어 보수했다. 판전을 만들 나무를 준비했다. 나무는 일부러 산에 두어 이슬과 태양, 습기를 먹고 배출하게끔 두었다. 무려 일 년을 그렇게 시간 속에 잠갔다. 준비한 나무를 음지에서 삼 년을 더 말렸다. 나무는 결대로 휘는 성질을 가졌다. 성기고 조직이 좋지 않은 나무는 틀어져 쓸 수 없었다. 삼 년 사이에 모든 것이 판가름났다. 판전을 만들 나무가 준비되었다고 해서 끝난 것은 아니었다. 오래 보존하는 것도 기술이었다. 이를 위해 옷감을 만드는 씨줄과 날줄의 원리에서 보완했다. 판전 나무가 씨줄이라면 손잡이로 덧대는 마구리는 날줄이었다. 마지막 과정에서 학승과 무승이 만나 함께 준비했다. 그들은 씨줄과 날줄로 만났다. 더불어 이를 지키는 것을 업이라고 여겼다. 팔만대장경의 영험함 같은 형이상학적인 부분을 떠나 세월을 묵으며 보태진 가치와 상징성 탓에 도둑이 수도 없이 침입했다. 왜구나 명나라를 가리지 않았다. 학승과 무승은 자연스레 이를 지키기 위한 무예를 익혔다. 조직화되고 강력해졌다. 사대천왕 승려가 상징적이며 체계적인 무예를 구사하게 된 것은 그래서였다. 목적을 띤 무예로 나누어졌고 목적에 맞게 최소의 조직이 유기적으로 분화해 발전했다.

설명을 마친 소암은 그만 착득거에 빠져버렸다. 생각은 침잠했고 무겁고 무서운 미래가 번뜩였다. 전쟁이다. 조정만 몰랐다. 이미 수십 차례, 아니 백여 번에 걸쳐 해인사는 침입을 받았다. 도적 따위! 그러나 전쟁이다. 낮잡아 구천, 많게는 일만 명이 넘는 해인사 창건 이래 최대의 도적이 출현했다. 팔만대장경을 지키는 것이 가능할까.

그리고 저 승려들을 죽지 않게 할 수 있을까.

"무슨 생각을 그리 깊이 하시나?"

"팔만대장경을 지킬 수 있을까요?"

되레 소암이 서응기에게 물었다.

"예끼 이 사람아. 팔만대장경이 우리를 지킬 걸세."

"팔만대장경이, 우리를요? 유학의 거두인 서경덕 사부의 자제님께서 이런 말씀을 한다면 누가 믿겠습니까?"

"그렇지, 아무도 안 믿겠지?"

조금은 농을 보태 서응기도 웃으며 답했다.

"그런데 말이네……. 아무리 유도가 어떻고 이를 배우는 유학이 어떻고, 또 불도가 어떻고 불학이 어떻고 해도 말이네, 믿음을 배반하는 것은 없어. 만약 일본국이 우리를 침략했다면 지금 저 전장에서!"

서응기가 손가락으로 남동쪽을 가리켰다. 부산이 있는 곳이었다. 팔을 움직여 동쪽으로 반원을 그리며 쓸었다. 살아서 돌아온 승려가 초토화되었다고 말한 경상도였다.

"왜군의 칼날에 피를 뿜으며 죽어갈 우리의 백성들은 무엇을 믿고 있겠나?"

"팔만……대장경?"

"그래. 저들에게 필요한 것은 어쩌면 무지몽매하고 막연하더라도 신라에서부터 고려를 지나 지금까지 전란의 화마를 기꺼이 견뎌낸 바로 팔만대장경이란 말일세. 이는 조선의 특수성 때문이지만, 그들이 이를 믿는 것처럼 우리도 이를 믿어야 하네. 믿지 않는 자에게 ……."

"믿음은 없다!"

믿는 자에게만 믿음은 존재하는 것이다. 단순하지만 명쾌한 사실이었다. 유교의 근원이 기라면 기였고, 불교의 근본이 해탈이라면 해탈이었다. 소암은 다짐했다. 어떻게든, 어떻게 해서든 한 명이라도 더 살게 해야만 한다.

서응기의 표정을 읽은 소암이 결심했다.

"주지스님, 그리고 여기에 있는 원로 승려님과 무엇보다! 하안거에 들어간 백팔나한승을 불러주십시오."

주지가 수긍했다. 백호가 일어섰다. 대적광전 바깥에 대기 중이던 백호 승려들에게 손짓했다. 백호 승려들이 재빨리 대적광전을 지나치며 가야산으로 뛰어갔다.

"먼저, 대피시킬 처사들과 승려부터 보냅시다. 또한 금강굴과 칠불암에 기거하는 소림사 승려들을 바닷길을 통해 명나라로 보내야 합니다."

"소……림사 승려라고? 그, 그렇다면 성욱이 말했던 십팔기가 소림사 십팔기였다는 말인가? 조선 병기용 진법 십팔기가 아니라?"

"성욱 녀석이 모조리 까발린 줄 알았더니 그건 또 아니었나 보군요. 소림사 독수에 맞서는 해인사 독족을 만들겠다고 나갔지 뭡니까. 씨슥바리 같으니라고."

"괴짜인 줄은 알았는데 미친놈이었구먼."

"그게, 성욱이 그렇게 된 것도 소림사 때문이었습니다."

중국내륙, 안휘성과 소림사가 있는 허난성까지 왜구가 침입했다. 왜구는 기세를 올렸고 세력을 불렸다. 해적 왕직은 소금을 통해 무역의 중심으로 성장했다. 이들 왜구는 조정의 지방 관할이 약해진 명나라를 위협하기에 이르렀다. 왕직을 비롯한 왜구들이 안휘성을 넘어 허난성까지 이르렀을 때 소림사는 무술의 실전을 우려했다. 소림사는 원 말 백련교가 일으켰던 홍건적의 난 때 대웅전 불상 금박까지 도적에게 털렸다. 선례가 있었던 소림사 입장에서 어렵게 구축했던 자신들만의 무예가 실전되는 상황은 소림사의 상징과 명맥이 끊어지는 것이나 다름없었다. 안휘성을 침입한 왜구는 이웃한 허난성 숭산에 자리한 소림사에 위기감을 고조시켰다.

왜구의 성격도 변했다. 과거와 달리 먹고 살기 어려워진 명나라 백성들이 일본인 복장을 하고 노략질을 일삼았다. 왜구로 변장한 도적들은 그야말로 계륵이었다. 도적이 된 상황은 비극이었고 죽이자니 자기네 백성이었다. 제도하자니 칼을 들고 대들었고, 맞서 싸우자니 명분이 없었다. 왜구는 점점 기세를 더했다. 실전을 우려한 종정 회의는 격론으로 치달았다. 실전을 피해 무승들을 피신시키는 결론까지는 도출했다. 이어 어디로 갈 것인가 하는 문제가 대두되었다. 무예를 익힐 환경, 비밀이 지속될 조건, 무엇보다 무예를 전승할 무승들이 날카롭게 감각을 유지할 상황도 필요했다. 함께 겨룰 상대가 있는가, 무예를 익히는 모습이 노출되지 않을 수 있는가, 다른 적

에게서 공격받지 않으며 상황이 안정될 때 무예가 변형되지 않은 채
로 돌아올 가능성이 높은가.

이때 조선을 떠돌며 탁발했던 노승이 말했다.

"소림사와 맞장을 떠도 지지 않을 사찰이 있다면 어떻소?"

"말도 안 됩니다. 명나라 대륙 전체를 통틀어도 그런 절은 없습니
다."

젊은 승려 몇몇이 반발했다.

"대륙에는 없습니다!"

노승의 말에 회의에 참석했던 사부들이 술렁였다.

"어딥니까?" 대웅전이 거칠어질 정도였다.

"거기가 어디입니까? 내일 당장 제가 그곳으로 달려가 자웅을 겨
루겠습니다."

몇몇 사부들이 일어섰다.

"조선입니다."

"말도 안 됩니다." 성급한 승려들은 조선 따위, 하며 비하했다. 이
름도 모르는 조선의 사찰이 소림사와 맞장을? 대륙 중심, 무예 본산
소림사의 자존심에 상처가 되는 말이었다.

그때 청아한 목소리가 울렸다.

"제가 가보아도 되겠습니까?"

문득 일어선 승려의 모습에 좌중이 집중되었다.

"도담 승려다." 누군가 소리쳤다. 몇몇은 사부와 선사, 조사들 사
이에 도담이 끼어 있는지조차 몰랐다. 도담은 소림사의 적통이었다.

오죽하면 태어난 곳조차 소림사라는 소문이 나돌았다. 비전의 과정인 십팔기를 최연소로 익혀 시험에 통과했다. 소림사 궁극의 무예라는 소림오조 역시 다섯 비전 모두를 익혔다. 호리호리하고 여성적인 외모에 비해 빠르고 대담했다. 도담은 소림사가 대중 속에 설파되는 것을 지극히 꺼렸다. 허난성 근처만 와도 머리를 깎은 사람들이 도장을 열고 모두가 소림사 제자라며 무술을 가르쳤다. 도담은 떠벌리기 좋아하고 치적과 부를 쌓는 것에 목적을 둔 승려들을 경계했다. 돈오점수라는 소림사 창건 이념을 잊은 승려들에게 따끔한 벌을 주는 것도 마다하지 않았다. 언제부터인가 도담은 동굴에서 면벽하며 어느 누구와도 교류하지 않았다. 십팔기 제자나 오조 제자 누군가가 왜구의 심각성을 이야기했던 것이 분명했다.

"어렵게 생각하실 것이 아니라 제가 가면 되는 것 아닙니까?"

도담이 움직인다는 말에 상당한 승려들의 이마가 펴졌다.

소림사는 이미 비대한 조직으로 변모했다. 소림사 제자라고 주장하는 승려만 오천 명이 넘었고 소림사 주변 암자나 말사, 매일 새로이 생겼다 사라지는 절까지 따지자면 통제가 어려웠다. 자연스레 조직이 방대해졌고 막대한 예산과 요직의 승계 등에서 잡음이 나돌았다. 다만 소림사의 적통인 도담만은 누구도 건드리지 못했다. 그가 조선으로 가겠다고 하자 재물에 밝은 승려 몇몇은 확연히 표정이 밝아졌다.

"어디입니까?"

"해인사입니다."

즉각적이었다. 십팔기 한 기씩을 담당한 사부와 제자 서른여섯 명, 오조를 담당한 사부와 제자 열 명, 도합 마흔일곱 명이 도담과 함께 출발했다. 소림사를 상징하는 붉은 적삼을 걸치고 가야산에 도착했을 때 가장 먼저 개가 짖었다. 개들은 멀리서 도담 일행을 지켜보았다. 도담은 그 모습을 보며 방긋 웃었다. 제자들은 의아해했다. 도담은 곁에 있는 제자에게 들릴락 말락 하게 속삭였다.

"합격이다."

도담의 말은 많은 것을 함축했다. 누구도 모르는 비밀을 알아차릴 만큼 도담은 특출했다. 도담은 조선에서 어느덧 대종사의 나이에 달했다. 그가 데려왔던 사부들도 오십대가 넘었으며 가장 어렸던 아이조차 마흔이 넘었다. 현실적으로 명나라에서 제자를 데려오기 어려웠던 도담은 소암에게 부탁해 승려가 되려는 아이들을 출가시켰다. 최소한의 조직이었지만 백여 명에 달했다.

"막상막하였습니다."

주지가 생각난다는 듯 한마디를 건넸다. 의아해하는 서웅기를 보며 "아무것도 아닙니다." 하고 소암이 끊었다. 그때 대적광전으로 도담이 들어왔다. 그의 뒤로 해인사의 실제 경계를 담당하는 백팔나한승의 수장 조평사 역시 모습을 드러냈다. 하안거에 들어가 겨울에나 나올 예정이었다.

"죄송하게 됐습니다."

소암은 엎디어 도담에게 절을 올렸다. 화마를 피해왔던 도담 일행이 화마를 피해가는 부조리에 소암은 내심 미안했다.

"아이들과 부녀자들을 데리고 가겠습니다. 안전한 데까지 피신시키겠습니다. 다만! 아랫마을 사람들은……?"

도담이 또렷한 조선말로 물었다.

"어린 학승들과 원로 승려들이 먼저 나서서 마을 사람들을 서쪽으로 피신시키고 있습니다."

"그래요. 주지스님 이하 생면부지 불초 승을 잘 보살펴 주셔서 감사드립니다. 저에게는 저의 의무가, 여러분에게는 여러분의 의무가 있으니 이만 떠나겠습니다. 꽃은 죽어도 벌이 다른 곳에서 씨앗을 틔우게 하니, 우리의 연도 어느 때엔가 다른 시절에 피어나겠지요. 아 참. 개부터 푸세요. 그럼."

소림사 특유의 반장을 한 도담이 사르르 미소 지었다. 염화미소! 도담은 지체없이 대적광전을 빠져나갔다. 소암은 도담의 격려에 안심되었다. 소암은 그를 향해 허리를 숙여 합장했다.

소암과 달리 서응기는 귀신에 홀린 표정이었다. 여자도 남자도 아닌 느낌, 그 신비함 뒤로 보이는 강함에 매료되었다.

대적광전에 소림사 승려들이 사라지자 해인사 승려들이 열을 지었다.

"우리는 이곳을 지키기 위해 이백 년을 준비했다."

주지스님이었다. 목소리에는 기합이 들어가 주위를 압도했다.

"이백 년 동안 준비한 우리의 힘을 오늘 하룻밤에 쏟아붓는다. 가거라!"

주지의 말에 승려들이 절도 있게 일어섰다. 다만 서웅기는 엉덩이를 뗄 수 없었다. 도담에 홀렸다 백팔나한승 대장 승려를 보고 경악했다. 백팔나한승 대장 승려, 이름도 없던 핏덩이를 데리고 온 것은 그였다. 정확히 십구 년 전이었다. 동인과 서인의 격렬한 대립 중에, 동인도 서인도 아닌 양반 여인을 왕이 사랑했다. 위세를 과시하려던 동인도, 기세를 맞받으려던 서인도 반기지 않던 집안이고 여인이었다. 무능한 왕은 여인의 죽음을 막지 못했다. 역적으로 몰린 집안은, 몰살당했다. 그런 중에 집안을 지키던 가무와 아이만 서웅기가 떠맡았다. 가무는 혈투 중에 눈이 멀었고, 아이는 벼락 모양의 상처가 이마에 생겨났다. 벼락 모양 상처를 가진 아이는, 저렇게 눈앞에서 머리를 깎지 않은 속가제자가 되었다.

"저 아이의 이름이 무엇인가?"

"조평사입니다. 조선 민족의 평화로운 절이라는 뜻이지요."

"저 아이가 백팔나한승의 수장이란 말인가? 가혹하구나. 운명이란, 가혹하기 이를 데 없구나."

서웅기의 집안은 대대로 무관이었다. 아버지 서경덕은 집안으로 볼 때 이질적이었다. 집안은 대대로 청렴했다. 그래서 가난했다. 여러 뜻 있는 선비들의 도움을 받았다. 아버지가 빚이라고 말했던 도움은, 유학의 거두였기에 가능했다. 상당한 사람들에게 입었던 빚은, 유학의 거두였기에 갚았다. 서웅기도 그 빚을 갚는 데 적극적이었다. 오히려 아버지보다.

"인연이라더니. 인연이라더니."

서웅기는 그만 이마를 짚었다. 소암만 해도 서웅기는 어려웠다. 좋고도 싫다는 말이 적확할지 몰랐다. 남들 앞에서 반말조차 못 하는 소암에 조평사까지 더해지다니. 거우 감정을 추스르며 서웅기가 귓속말했다.

"소암, 이제 어떻게 되는가?"

"준비된 대로 합니다. 주지스님의 말처럼 우리는 이 일을 이백 년이나 준비했으니까요."

서웅기가 소암을 따라 대적광전을 나서다 기둥을 짚었다. 기둥 양쪽에는 '원각도량하처, 현금생사즉시' 열두 글자가 적혀 있었다.

"부처는 어디에 있는 것인가?"

서웅기가 물었다. 원각도량하처圓覺道揚何處!

"보고도 모르시겠습니까? 여기 이곳, 해인사를 지키겠다는 모두가 부처이지요. 형님도 마찬가지이지요."

소암이 대답했다. 현금생사즉시現今生死卽是!

"자네, 나랑 잠시 소림원으로 가세나. 어서. 다경이면 충분하니 시간을 좀 내주게."

이례적인 청이었다. 무춤했던 소암이 앞서서 뛰었다. 서웅기도 함께 소림원을 향해 뛰었다. 소암이 신발을 던지듯 벗으며 소림원으로 들었다. 서웅기도 마찬가지였다.

다급했던 서웅기는 반말에 체통마저 잊은 채 소암을 다그쳤다.

"가장 먼저! 왜 저 아이를 학승이 아니라 무승으로 키운 것인가?"

"번뇌를 아는 것과 번뇌를 모르는 것의 차이이겠지요."

"무슨 그런 궤변을. 모르는 게 약이라는 말인가, 지금?"

"말도 마십시오. 정말 문제아였습니다. 다만 희한하게도 무술에는 특출났습니다. 이제 저 아이, 약관입니다. 백팔나한승려의 대장 승려가 된 것은 이례적입니다."

"본래는 누구였나?"

소암이 지긋이 엄지로 자신을 가리켰다.

"원각도량하처라고요, 바로 여기이고 저기이고 조평사입니다."

"하. 어렸을 때부터 말로는 이기기 힘들더니. 이런 망할. 말 다 했네그려. 이곳이 속세 중의 속세로구먼."

"그럼요, 이 모든 일은 속세의 일입니다. 형님이 모았던 아이들, 출가하든 출가하지 않든 부처의 자식들이지요."

"이럴 때는 형님인가. 속세라면 자네는, 자네는, 아닐세."

분노하기도 당황하기도 한 서응기의 말은 낮았다 높았다 하며 방황했다.

"일단 그것은 되었고. 현무는 방패와 가볍고 날랜 칼이 특기였소. 그렇다면 사천왕들은 하나씩의 무기, 그들이 가진 무예와 보조를 맞출 특별한 무기가 있다는 뜻일 게요. 백호는?"

"철로 된 권갑입니다."

"철로 된 권갑, 오른 주먹과 팔목을 철로 감싸 공격한다? 근접전과 백병전에 특화되었구나. 주작은?"

"언월도입니다."

"청룡은?"

"구절편입니다."

"편⋯⋯? 편이라고? 망할 놈의 무기로구먼."

서응기가 눈을 감았다. 서응기는 소림원에서 소암이 했던 동작을 기억하려 애썼다. 현무는 방어용 병진이었다. 여진, 몽고, 말갈족을 막으려는, 적어도 고구려부터 이어진 병진이었을 것이다. 눈을 떴다.

"소암, 자네가 현무라고 해보세, 내가 언월도를 가진 주작이네."

서응기가 상상 속의 언월도를 휘둘렀다. 방패를 쥔 현무가 서응기의 공격을 막아낸다. 막아내고 막아낼 뿐 언월도에 반격하지 못했다. 두 싸움은 합이 맞지 않았다. 모순의 싸움이었다.

"자, 이번에는 내가 청룡이 되겠네. 구절편을 쥐었어. 소암은 백호라고 치세나."

권갑을 휘두르며 달려드는 소암에게 서응기가 구절편을 휘둘렀다. 구절편의 변화무쌍한 모습에 권갑을 찬 백호가 반격하지 못했다. 서응기가 구절편을 휘두르는 내내 권갑으로 튕겨내고 막아냈다.

"이뿐 아닐 것이외다. 전장에서야 수없는 싸움의 전형이 있겠지만 합이 맞물려 서로 이러지도 저러지도 못하는 싸움, 백호가 막아내면 반대로 청룡은 이러지도 저러지도 못하고 공격만 해야 하지. 주작 역시 현무에게 그리 되네. 이리되면 오히려 청룡이나 주작이 무너질 확률이 높지 않나. 힘을 쏟아내야만 하니."

"그런 경우. 백팔나한승이 출격합니다."

"아! 맞서 대등한 상황에 한 명만 누구에게 붙어도⋯⋯."

"싸움은 기울지요. 삼 일 밤낮을 싸운 무사의 이야기 아실 겁니다. 서로 대등했던 맞수. 그러나 한 남자는 결투 전 미녀를 만나지요. 미녀는 자신을 영원히 기억해 달라며 칼에 추 하나를 달아주었습니다. 추의 무게로 인해 결국 삼 일 만에 무사는 지게 되지요. 나중에야 상대가 보냈던 암수가 그 미녀였다는 사실을 깨닫고요. 그리고 형님이 아직 모르시는 게 있습니다. 주지를 제석천이라고 부르는 이유는, 제석천 승려 백 명이 있어서입니다."

소암이 서응기를 향해 화살을 겨누는 시늉을 했다. 서응기의 입이 뜨악하게 벌어졌다.

"……살생은 어쩌시려고?"

"이백 년을 다루어 온 문제입니다. 호국불교는 결국 조선의 불교이지요. 천축국도 당나라도 가보지 못한 경지입니다. 소모적인 논쟁은 조정에서나 하는 거지요."

소암의 말에 서응기가 이번에는 화살을 겨누는 시늉을 했다. 서응기는 소암에게만 생각을 말해버렸다.

"이 촌구석 방사에 나라밖에 모르는 것들이라니, 미친 땡추 놈들!"

1592年 6月 5日, 戌時에서 亥時(저녁 7시~밤 11시)
– 고니시 별동대

느리게 걸었다. 아직은 이겨야 할 상대가 없었고 싸워야 할 적도 없
었다. 군인들의 사기를 생각해 하나하나 확인하며 걷게 했다. 군인
들은 배부르게 먹었다. 어렵지 않은 적만 남았다. 그건 상대가 아니
라 자신이었다. 팔만대장경을 나르는 일만 오롯이 떠올렸다. 기마
병 이천 명, 이들이 탄 말에 스무 개씩 판전을 싣는다. 사만 개의 판
전은 비교적 수월하게 해결된다. 만 명의 병사에게 네 개씩 지게 하
면 사만 개가 해결된다. 다만 이 팔만 개를 등에 진 채 어디까지 진
격할 수 있을까. 다시 부산포까지 쉬지 않고 갈 수 있을까? 걷는 것
에 이력이 난 보병들을 데리고 이틀이 걸렸다. 고니시는 전투를 마
치고 중간에 합류했다. 장경판을 메고 가는 길이라면 두 배는 걸릴
지 몰랐다. 나흘을 예상했다는 말은, 거기서 거짓이 되었다. 적어도
육 일, 길게는 칠 일을 예상해야 옳았다. 밥을 굶은 병사의 사기는
급격히 떨어졌다. 수많은 전장에서 고니시는 경험했다. 이들을 곯리

129

지 않고 가려면 노략질은 어쩔 수 없게 되는 것인가. 고니시는 저도 모르게 고개를 내저었다.

"다이묘, 무슨 일이라도?"

눈치 빠른 수행무사가 물었다. 살짝 손을 들어 아니라 표현했다.

오르막길은 점점 가파르고 좁아졌다. 병사들이 걷는 속도가 눈에 띄게 느려졌다. 어두워졌지만 머지않은 곳에 산꼭대기가 보이는 듯했다. 이곳에 절이 있다고? 잘못되었다. 이 길은 사람이 거의 다니지 않거나 다녀도 몇몇이 산을 오르는 데 쓰는 오솔길이다. 팔만대장경을 보관할 정도의 절이 있을 만한 길은 아니었다.

의아해진 고니시가 주먹을 들었다.

"발 빠른 병사를 먼저 산으로 보내라. 아무래도 길을 잘못 들어선 듯하다. 그리고 후발대에게 신속히 되돌아가라 일러라. 출발했던 고령으로 돌아가 해인사로 향하는 길을 다시 한 번 확인해라."

고니시는 말 위에서 내려왔다. 호위병사가 의자와 탁자를 가져왔다. 자리에 앉은 고니시에게 차를 내왔다. 차를 마시고 또 차를 마셨다. 요의가 느껴져 갑옷 하의를 풀고 숲속에서 볼일을 보았다. 모든 상황에 짜증이 치밀었다. 도대체 이게 뭔가. 한시라도 빨리 팔만대장경을 취해야 돌아가는 길이 일각이라도 빨라진다. 가토보다 빨리 한양을 점령해야 모든 일이 수월해진다. 잘못 들어선 산속에서 이토록 시간을 지체해야 하다니.

이각이 넘어 산으로 갔던 첨병이 돌아왔다.

"산꼭대기가 전부입니다. 해인사는 없었습니다."

첨병이 숨을 헐떡였다.

"되돌아간다. 길을 먼저 찾은 병사들은 해인사 아래까지 진격해서 먼저 진을 치라 일러라."

고니시가 명령했다. 이 명령으로 고령으로 회군했던 후발대가 먼저 진로를 잡았다. 후발대 천 명은 목패를 돌려 길의 방향을 다시 확인했다. 목패는 방향에 따라 하나는 서쪽인 해인사로 가는 길, 하나는 북상해 미숭산으로 향하는 길이었다. 곧바로 후발대 천 명이 선발대가 되어 해인사로 진격하기 시작했다. 고니시가 선발대였던, 이제는 후발대가 된, 첨병을 수습해 고령으로 되돌아갔다. 해인사로 진격한 선발대와 고니시는 거의 반 시진이나 차이가 났다. 다만 고니시의 머릿속은 복잡하기 그지없었다. 해인사 따위 함락은 시간문제였다. 가토가 먼저 한양으로 진격한다면 위세가 뒤집힌다. 이틀을 갔다 이틀을 되돌아 부산포로 가는 시간이 너무나 더뎠다. 더불어 나흘을 진격한다면 돌발적인 변수가 생겨나기 마련이었다. 특히 꼬리가 길어지는 말대에서 반드시 문제가 생겨났다. 도적질과 부녀자 겁탈 같은. 천주교를 믿는 고니시 입장에서는 용납할 수 없었다. 백년을 전쟁에 휩싸였던 터라, 정규 군사라 해도 뼛속 깊숙이 처박힌 도적 근성만큼은 쉬이 없어지지 않았다.

"잠시 보상을 불러라."

고니시의 말에 수행무사가 이완영을 불러왔다.

"부산포보다 가까운 포구는 없는가?"

고니시가 물었다. 이완영은 기다렸다는 듯 고개를 끄덕였다.

131

"있습니다."

당연하다는 듯한 이완영의 대답에 고니시의 눈빛에 당혹감과 분노가 어렸다. 성을 다스리는 다이묘답게 어렸던 감정은 찰나에 사라졌다.

"왜, 그곳을 추천하지 않았느냐?"

"그때는 일본국이 점령하지 못했던 곳입니다."

"지금은?"

"지금은 점령했습니다."

"그렇다면 왜 그곳에서 출병하게 하지 않고?"

"가토 기요마사 때문입니다."

"가토라……."

수긍하는 듯한 모습으로 고개를 끄덕였지만 고니시는 의아했다. 가토는 고니시와 앙숙이었다. 서로는 서로가 다른 길을 간다며, 여차하면 칼을 뽑아 들 기세로 으르렁거렸다. 고니시와 가토가 1군과 2군을 맡아 조선에 진군한 것도 이러한 관계를 토요토미가 적절히 관리한 것이었다. 그 모든 변명을 감안해도, 별동대였다. 숨어서 움직였다. 만 명이 넘는, 이례적인 인원이 별동대로 출병했지만 모든 다이묘들은 전선을 뚫고 진격하는 것에만 혈안이었다. 후방의 배가 움직이는 것은 어쩌면 고려 사안이 아닐지 몰랐다. 그럼에도 말이 나오기까지 이완영은 기다렸다. 가토가 고니시의 실패에 대한 복안이라는 것인가. 그게 아니라면 다른 문제가 도사렸다는 뜻일까! 생각을 감추며 물었다.

"배를 움직일 곳이 어디냐?"

"고성포입니다."

"준비해라."

고니시가 수행무사에게 명령했다. 이야기를 듣고 있던 수행무사가 재빨리 움직였다. 수행무사의 명령에 일사분란하게 한 무리의 병사가 빠져나갔다. 말발굽 소리가 후방으로 멀어지며 무리와 떨어졌다. 잠시 그 모습을 응시했다. 고니시는 병사들에게 박차를 가하라 소리쳤다. 우렁찬 고니시의 말에 지체하며 풀어졌던 병사들이 달려나갔다.

병사들은 멈추지 않고 신속하게 걸었다. 세 시진이면 충분할 거라던 예상은 완벽히 빗나갔다. 고니시의 병사들은 늦어졌던 속도를 줄이기 위해 빠른 걸음으로 해인사를 향했다. 그때 최일선이 갑자기 서 버려 병사들의 무리가 휘어졌다. 전방을 보던 고니시가 눈살을 찌푸렸다. 휘어진 대열이 웅성거리며 시끄러워졌다. 수행무사가 "전열을 가다듬어라." 소리쳤다. 웅성거리던 대열을 뚫고 한 병사가 수행무사 앞으로 비척거리며 다가왔다.

"귀신이 나왔습니다."

그제야 웅성거린 이유를 고니시도 알아차렸다. 병사는 갑옷이 벗겨졌고 무기조차 없었다. 피를 뒤집어쓴 그는 갓파에게 홀린 표정이었다.

"낯선 조선 땅에서 처녀귀신이라도 만났더냐?"

수행무사가 꾸짖었다.

"그게 아닙니다. 천 명의 병사가 모두 사라졌습니다. 저 역시 정신을 잃었다 깨어나니 이런 차림이었습니다."

경악한 채 더 많은 이야기를 얼굴에 담은 병사의 모습, 그는 두려움을 넘은 공포를 말하려 했다. 찰나생멸이라던 말처럼 고니시의 도가 생 하나를 멸했다. 달빛조차 고니시의 서슬을 푸르게 반사하지 못할 시간이었다. 병사는 피를 뿜으며 바닥에 널브러졌다.

"유언비어를 유포하고 미친 소리를 해대는 병사에게 자비는 없다. 우리는 딱 하나의 목표뿐이다. 팔만대장경을 취하러 간다."

고니시가 도를 들었다.

"나팔을 불고 북을 쳐라. 우리가 간다는 것을 알리고 두려움에 떨게 하라."

말과는 달랐다. 고니시의 가슴은 선뜩했다. 선발대는 무려 천 명에 달했다. 천 명이 사라졌다니. 믿을 수 없었다. 뿔나팔과 북소리가 하늘로 퍼졌다. 진격을 알리는 소리에 이어 야음을 틈타려던 작전도 바뀌었다. 병사들은 모두 횃불을 켜 주변을 밝혔다.

"지휘 무사들에게 알려라. 진을 통솔하는 하급 무사들에게도 알려라. 이곳 어디인가에 조선군의 잔당이 남았을지 모른다. 전투 체계로 재편하라."

고니시의 말에 진열이 정비되었다. 길을 잃은 채 산을 오를 때와 달리 전투를 위해 진열이 뒤집어졌다. 후방에 있던 조총부대가 전방으로 뛰어갔다. 진이 전쟁과 동일한 상태로 바뀌어 갔다.

별동대로 진행하는 기습이라 너무 만만하게 여겼다. 고니시는 정비되는 진을 보며 마음을 다잡았다. 진을 보니 머리 한쪽이 잘려나 갔다는 사실이 느껴졌다. 발아래에서 여전히 피를 흘리는 시체를 보며 새삼 의아해졌다.

"가장 날랜 병사 십여 명을 보내 전장을 확인하라. 어떤 경우에도 교전은 금한다. 전장만 확인하고 돌아와라. 대신 증거를 가져오라."

은밀히 고니시가 명령했다.

고니시의 명령을 들은 아오타는 오히려 안심했다. 아오타는 불현듯 몸에 힘이 솟는 것을 느꼈다. 그리웠다. 비록 이곳에서 난 것은 아니지만 이 산에서 자랐다. 아무것도 없는 아이들, 아무것도 가지 못한 아이들과 구르고 뛰었다. 개구리를 잡고 새를 잡았다. 조평사를 끔찍하게 아끼던 눈이 먼 공양주, 즉 주방장을 놀리기도 했다. 그는 아이들에게 개구리도 새도, 요리해 주었다. "뭐가 보여요?" 물으면 그는 먼 데를 바라보았다. "어렴풋해. 형체가 약간씩은 보이는데 자세하게 보이지는 않아." 하며 한숨을 내쉬었다. 아오타가 조선을 떠나려 할 때 그는 닭을 잡아주었다.

"조선에서 못 해봤거나 아쉬운 거는 없니?"

눈먼 주방장이 기척을 숨긴 아오타를 찾으며 물었다. 아오타는 생각해보지 않았다. 해보지 않았거나 못 했던 것, 굳이 생각할 필요가 없었다. 막상 떠나는 순간에 눈먼 주방장의 이름이 궁금해졌다.

"이름이 무엇입니까?"

"김인이네. 그게 그리 중요할까마는."

그때 괴짜인 성욱 스님이 아오타에게 말했다.

"날리던 도총부의 도사였지. 화마에 휩싸였지만 평사를 구해서 이곳까지 이르렀고."

"그만하시오."

주방장이 겸연쩍어했다.

"참 이거 가져가라."

주방장이 오른손을 내밀었다. 아무렇지 않게 받았던 것은 금덩이였다. 아오타의 눈이 휘둥그레졌다.

"집 한 칸은 안 되겠지만 그걸로 당분간은 먹고 지낼 수 있을 거야. 가거든 착한 일 해라. 나쁘게 사는 사람은 많으니까, 어렵더라도 착하게 살아 봐."

주방장은 그 말을 남기고 일어섰다. 되돌아선 주방장에게 아오타가 외쳤다.

"평사 놈과 대결해보고 싶어요. 끝장을 보고 싶습니다. 누가 이기는지."

"그건 평사와 네가 알아서 하고."

아오타는 눈물이 고였다는 사실조차 몰랐다. 얼른 훔쳤다. 해인사에서 배웠던 대로 갈 곳 없는 아이들을 거뒀다. 아이들이 자립할 수 있을 때까지 먹고 입히고 재웠다. 그런데 아이들을 소 요시토시가 인질로 잡았다. 더불어 그를 키워주었던 해인사를 함락시키기 위해 진군하고 있었다. 진퇴양난. 망할 놈의 날들이다. 그러나 보고 싶었다. 괴짜 성욱 스님도, 눈먼 주방장도, 호형호제하던 조평사도, 그리고. 그러나.

허허실실에 허허실실을 더한다?

소림원을 나가던 소암에게 서웅기가 말했다. 허허실실, 또 허허
실실? 나쁘지 않았다. 지금은 오랫동안 준비해 왔던 전략이 빛을 발
할 때였다. 팔만대장경은 해외와 국내, 사절과 도둑을 가리지 않고
탐냈다. 도둑이 사절단인 척 해인사에 오기도 했고 사절단이 도둑처
럼 요구하기도 했다. 이때 눈먼 주방장이 지팡이로 땅을 헤치듯 달
려왔다.

"왔습니다."

주방장이 말을 꺼내고 얼마나 흘렀을까. 서웅기가 반가움에 눈먼
주방장 김인을 향해 열 걸음을 걸었을 정도, 그때 개가 짖었다.

"저도 들었습니다." 소암이 김인을 향해 말했다. 동시에 서웅기를
향해서도 말했다. "서 사부님도 이제 그만 떠나십시오. 이 싸움은
해인사의 싸움이니 서 사부님이 낄 데는 없습니다."

137

날이 선 소암의 목소리와는 달리 서응기는 김인의 오른손을 잡았다.

"나요, 서응기."

"오셨다는 말씀은 평사에게 들었습니다. 저야 이제 불가의 사람이라……."

"예끼 이 사람아. 그게 할 말이오?"

"서 서부님, 가십시오 그만. 개가 울었습니다."

김인 역시 뜻 모를 이야기를 꺼냈다.

"개가 울다니?"

한 마리의 개 짖는 소리, 그때 사방천지에서 개 짖는 소리가 동시에 울렸다. 개 짖는 소리는 메아리까지 더해져 거대한 함성으로 가야산을 휘감았다. 이때 조평사가 소림원을 향해 맹렬한 속도로 뛰어왔다. 달려오며 외쳤다.

"일주문은 정비했습니다. 정탐승에 의하면 천 명, 대부분 보병입니다."

"보병이라. 어떻게 된 걸까."

소암이 의아한 듯 고개를 가로저었다. 단 하나의 가능성이 소암의 머릿속으로 들어왔다. 뒤집힌 꼬리. 바뀌어버린 선발대. 아니다. 그럴 리 없다. 이들이 아무리 섣불리 해인사를 친다고 해도. 아니다, 이러면 이해가 된다. 낮잡아본다면. 해인사 따위 천 명이면 충분하다!

"장판교. 언월도."

두 말을 내던진 소암은 다급히 일주문으로 내달렸다. 소암이 뛰어가는 옆으로 주작이 붙었다. 보조를 맞추나 싶더니 언월도를 건네고 어둠 속으로 사라졌다. 달려가려는 서웅기를 뒤에서 주방장이 제지했다. 뭣 모르고 뛰어드는 객이야말로 지금은 경계해야 할 때였다. 주방장도 이를 잘 알았다. 언월도를 쥔 소암은 일주문을 향해 뛰었다.

해인사는 산을 오르는 사람들 눈에 띄지 않았다. 가파른 산세를 배경으로 구릉에 숨어 있는 형세였다. 가야산 정상에서 내려다보는 해인사 우측으로는 가야천의 발원점이, 좌측으로는 숲이 우거졌다. 숲은 자연림이라기보다 인공림이었다. 몇백 년에 걸쳐 조성했다. 인공림으로 인해 산을 오르는 사람들 눈에 해인사는 완전히 가려졌다. 또한 오르는 길 폭에 제한을 두었다. 기껏해야 열다섯 자, 넓은 곳도 스무 자를 넘지 않았다. 성인 열 명이 나란히 열을 지어 걷기 힘들었다. 곁에 있는 가야천이 오히려 넓었다. 가야천은 해인사 아래에서 '복ㅏ'자 형태로 거듭 나뉘고 더해졌다. 길게 보면 한글의 니은을 닮았다. 가야천의 물은 사시사철 무릎께에서 유지되었다. 이 길은 가야천이 부침을 거듭하며 물길이 바뀔 때마다 크게 길이 꺾였다.

좁게 선 열 명, 열 명이 백 열.

"모두 제자리에서!"

소암의 목소리가 가야산을 울렸다.

"천 명이다. 단번에 꺾는다."

메아리가 돌아오며, 소암의 목소리가 두 번 울렸다. 모두 제자리에서, 단번에 꺾는다.

소암이 힐끗 인공림을 살폈다. 정비했다던 일주문이 스쳤다. 가야천이 뫼 산山 자를 만드는 신부락 뒷산까지 뛰어 내려왔다. 이곳이다. 머리는 앞이 보이지만 꼬리는 앞이 보이지 않는, 구십 도로 꺾어지는 길. 뫼 산 자의 왼쪽 아래가 남쪽으로 흐르며 가야천은 이어졌다. 그리고 가야산을 오르는 길을 만들며 급격히 아래로 향했다.

단도부회單刀赴會, 소암은 언월도를 들고 그 길에 버티어 섰다. 저벅저벅 산을 오르는 발소리가 들렸다. 점점 발소리가 가까워졌다. 소암이 홀로 섰지만, 여전히 알아차리지 못한 듯 발걸음은 가까워졌다.

"멈추어라!"

소암의 기백이 산을 울렸다. 저벅거리던 발소리가 단번에 사라졌다. 일단이 진을 헤치며 뒤에서부터 나오기 시작했다. 궁병일 것이다. 시간을 주어서는 어려웠다. 소암은 언월도를 휘두르며 진을 파괴했다. 무너진 진으로 인해 몇몇이 가야천 변으로 떨어졌다. 그들의 손에서 떨어지는 무기를 보았다. '…… 저건 설마?'

"대장 놈 나오너라. 조무래기들 상대할 시간이 없다. 몰살당하기 싫거든 항복해라."

무너졌던 진이 두어 걸음 물러섰다. 콧방귀 소리가 들린 것도 그때였다. 한심하다는 듯 팔짱을 낀 무사가 앞으로 나왔다. 무사 뒤에서 누군가 조선말을 속삭였다. 무사는 언월도를 쥔 소암을 바라보나 싶더니, "초오히토칸치가이시네. 소오료나도, 와타시가 소오타이스

루히츠요오가나이."[13]라며 물러서려 했다.

"밀어내라."

소암이 외치며 전진했다. 동시에 개가 튀어나왔다. 개와 거의 동시, 구절편을 휘두르며 청룡 승려가 왜군에 뛰어들었다. 왜군은 구절편에 나가떨어지며 단번에 대열이 흐트러졌다. 반대편 천변에서 불시에 주작 승려가 나타났다. 떨어지는 왜병들 목에 언월도를 가져다댔다. 소암의 뒤에서 현무가 나타난 것도 그때였다. 소암은 언월도를 쥐고 왜병들 속으로 들어갔다. 코웃음을 쳤던 적장을 노렸다. 당황한 적장은 칼을 뽑으려 했지만 소암의 언월도가 번개보다 빨랐다. 목에 언월도가 겨눠진 적장은 칼을 뽑지도 못한 채 주저앉았다.

"조선말을 아는 자, 앞으로 나와라."

완전히 포위된 왜군 가운데 봇짐을 멘 한 남자가 앞으로 나왔다.

"무기를 내려놓으면 목숨은 살려주겠다!"

소암이 말하는 중에 백호 승려들이 백병전에 뛰어들었다. 칼을 들고 저항하는 그들에게 주먹만으로 맞섰다. 왜군들이 백호의 철제 권갑을 알 리 없었다. 어둠 속에서 맨주먹으로 칼을 막아내고 되레 병사를 제압하는 모습에 왜군 몇몇이 외쳤다.

"유우레에다, 유우레에다, 귀신이다!"

외침에 왜군의 전열은 무너졌다. 칼을 떨어뜨리거나 주저앉는 병사가 순식간에 늘어났다. 반대로 승병들의 목소리는 높아졌다.

13　"장비라고 착각하는군. 승려 따위, 내가 상대할 필요가 없다."

일본군 천 명과 해인사 호법승의 첫 번째 전투는 싱겁게 끝이 났다. 신속한 동작으로 약속된 행동을 취했다. 학승들이 뛰어 내려와 모든 무기를 수거했다. 갑옷을 벗겨 속곳만을 남겼다. 승병과 학승이 일 대 일이 되어 왜군을 해인사 반대편으로 밀어냈다. 일 리 정도를 걸어 암자와 굴이 있는 곳에 왜군을 데려갔다. 미리 준비했던 짚끈으로 손과 발을 묶었다. 입에는 재갈을 물렸다.

"전쟁의 양상을 확인하면 풀어주겠다. 그때까지는 기다리거라."

소암이 왜군을 향해 말했다. 몇몇 왜군은 절망한 표정이었지만 몇몇은 오히려 안도하는 표정이었다. 싸움 중 왜군의 마지막에서 병사 하나가 도망쳤다. 관자놀이를 겨냥해 소암이 일부러 기절시킨 병사였다. 그가 들은 말은, "유우레에다!"라는 외침과 흔적도 없이 사라진 병사의 모습뿐이었다.

왜군 부상자는 학승들이 치료했다. 이 과정에서 네 명의 왜군이 투항했다. 급변하는 상황에도 봇짐을 지었던 조선인은 일언반구 말을 하지 않았다.

"저게 무엇입니까?"

"한번 보시겠소?"

서웅기가 조총 심지에 불을 붙였다. 얼마간 심지가 타나 싶더니 천지를 뒤흔드는 소리가 뿜어졌다.

"떡굽쇠입니다."

"떡굽쇠요?"

"화승총이라고도 합니다. 십여 년 전인가, 명나라 상인이 파랑국에서 만든 화승총을 팔려고 했었지요. 조정에서 거절했습니다. 우리가 무기를 산다는 것은 명나라에 대한 위협으로 비칠 수 있었거든요."

수거한 조총을 보며 서응기가 소암에게 설명했다. 수거한 백 정의 화승총은 해인사 입장에서도 좋은 무기가 될 것이었다. 전투에 참여하려는 학승들이 빠르고 간단하게 사용법을 익혔다. 해인사는 요새이지만 그렇기 때문에 한 번 문을 걸어 잠그면 바깥의 상황을 알 수 없는 단점이 있었다.

"이 물건이 일본국에서 창궐했으리라고는 꿈에도 생각지 못했군요. 저 총에 대한 정보를 조정에 전달할 수 있다면 전쟁의 양상을 상당히 바꿀 수 있을지도 모르겠군요. 승리를 축하합니다. 유학자 입장에서도 궤변이 되겠습니다만, 부처에게 자비가 있다면 오늘만큼은 해인사에 베풀어 달라 기도하겠습니다."

"나무관세음보살."

소암이 서응기를 향해 합장했다.

"그나저나 저 똥개들은 어떻게 된 거요?"

자못 궁금했다는 표정으로 서응기가 물었다.

"똥개들이었지요. 이백 년 전에는요. 해인사는 역사만 천 년입니다. 아무리 촌구석에 처박힌 방사라지만 그 말 그대로 뒤집어서 촌구석 방사를 눈여겨보는 사람은 없었지요. 해인사가 있는 가야산은 거대한 악기입니다. 피리를 불면 반대편 산에 가서 부딪치지요. 멀지 않습니다. 개 역시 마찬가지입니다. 지난 이백 년 동안 개를 훈련시키는 한편으로 열두 개의 거점을 만들었습니다. 적이 보기에는 상대적으로 침입이 용이한 곳입니다. 그 거점을 주변으로 개들이 퍼져서 삽니다. 이 개들은 무기에 반응합니다. 승려가 아닌 사람이, 무기를 들고 나타나면 짖습니다."

"맙소사! 그게 가능했다는 말입니까?"

"보셨던 그대로입니다. 한 번 가르쳤던 개들은 웬만해서는 잊지 않고 대를 물려 가르치더군요. 가르친다는 말이 적확할지는 모르겠습니다만 상당한 개들은 마치 사냥을 하는 습성처럼 잊지 않고 대를 물렸습니다. 물론 백팔나한승려들이 가족으로 대하며 가르친 결과이기도 합니다. 가야산의 개는, 해인사를 지키는 첨병입니다."

서웅기는 놀란 모습에 더해 박수를 치려다 멈추었다.

"그건 그렇고, 나도 칼 하나 주시겠소?"

"칼이라……. 그것보다 조총을 든 저 학승들을 지휘하시면 어떻겠습니까? 저들은 지금부터 천 명의 왜군들을 제도해야 하거든요."

소암의 말에 서웅기가 무릎을 탁! 쳤다.

"예끼, 이 사람. 강 건너 불구경하라는 말이로군. 그렇지만 하겠습니다. 그렇게라도 돕겠습니다. 다만 저와 겨루었던 걸 잊지 마세요. 간파당하는 순간 힘들어질 겁니다. 더는 왜군이 없으면 좋겠습니다."

서웅기는 가야천을 건너 모습을 감추었다. 원로 승려가 상황을 통제하기 위해 서웅기를 뒤따랐다. 소암은 멀어지는 서웅기를 보며 전투 중에 설핏 들었던 생각을 곱씹어보았다. 아니다. 아무리 일본국이라지만 조선에 수십만 명의 대군을 보내는 것은 어리석었다.

1592年 6月 5日 子時(밤 11시)

— 해인사

이 싸움을 왕이 본다면 얼마나 좋을까.

조평사는 긴장으로 한껏 몸이 수축되었다. 팔을 돌려 어깨를 풀고 머리를 흔들어 목을 이완시켰다. 팔만대장경은 불원천리 달려오는 적들에게 상당한 타격을 받아왔다. 죽음도 불사하는 도적떼가 대부분이었다. 궁핍하고 부박한 삶에 돈이 된다면 똥이라도 훔칠 그들에게 팔만대장경은 그야말로 보물이었다. 다만 이토록 정예군이 해인사로 돌진한 경우는 처음이었다. 소암대사는 조평사에게 전면전에서 나서지 말 것을 당부했다. 소암대사는 장판교를 홀로 누볐던 장비처럼 길을 막아섰다. 일본군은 자신들을 홀로 독대하려는 장비 같은 인물로 소암대사를 판단했던 것이다. 그사이 모든 승병들이 일본군을 감쌌다. 일본군은 그때까지도 눈치채지 못했다. 소암대사는 언월도 하나를 들고 적진으로 뛰어들었다. 가히 충격이었다. 조평사라면 과연 그렇게 용기백배할 수 있었을까. 반대로 전투는 싱거웠다.

감싸고 뛰어든 것과 동시다 싶을 정도에 항복을 받아냈다.

이게 끝이라면 얼마나 좋을까.

해인사 원로들은 비겁했다. 누구도 조평사에게 계를 내리려 하지 않았다. 태어난 때를 빼면 줄곧 절에서 살았다. 해인사 말고 갈 데가 어디 있단 말인가. 절에서 승려로 받아주지 않는다는 건 가족이 아니라는 말과 같은 뜻이지 않은가. 아버지처럼 따른 소암대사도 아명을 지어주었을 뿐이었다. 성심을 다하지 않은 듯 조선 민족의 평화로운 절, 이라는 이름을 지었다. 조평사. '아뿔싸, 맙소사', 이런 감탄사와 음가가 비슷해 싫었다. 하긴 소암은 어떻고. '소암照岩', 빛나는 바위. 그럴싸해 보이지만 '대머리'나 '돌대가리'라는 뜻이었다. 하긴 그보다는 내가 낫다. 조평사는 떠오른 생각에 슬그머니 웃음이 번졌다. 입술을 깨물며 웃음을 참았다. 그때 멀리서 큼큼거리는 소리가 들렸다.

"평오야!"

조평사가 어둠을 향해 목소리를 냈다. 큼큼거리던 소리가 한달음에 조평사에게로 다가왔다. 이 이름만큼은 장난삼아 지었다. "내가 평사니 너는 평오야." 하고. 장난삼아 부르던 게 굳었다. 한 달만 지나도 털이 자라 눈을 덮었다. 하안거에 들어갔던 터라 털을 깎아주지 못했다. 바쁜 것도 아니었는데 잡생각이 많았다. 백팔나한승 중 먹성이 가장 좋아 이름 대신 먹보로 불리는 녀석의 개는 만두였다. 먹보는 매일 배가 고프다고 투덜거리는 데 반해 만두는 토실토실 살이 쪘다.

조평사도 몰랐다. 개들을 교육시키며 반대로 이들이 상당한 인간의 언어를 알아듣고 행동을 먼저 깨닫는다는 사실을 배웠다. 또한 주인의 감정을 읽었다. 조평사가 키우는 평오만 해도 스무 개가 넘는 말을 알아들었다. 특히 먹을 것에 관해서 몇 가지나 반응했다. "나물 먹어." 할 때 평오는 그냥 사라질 때도 있었다. 먹기 싫다는 감정을 표현했다. "고기다, 평오야." 하면 혀를 늘어뜨린 채 바람처럼 나타났다. 일반인들이 가야산에 있는 해인사의 말사나 암자의 숫자까지 알지 못하듯이 백팔나한승려들 역시 가야산 전체 개의 숫자를 알지 못했다. 각자가 키우는 개를 파악하고 있는 게 전부였다. 가야산을 뛰어노는 건 승려가 아니라 오히려 개들이었다.

조평사는 언제부터 이 개들이 가야산을 지켰는지 알지 못했다. 알고 싶지도 않았다. 때론 몰라도 되는 것들이 있다. 출생의 비밀 같은 것도 마찬가지였다. 그냥, 해인사에서, 살면 되는 것인데. 개는 차별을 두지 않았다. 주인을 따르고 산을 지켰다. 해인사 승려도 마찬가지였다. 신분제가 뿌리 깊이 박힌 조선은 차별이 당연했다. 해인사에서는 달랐다. 과거에 노비였든, 시대를 호령한 사대부였든 그저 한 명의 승려였다. 그러나 딱 한 명, 조평사만큼은 차별을 당했다. 평등을 가르쳐놓고 원로들은 평사에게 차별을 두었다. "너는 굳이 승려가 되지 않아도 된다." 같은. 그런 뒤 합장하며 해탈한 척했다. 해탈? 그저 해탈했다고 자부하는 착각에 불과할지 몰랐다. 평사는 아직 머리조차 깎지 않았다. 머리카락을 짧게 깎거나 민둥하게 살고 있는 해인사에서 혼자만 튀었다. 그게 싫어서 싸웠다. 해인사를 지키는 무술은 개뿔, 그냥 차별에 대항해 이기고 싶었다. 나는 너희들과 다르지 않은 그저 한 명의 승려일 뿐이라고!

조평사는 대규모 일본 병사가 해인사에 온다는 말에 이번만큼은, 하고 다짐했다. '어차피 나는 승려도 아니지 않은가!' 막상 마음은 그렇게 먹었지만 천 명의 왜군을 보자 다리가 진창에 박힌 듯 움직이지 않았다. 소암대사의 신호를 보며 백팔나한승려는 개를 풀었다. 신호에 맞춰 개를 거둬들여야 했다. 아니라면 직접 검을 들고 전투에 뛰어들거나. 평오가 사라진 어둠 속에서 일본군을 보았다. 갑옷을 입고 단단히 무장했다. 그저 적삼 하나 걸친 게 전부인 해인사 승려들과는 보이는 하나부터가 달랐다. 평오의 뒷모습을 쫓으며 다리를 떨고 있던 자신을 발견했다. 말하자면 조평사는 백팔나한승려 수장으로는 낙제였다. 아랑곳없다는 듯 소암대사는 언월도 하나만으로 적의 진형을 파괴했다. 단번에 흐트러진 대열 속으로 개와 승병들이 뛰어들었다. 조평사도 뛰어들었다. 칼집에서 칼을 뽑지 않고 휘둘렀다. 싸움은 그야말로 싱거웠다. 기습을 당한 적은 완전히 사기가 꺾였다. 흥분한 개들을 백팔나한승려들이 거둬들였다. 각자의 거점에서 개들을 안심시켰다. 조평사는 평오의 새끼들을 돌보았다. 잠시나마 평오는 보이지 않았다.

평오가 조평사의 볼을 핥았다. 그제야 정신이 돌아왔다. 짜릿했다. 싸움도, 승리도. 무엇보다 별다른 피해 없이 이겼다는 게 기뻤다. 이런 싸움이라면 수십 번을 해도 이길 수 있을 것 같았다. 물론, 소암대사가 없다면 어렵겠지만. 불현듯 소암의 능력에 경외심이 들었다. '그렇다 해도 왜 머리를 깎지 못하게 하는 것일까?' 생각을 접으며 평오에게 개 줄을 묶었다. 싸움에 참여했던 개는 하루 정도 묶어서 주인 승려와 함께하는 것이 불문율이었다. 순간 볼을 핥아대던 평오의 귀가 쫑긋해졌다. 이빨을 드러내며 으르렁거리기 시작했다. 잔뜩 흥분한 평오가 갑자기 짖어댔다. 평오가 마구잡이로 날뛰었다. 처음 있는 일이었다. 두 시진 전, 전투가 시작되어 일본군을 제압하고 완전히 싸움에서 물러날 때도 이러지는 않았다. 가야산은 점점 개들이 짖는 소리로 물들어갔다.

일주문 밖에서 조평사가 가장 먼저 움직였다. 조평사가 일주문 안으로 들어오자마자 곳곳에서 개와 함께인 승려들이 나타났다. 그들은 일주문을 병풍처럼 두르고 섰다. 개를 앞에 둔 그들은 대열을 정비한 뒤 칼을 뽑았다. 개들은 끈에 묶인 채로 으르렁거렸다. 어디선가 한 녀석이 짖자 일제히 개들이 짖었다. 맹렬하고 호전적이었다.

"침착하게 대열을 유지해라. 아직 무슨 일인지 모른다. 사태가 파악되면 그때, 행동한다."

조평사가 큰소리로 외쳤다.

조평사의 대열을 바라본 소암이 재빨리 대적광전으로 들어갔다. 대적광전 주변은 상당한 학승이 주지의 명령을 기다리고 있었다.

"소암. 내가 이곳에서만 칠십 년을 살았어. 기억조차 없을 때부터라고 봐야지. 조금 전 모두 살려두었던 왜군이 전부라고 여겼건만 아니었나 보오. 이렇게 모든 개가 울면서 절간으로 달려온 건 처음이야. 무슨 말인지 알지, 소암?"

주지의 말에 소암은 그저 묵묵히 고개를 끄덕였다.

"소암. 살생의 업화를 감당할 수 있으시겠나?"

"해인사가 불타 없어지면 그 업화를 주지스님은 감당할 수 있으시겠습니까?"

소암이 아랫입술을 질끈 깨물었다.

"가보시게. 장경판전으로."

"제석천 승려들을 허락해주시는 겁니까?"

합장을 하며 주지가 고개를 끄덕였다. 소암이 바깥으로 나오자 대적광전을 감쌌던 승려들이 소암과 눈을 맞추었다. 하나하나 눈을 보며 소암이 고개를 끄덕였다.

"무장해라. 어서."

소암의 말에 승려들이 득달같이 장경판전으로 뛰었다. 장경판전에는 승려들이 여전히 장경판을 살피고 있었다. 장경판전으로 가장 먼저 뛰어온 승려가 외쳤다.

"제석천 승려들, 무장!"

제석천 선임 승려의 말에 일제히 승려들이 장경판전 안으로 뛰어들었다. 곧바로 대장경 목판을 둔 빈틈에서 나무회초리를 꺼냈다. 말총을 달아 판전 먼지를 털던 나무회초리였다. 말총을 빼내고는 명주 현을 끝에 매달았다. 곧바로 회초리 끝을 휘어 현을 연결했다.

"송진과 화살을 준비해라. 어서!"

소암의 목소리가 장경판전 안까지 틈입했다. 목소리에 맞추듯 일사분란하게 판전을 빠져나왔다. 지체없이 제석천 승려들이 일주문을 향해 뛰었다.

일주문 앞에 버티어 선 소암의 앞으로 백팔나한승려들이 개들과 함께였다. 개들은 백팔나한승려의 지시에 맞추며 짖기를 멈추었다. 그러나 이빨을 드러냈다. 보이지 않는 적을 향해 으르렁거렸다. 소암의 뒤로 제석천 승려 백 명이 활을 들고 섰다. 그들의 등에는 화살 집이 매달려 있었다. 말총을 묶었던 회초리는 조선의 단궁, 편전으로 바뀌었다.

여전히 으르렁거리는 평오를 보며 조평사는 오른 무릎을 꿇었다. 조심스레 조평사가 평오의 머리를 쓰다듬었다.

"너는 내 동생이야. 알지? 너와 나는 너와 나의 운명이 있어. 너는 개들을 지키고, 나는 백팔나한승을 지키고. 그러니 이제부터 최선을 다하자."

으르렁거리던 평오가 조평사의 볼을 한 번 핥았다. 조평사의 곁으로 소암이 다가왔다.

"개들은?"

"여전히 기세를 거두지 않습니다. 저 너머에 누군가 오고 있습니다."

"보이지 않는 거리인데 이리도 맹렬하다니. 풀어라."

"네?"

"개들을 모두 풀어라."

소암이 명령했다.

"하지만!"

"풀어라."

소암은 단호했다.

소암의 명령에 조평사는 평오를 한 번 안았다. 평오는 조평사의 품으로 잠시 파고들었다. 고개를 묻고는 온몸을 안겨 왔다. 잠시 평오를 안아준 조평사는 줄을 풀었다. 조평사와 마찬가지로 백팔나한 승려 상당수가 개를 안고 있었다. 잠시 조평사와 눈을 맞추던 평오가 맹렬히 앞으로 달려나갔다. 거의 동시, 수백 마리 개들이 일주문 아래로 뛰었다. 이들은 길을 내려가며 더 많은 개들과 무리 지을 것이었다.

1592年 6月 5日 子時(밤 11시)
- 오사카 성

불콰한 토요토미가 거대한 상에서 자세를 잡았다.

"평양, 평양!"

그저 즐거운 듯 토요토미가 김의겸을 졸랐다. 김의겸이 고개를 끄덕이자 곁에서 시중을 들던 여인이 일어섰다. 어둠 속에서 남송색 옷자락이 신비함을 더했다. 여인이 쟁반에 내온 것은 놋쇠그릇이었다. 두 그릇을 평양에 내려놓았다.

"이게 뭔가?"

"냉면입니다."

"냉면?"

젓가락을 여인에게서 받아든 토요토미가 냉면을 보았다. 제철과일과 장식으로 둔 계란이 색깔을 뽐냈다. 잠시 김의겸을 보나 싶더니 젓가락으로 냉면을 휘저었다.

"오, 얼음이구나."

감탄을 내뱉은 토요토미가 면을 젓가락으로 먹었다. 국물도 들이켰다.

"이야. 신묘한 맛이로세. 지금까지 먹었던 음식 중에 최고이네. 이 토요토미가 완전한 음식 하나를 골라야 한다면 주저하지 않고 냉면으로 고르겠네그려. 고기 국물에 더해진 이 새큼한 맛은 뭔가?"

"동치미입니다."

"동치미라. 그래. 이렇게 차게 했는데도 고기의 맛과 동치미의 맛이 적절히 조화되었어. 완벽하네. 바로 평양성과 같은 맛이야. 평양을 수도로 삼았던 옛 구려국이 대륙을 지배했다고?"

"맞습니다."

한껏 고무된 토요토미가 술병을 들었다. 김의겸은 매화무늬 술잔을 들었다.

"그런데 자네는 왜 그 잔에만 술을 받는가?"

"맹세의 잔입니다."

"맹세?"

"간바쿠께서 대륙을 지배하도록 맹세한 맹세의 잔이라고 할까요?"

"그래? 그러면 더 받게나."

토요토미가 냉면을 내려놓으며 술을 건넸다.

"평양까지 왔으니 이제 음식은 끝난 것인가?"

부산포를 필두로 양산과 대구에 이어 한양을 뺀 평양까지 그릇이 놓였다. 음식은 비워져 바닥이 보였다. 토요토미가 지도를 굽어보았다. 그의 눈은 지도가 끝나는 대륙 어귀에서 딱 멈추었다.

"그래서 준비한 게 있습니다."

김의겸이 수라간 궁녀 복장을 한 여인에게 귓속말을 했다. 여인은 말없이 고개를 끄덕였다. 여인이 자리를 비우나 싶더니 몇몇 여인과 함께 나타났다.

"기녀들입니다. 평양도 그렇지만 개성이야말로 무역의 도시이지요. 이곳 기녀들에게 빠지면 기둥뿌리를 팔아서라도 논다고 합니다."

기녀 두 명이 지도의 북쪽에 자리했다. 김의겸의 곁에도 한 명이 다가갔다. 셋이 눈을 맞추고 고개를 숙였다. 무릎을 꿇으며 조신하게 앉았다. 기다리던 궁녀 복장의 여인이 접시를 내려놓았다. 김의겸이 말하는 중에 된장과 쌈 채소가 가지런히 놓였다. 접시가 놓인 곳은 지도의 중간, 개성이었다.

"단고기입니다."

"단고기라면 무얼 말하는 건가?"

"개고기입니다. 추위와 영양보충, 특히 남자 정력에 단고기만 한 보양식이 없습니다. 더위를 나는 데도 최고이지요."

"오 그래?"

토요토미가 여인을 향해 손짓했다.

"자, 가네모토. 자네도 놀자고. 오늘 밤만큼은 이 개고기와 함께 질펀하게 개성을 눌러보세나."

그때 성 바깥 어디에선가 개 짖는 소리가 울렸다.

가야천이 뫼 산 자를 만드는 신부락 뒷산에서 길이 급격히 꺾였다.
곧바로 산을 오르는 길이 시작되었다.

"몹쓸 산이로구먼."

산세를 살피던 고니시가 목소리를 높였다.

"그러게 말입니다. 계곡을 따라 산이 계단처럼 펼쳐지니 산 하나
너머가 보이지 않습니다. 천혜의 요새입니다."

산세를 읽은 수행무사가 고니시의 마음을 헤아렸다.

목을 베었던 병사의 말처럼 먼저 진군했던 천 명의 병사들은 흔적
도 없었다. 다만 그들이 밟고 왔을 땅만큼은 거짓을 말하지 않았다.
횃불을 들고 흔적을 살피던 병사가 멈추어 선 것도 그때였다. 적의
동태를 가장 먼저 살피고 매복을 예상하는 등 고니시의 별동대에서
중추 역할을 맡은 첨병, 마사오였다. 산적에게서 홀로 살아남아 거
지로 살던 아이를 고니시가 알아보았다. 집을 주고 수하로 거둬 키

왔다.

"무엇이냐?"

햇불을 든 고니시가 뒤를 돌았다. 고니시에게로 오려 했지만 병사들이 워낙에 빽빽이 선 터라 움직임이 쉽지 않았다. 마사오는 물이 거의 없는 천변으로 내려섰다. 마사오는 가야천을 내려와 고니시의 곁으로 왔다.

"다이묘. 분명히 이곳에서 저희 군사들이 제압당했습니다. 적은 일시에 달려들었습니다. 우리 군사의 신과 저들의 신은 흔적이 다릅니다. 다만 전방에서 적이 뛰어든 것은 아닙니다. 그런데 이상한 게 ……."

"무어냐?"

고개를 갸웃거리는 마사오를 향해 고니시가 물었다.

"……개. 개 발자국이."

마사오가 "개……." 하고 한 번 더 강조하려던 순간이었다. 마사오의 목을 향해 개 한 마리가 날아들었다. 마사오가 목을 부여잡는 것과 동시에 개들이 일시에 고니시의 별동대로 뛰어들었다. 놀란 고니시가 칼을 빼기도 전에 말이 앞다리를 들었다. 고니시는 고삐를 당기며 말을 진정시켰다. 고니시의 눈에 병사의 진열이 완전히 엉망이 되어 꼬이는 게 보였다. 기마병들이 특히 진열을 휘저었다. 그제야 으르렁거리는 소리가 귀를 휘감았다. 개였다.

"망할. 이게 뭐냐?"

응축되었던 진열은 단번에 어지럽게 흩어졌다. 칼을 뽑지도 못할 정도로 좁았던 길에서, 상당수 병사들이 가야천으로 개를 피했다. 너른 가야천으로 피하자 진열은 숨통이 트였다. 기마병 상당수도 가야천으로 뛰어들었다. 말은 제어하기 어려웠다. 그때 고니시의 눈에 헛것이 보였다. 달처럼 생긴 무언가가 가야천변 상류에서 형체를 무시광겁 바꾸며 눈으로 달려드는 것이었다. 고니시를 향해 마사오가 몸을 날렸다. 마사오의 목에서는 피가 튀고 있었다. 마사오가 무언가 말하려다 푸욱 쓰러졌다. 쿠쿵, 천둥소리가 들려온 것도 동시였다. 가야천으로 내려섰던 병사들이 천둥소리에 박자를 맞추듯 엉키며 사라졌다. 급류였다. 엄청난 기세로 쓸려 내려온 물살에 병사들이 휘말렸다. 사람 키만 한 통나무들이 물살에 떠내려오며 병사들을 어지럽혔다. 몇몇은 통나무에 직격을 당했고, 몇몇은 통나무와 함께 휩쓸려 물 위로 올라오지 못했다.

"젠장. 이건 또 뭐냐?"

고니시의 한숨이 거대한 소리를 내는 급류에 쓸려갔다.

"어서 병사들을 구하라. 어서."

개들의 일차 공격 때문이었다. 진열이 엉망이 되었다. 병사 상당수는 가야천으로 뛰어들었다. 그때 형체를 달리하는 달처럼 생긴 물살이 일본군을 직격했다. 순식간에 내리친 거대한 물살과 통나무에 일본군 병사 상당수가 휩쓸렸다. 뫼 산[山] 자처럼 생긴 물길에서 조우하는 가운데 지점까지 병사들이 떠밀려가며 병사들 위에 통나무가, 통나무 위에 병사들이, 휩쓸린 바위에 다시 병사들이 깔리며 아수라장이 되어버렸다.

"빨리 병사들을 구해라. 빨리."

고니시는 계속해서 외쳤다. 고니시의 외침은 물살에 묻혔다. 고니시의 목소리가 물살을 뚫고 나올 정도가 되었을 때는 눈이 뒤집힌 병사들이 동료를 구하러 가야천에 뛰어든 뒤였다. 병사들은 통나무와 바위에 다리가 부러지고 팔이 꺾인 병사들을 구해내려 안간힘을 썼다. 고니시는 속에서 울분이 토해졌다.

'망할 해인사!'

그때였다. 고니시의 눈에 다시 한 번 달처럼 생긴 형상이 산 위에서 구르며 내려왔다. 멀리서 달빛을 받아 달처럼 반짝이던 점 하나가 금세 위세를 떨쳤다. 천둥소리 역시 뒤따랐다. 고니시가 가야천에 내려간 병사들을 보았다. 물길이 합쳐지는 곳에서 다친 병사들을 구하려 등을 산으로 향한 채였다. 고니시는 다급하게 외쳤다.

"피해라, 어서! 피해라. 피해라."

고니시는 목이 찢어져라 소리쳤다.

더 큰 물줄기!

더 큰 물줄기가 병사를 덮쳤다. 병사들은 아가리를 벌린 물속으로 소리 없이 휩쓸렸다. 그런 가운데서도 병사를 문 개들은 병사를 문 채 죽어갔다. 기껏해야 열을 세어 볼 시간이었다. 더 길어야 스물을 셀. 그 짧은 찰나에 생멸이 관장되었다. 고니시는 그만 땅을 내려다보았다. 그의 입에서는 절로 한탄이 터졌다.

"지옥 같은 곳이다."

고니시는 이번만큼은 침착해졌다. 살수. 전승처럼 전해 내려오는 이야기 중 하나였다. 수나라의 백만 대군을 물리친 을지문덕에 관한 이야기. 강도 아닌 천변에서 이 정도라면, 백만 대군이 휩쓸려 사라지는 것도 가능하겠다.

"다이묘. 정신을 다잡으십시오."

어느새 곁으로 이완영이 다가왔다.

"죽은 병사는 죽은 병사입니다. 미련을 두지 마십시오. 다친 병사를 전면에 세우십시오. 지피지기해야 백전불패입니다."

이완영은 그 말을 던진 뒤 어둠 속으로 사라졌다. 이완영의 말에 고니시는 차츰 냉정해졌다. 이완영은 다친 병사를 적의 전술을 알아내는 데 쓰라고 조언했다. 놀란 병사들은 천변에서 길로 올라와 몸을 숙였다. 두 번 당해버린 병사들은 목숨을 건진 사실에 안도했다. 고니시는 산세를 떠올렸다. 산을 내려가는 천은 변화무쌍했다. 위로는 점 복 자, 아래로는 뫼 산 자, 물길을 한 번에 터뜨렸을 경우 물길이 조우하는 뫼 산 자의 가운데에서 물길이 단번에 들어찼다. 바위나 통나무, 사람도 그곳에서 엉키며 피해가 커졌다.

고니시는 명령했다.

"걷지 못하는 녀석은 빠져라. 칼을 들 수 있는 부상자는 앞으로 가라. 받은 만큼 돌려주겠다. 부상자는 다친 만큼 상대에게 돌려주어라. 오늘 해인사를 불태우자! 저들에게 삶은 없다. 모두 죽인다. 하나도 남김없이 모조리 죽인다."

고니시는 어떻게 명령했는지조차 기억나지 않았다. 부들부들 손이 떨렸다. 그러나 가슴 한 곳, 깊은 어디인가에는 공포가 똬리를 틀고 있었다. 공포는 분노의 반대편에서 끊임없이 분노와 싸워댔다.

"진열을 정비하라. 조총부대는 선두로 향하라. 부상 병사 뒤에 자리하라."

수행무사가 목소리를 높이는 고니시에게 다가왔다.

"다이묘!"

"살수는 더는 없을 것이다. 기마병이 조총 뒤편에, 보병은 기병보다 앞서 가야천을 가로질러 오른다."

"다이묘! 잠시 정비해야 합니다. 이대로는 무립니다."

"진열부터 정비하라."

고니시는 고집을 부렸다. 기세가 꺾이면 패배로 연결될 것만 같았다. 당황해하던 군사들이 고니시의 노성에 열을 맞추기 시작했다. 기마병들은 기마병들끼리 모였다. 흩어졌던 조총수들도 대열 앞으로 진열했다. 고니시의 명령대로 칼을 들 수 있는 부상병들이 가장 앞으로 나가기 시작했다. 눈어림으로 군사를 살폈다. 육천 명에서 칠천 명 사이. 삼 할 가까운 병사가 휩쓸려 일어나지 못하고 있었다.

"다이묘, 진격하기 전에 조금만 진정하십시오. 분명 저들 중에는 책사가 있습니다. 책사가 우리보다 한 수 앞을 본 것뿐입니다."

수행무사가 한 번 더 고니시를 말렸다.

"자네 이름이……?"

"마쓰라 세이초입니다."

알면서도 물었다. 마쓰라 세이초.

출병 전 게이테츠 겐소와 소 요시토시가 주축이 되어 별동대를 모았다. 고니시의 부대 주력군은 충주에 진을 쳤다. 별동대는 고니시의 부대가 아니라 대부분 용병이었다. 특히 아오타 노리오가 지휘하기로 했던 삼천 명 정도가 별동대의 주력이었다. 이들 외에 주력군에서 추천한 무사들이 고니시를 호위했다. 주력군은 사위 소 요시토시와 함께 전쟁에 계속해서 참여했던 게이테츠 겐소 승려와 가신인 야나가와 시게노부를 필두로 소묘들인 아리마 하루노부, 오무라 요시아키, 고토 스미하루 등이 지휘했다. 이들은 계속해서 주력군을 관리해 왔던 터라 쉽게 몸을 빼내지 못했다. 십여 년 전부터 조선을 괴롭혀 왔던 겐소 승려와 가신인 시게노부는 나서서 중책을 맡았다. 무언가 맺힌 게 느껴졌다. 이번 별동대 역시 충주를 점령해야 하는 일이 눈앞에 닥쳐 있지 않았다면 이 전투에 함께였을 것이다. 야나가와 시게노부도 마찬가지이지만 게이테츠 겐소 역시 전쟁의 양상과 모시는 다이묘에 따라 성이 바뀌었다. 마쓰라는 가신인 시게노부의 이전 성이었다.

"시게노부와는 어떤 사이인가?"

"당숙입니다."

그것으로 되었다. 고니시는 가신인 야나가와와 마쓰라를 번갈아 보았다. 야나가와 시게노부는 굳은 입술로 고개를 끄덕였다. 마쓰라 세이초의 입술이 야나가와를 빼쏘은 것은 굳이 언급하지 않았다.

"진열을 정비하라 명령하게."

고니시의 말에 마쓰라 세이초가 목소리를 높였다. 독려한 탓에 빠르게 진열이 정비되어 갔다.

"자네는 어떻게 보나?"

"네?"

"이 절에 책사가 있다 하지 않았나? 자네 생각을 말해보게. 아. 먼저 나부터 말하자면, 팔만대장경을 가지고 오는 것은 전투가 아니었네. 오히려 도적질에 가까웠지. 만 명도 거추장스럽다고 보았네. 그저 날래고 싸움 실력이 좋은 몇몇이 이곳에 와서 가지고 오면 된다고 생각했으니까. 틀렸다는 사실을 인정해야만 하겠네."

"지금이라도 담대하게 인정해주셔서 감사할 따름입니다. 실은 …… 제가 이 싸움에 따라오게 된 것은 아오타 노리오 때문입니다."

"아오타 노리오?"

"네, 다이묘."

두 사람이 대화를 나누는 사이에도 진은 빠르게 정비되었다. 백여 명 분대를 담당한 하급 무사들이 재빨리 진을 정비시킨 때문이었다.

"실은 저는 겐소 승려의 우려로 다이묘를 모시게 되었습니다. 비록 녹을 먹는 무사에 불과하나, 맡은 바 소임을 실패한 적은 없었습니다."

마쓰라 세이초의 말은 궂은일을 도맡아 처리했다는 완곡한 표현이었다. 겐소나 야나가와도 마찬가지지만 죽고 죽이는 정복의 시대에서는 직접 얼굴을 들이밀기 어려운 자잘한 말썽이 생기게 마련이다. 영지에서 쌀을 제때 공출하지 않거나 이를 훔쳐 가는 따위였다. 시시콜콜 다이묘가 나설 수는 없었다. 이런 경우 머리가 좋고 칼솜씨가 날랜 부하가 있다면 금상첨화였다. 마쓰라 세이초는 이런 일을 도맡았던 것이다.

"버티는 아오타 노리오만은 꺾을 수 없었습니다. 심지어 백여 명이 덤비는데도 꿈쩍하지 않았습니다. 일단 아오타가 칼을 뽑으면 대적할 무사가 없었습니다."

"그게 어떠하다는 뜻인가?"

"아오타가 수학한 곳이 바로 해인사라는 소문이 파다했습니다."

"해인사?"

"네, 다이묘. 아오타가 한 번 눈이 돌아서 싸움을 하기 시작하면 현란했습니다. 권이면 권, 도면 도, 검이면 검, 특히 도를 쥐고 보법을 펼칠 때면 눈길을 빼앗길 정도로 아름다웠습니다. 싸움판에서 배울 수 있는 수준이 아니었습니다. 제가 그런 말을 겐소 승려에게 여러 번 했습니다. 이번 싸움도 겐소 승려가 혹시나 하는 우려를 버리지 못해 제가 함께하도록 조치했습니다."

"네 말은 듣기에 따라 아오타를 모함하려는 것 같은데?"

마쓰라가 무릎을 꿇었다.

"절대 그렇지 않습니다. 해인사에 대한 경각심을 말씀드리려 했던 것뿐입니다. 일본에서 배울 수 없는 솜씨였기에 행여 아오타가 해인사에서 무술을 배운 게 맞다면 여러 가지가 조심스러워지지 않습니까."

'아오타라, 해인사라, 그리고 팔만대장경이라!' 고니시는 마쓰라의 말에 몇 가지 전략을 수정하기로 마음먹었다.

1592年 6月 5日～6日 子時(밤 11시~새벽 1시)
– 해인사, 해인사 인근

"개들의 소리가 사라졌습니다."

눈먼 주방장이 소암에게 낮게 속삭였다. 백여 걸음 앞에 서 있는 조평사의 모습은 멀리서 보기에도 초조했다. 가장 먼저 기척을 알아들은 사람은 눈먼 주방장이었다. 주방장보다 조금 늦게 소암이 반응했다. 소암은 번개처럼 조평사의 곁까지 달려갔다. 어둠 속에서 나타난 것은 개였다. 조금 더 가까워지자 다리를 끌며 피를 흘리는 모습이 눈에 들어왔다. 오른쪽 앞다리는 잘려나갔다. 평오가 발을 내디딜수록 피가 바닥으로 뿌려졌다.

"평오야!"

조평사가 내달렸다. 한달음에 다가가 평오를 안았다. 낑낑거리던 평오가 조평사를 보자 몸에서 힘을 뺐다.

"평오야!"

조평사가 평오를 안자 경련을 시작했다. 혀는 힘없이 축 처졌고 더는 흘릴 피조차 없다는 듯 퍼덕거렸다. 조평사가 평오의 얼굴로 얼굴을 가져다댔다. 평오는 마지막 기력을 짜내듯 평사를 핥았다. 그러며 웃었다. 분명 웃었다. 조평사는 그만 그 모습에 오열했다. 경련을 일으키는 평오를 바투 껴안았다. 두어 번 볼을 핥던 평오의 혀가 축 늘어졌다. 평오를 껴안고 우는 조평사의 곁으로 백팔나한승려가 모여들었다. 그들 역시 훌쩍훌쩍 흐느꼈다.

"몇 마리나 돌아왔느냐?"

소암이 백팔나한승려들에게 물었다. 아무도 대답하지 않았다.

"개죽음 시켜 놓고 돌아왔느냐고 어찌 물을 수 있습니까?"

식어가는 평오를 안은 채 조평사가 소암에게 대들었다.

그때 어린 개 몇 마리가 대적광전 마루 아래에서 나타났다. 쪼르르 달려오는가 싶더니 평오의 곁에 가 앉았다. 평오의 새끼들이었다. 엄마가 죽은 것을 아는지 모르는지 등을 비벼댔다.

"개들을 내보낸 이유가 뭡니까? 이런 게 불교인 겁니까?"

"그럼 너와 수학한 저 백팔나한승려들을 내보냈으면 옳았겠느냐?"

오히려 소암이 물었다. 조평사는 대답할 수 없었다.

"저 개들이 대신 죽지 않았다면 네 동생이나 형들이 죽지 않았다고 말할 수 있겠느냐? 이미 우리는 이곳에 갇혔다. 함께 공양하고 숟가락과 젓가락을 나누어 쓰는 이 식구들을, 어떻게든 살려야 하는 게 아니더냐? 그래서 평오를 비롯한 개들이, 바로 너희들을 위해 희생한 것이다. 모르겠느냐?"

"압니다. 알아요. 그래서 화가 나는 겁니다."

조평사는 몇 번이고 주먹으로 바닥을 내리쳤다.

"평오의 상처를 살펴라. 어서!"

소암의 말에 조평사는 눈물을 훔쳤다. 그런 뒤 평오 곁으로 갔다. 베인 상처가 여러 곳이었다. 특히 잘린 앞다리는 날카롭게 절단되었다.

"도를 잘 쓰는 병사들입니다. 평오가 달려들어 물었을 텐데 살기 위해 왼손으로 도를 쥐고 자신의 가슴부터 도를 쓸어내렸습니다. 그런 가운데 평오의 오른쪽 앞다리가 잘려나갔습니다. 평오는 그래도 놓지 않고 목을 물었을 거고요. 평오가 문 남자의 곁에 수많은 사람들이 있었습니다. 최소 일곱 명 이상, 그들도 칼로 평오를 벴지만 깊은 상처를 주지 못했습니다. 아마도 평오가 물었던 남자가 주변에 있던 사람들보다 계급이 높았던 게 분명합니다."

"평오의 위치가 어느 정도였느냐?"

"산에서 기르던 개들 중에서는 중상급이었습니다."

"돌아온 개들은 한 마리도 없는 것이냐?"

백팔나한승려들이 순차를 두며 고개를 내저었다.

"나무관세음보살. 평오는 새끼에 대한 어미의 모성애와 이 전투를 보여주기 위해 사력을 다했던 것이구나."

"예상 병사는?"

소암이 물었다.

"달려나간 개만 최소 칠백육십 마리 이상입니다. 이들 한 마리당

아홉에서 열을 상대합니다. 이보다 많은, 즉 개들이 상대해야 할 병력이 현저히 많을 경우 이들도 전투에 참여하지 않습니다. 평오로 추정해볼 때 한 명에게는 치명상을 입혔지만 평오는 두 명 이상 대적하지 못했습니다. 해볼 만했지만, 개들이 이기지 못했습니다. 결론해보면 저들이 잘 조련된 군사라는 방증입니다."

"총평하면?"

"약 칠천 명의 병사. 더 많다면 구천 명의 병사입니다. 이들 중 일할 이상이 전투에서 개들과 엉켜 치명상을 입었을 것입니다. 가야천으로 밀려났을 것이고 수공이 있었습니다. 현재 남은 병사는 육천명은 넘으나 칠천 명이 못될 것입니다."

"그렇다면 이제 시작해야 될 전투는?"

"알아서 진을 펼치겠습니다."

조평사는 평오의 모습을 보며 마지막으로 고였던 눈물을 닦았다. 백팔나한승려는 수비를 담당했다. 특히 사대천왕 승려의 부족한 부분을 보완했다. 더해 백팔나한승려는 특화된 전투력이 있었다. 개를 통해 상대의 세력을 읽어내고 판단하는 것이었다.

"하나만 더 묻자. 이 정도의 병사가 해인사에 왔다는 것은 무엇을 의미하는 것이냐?"

"조선 전체가 화마에 타오른다는 것을 말합니다."

조평사는 결국 어려운 말을 꺼냈다. 조선 전체의 화마!

"각오를 단단히 하거라. 단지 이 싸움이 끝이 아니다."

소암이 백팔나한승려를 격려했다.

같은 시간, 고니시 역시 개를 살피고 있었다. 고니시는 아오타 노리오와 마쓰라 세이초를 함께 불렀다.

"어떠냐?"

"들개가 아닙니다. 목줄의 흔적이 있습니다. 특히 들개 특유의 털 뭉침이나 등을 흙에 비벼댄 행동 흔적이 없습니다."

마쓰라가 말했다.

"저는 잘 모르겠습니다."

아오타는 고개를 저었다.

"은 이백 냥이면 내 사람이 되겠느냐? 아니면 지금 전서구를 날려 목을 베라고 할까?"

아오타의 입에서 낮은 탄식이 터졌다. 소 요시토시가 아오타가 데려온 아이들을 볼모로 잡을 수 있었던 이유는 아이 부모들의 빚이었다. 아오타는 아이들이 노비로 팔려가지 않도록 죽을힘을 다했다. 아이들에 따라 은 세 냥에서 많은 계집은 스무 냥에 달했다. 은 이백 냥이면 아이들 모두의 빚을 갚아줄 수 있었다. 더불어 아이들과 커다란 집을 지어 살 수도 있었다. 고니시는 갈증으로 숨이 넘어가기 직전인 사람에게 물을 내준 것이나 다름없었다. 아오타는 고개를 끄덕였다.

눈빛을 되받은 고니시도 고개를 끄덕였다.

아오타는 굳은 입술을 감쳐 물었으나 그것도 찰나였다.

"개는 이 산의 혈관과 같은 존재입니다. 다만 이번 전투에서 대부분 사망했을 겁니다. 이제 개는 없다고 봐도 됩니다."

"군사 조직은? 이 정도 절이면 조선에서 정책적으로 군사들이 상주했을 것 아니냐?"

"없습니다."

아오타는 단호하게 말했다. 고니시의 눈썹이 치밀었다.

"정말 없습니다. 모두 승려들입니다. 다만!"

"다만?"

"오백 명의 승려가 인당 열 명과 싸울 수 있을 겁니다. 그 정도로 무예에 능합니다."

"오백 명? 겨우 오백 명? 그 오백 명과 저런 개 때문에 무려 이천 명이 넘는 병사가 물길에 휩쓸렸단 말이냐?"

"겨우 오백 명이요? 과거 이 땅에는 조선 이전에 고려라는 나라가 있었습니다. 그들을 이끈 왕조는 지금의 일본과 같은 무신정권이었습니다. 불교를 국교로 삼았지만 무신정권과 불교가 극도로 대립하기도 했지요. 고려 말 강화도 전등사와 개성의 관음사 승려만으로 왕실과 일주일을 대립해 싸웠습니다. 이때 개성 바깥에 쌓인 시체만 십만 명이 넘었습니다."

"네 말은 지금 해인사 승려 오백 명이 강화도 전등사와 개성 관음사에 필적한다는 말이냐?"

"더 하면 더 했지 덜 하지 않을 겁니다."

"우리 병사들은? 우리 병사들 수준은 어떠하다고 보느냐?"

"몸소 보여드리지요."

아오타가 병사들 수십 명을 불렀다. 칼집을 그대로 허리춤에서 빼냈다. 무심한 듯 아오타가 툭 뱉었다.

"나를 적이라 생각하고 죽을힘을 다해 싸워. 죽일 수 있으면 죽여도 돼."

마지막 말이 하급 무사 하나를 자극했는지 칼을 뽑았다. 번개 같은 보법으로 아오타에게 덤볐다. 칼을 휘두르나 싶은데 하급 무사가 쿡 쓰러졌다.

"다섯 명이 덤벼보도록."

고니시가 명령했다.

다섯 명이 덤볐다. 시간 차가 조금 났을 뿐 다섯 명은 칼을 빼보지도 못하고 쓰러졌다.

"열 명."

고니시가 명령했다. 이번에는 열 명이 칼을 뽑고 덤볐다. 칼집으로 칼을 튕겨내고 뒤이어 덤비는 병사를 피하느라 아오타는 분주해졌다. 그런 중에 약해 보이는 상대를 밀어붙였다. 하나, 둘, 셋, 넷. 칼등, 발, 주먹과 손날이 차례로 꽂혔다. 가장 약한 상대부터 쓰러졌다. 뒤이어 여섯 명의 남자에게 아오타는 칼등으로 큰 대 자를 그렸다. 단번에 움직였다. 사부의 나무 목* 대신 스스로 터득한 도법 큰 대*! 인원이 많았던 탓에 기다리지 않고 아오타가 선제공격에 나섰다.

"마쓰라!"

판세를 읽던 고니시가 외쳤다. 동시에 마쓰라가 큰 대 자의 아랫부분을 치고 들어갔다. 아오타의 동작이 무너지자 칼 하나가 아오타의 목으로 향했다. 아오타의 목을 베나 싶은 순간 칼등으로 쳐냈다. 돌차간 마쓰라의 칼이 아오타의 심장을 겨누고 있었다.

"그래, 아오타. 잘 봤다. 열 명 정도는 문제없이 제압한다는 거지? 다만 열 명에 더해, 너랑 대등한 상대가 있을 때는 확연히 판세가 달라지는구나. 마쓰라와 아오타는 병사를 열두 명씩 재배치하라. 열둘 중 두 명은 반드시 하급 무사 이상으로 한 진을 꾸리도록. 하급 무사가 모자라게 되면 스무 명으로 한 진을 짜도록 해라. 그리고 이곳에 막사를 둔다."

고니시가 명령했다.

"지금부터 이곳은 우리가 막아섰다. 이제 해인사는 들어오지도 나가지도 못한다. 이곳을 드나들려는 먼지라도 토막을 내라. 한 놈도 살려두지 마라. 다만! 항복하려는 녀석들이 있다면, 몇 배로 고통스럽게 죽여라. 그게 오늘 이곳에서 전사한 일본국 병사를 위해 우리가 해줄 일이다."

고니시의 명령으로 해인사는 퇴로가 없는 갇힌 공간으로 바뀌었다. 고니시는 해인사의 결점을 정확히 파악해 버렸다. 대부분 해인사로 오는 작당은 도적질을 위해서였다. 속히 결과를 보려고 서둘렀다. 가야산의 산세나 해인사의 구조를 따지지 않았다. 더불어 야음을 틈타 급습하는데 해인사가 무방비할 거라 속단했다. 고니시는 만 명의 병사 중 삼 할에 가까운 병사를 잃고서야 이를 깨달았다. 멍청했다. 밭을 반씩이나 갈았는가, 아니라면 갈아야 할 밭이 반이나 남았는가. 고니시의 주먹에 불끈 힘이 들어갔다. 고니시는 생각을 고처잡았다. 아직 칠천 명이나 병사가 남았다.

　병사들의 진열은 빠르게 재정비되었다. 다친 병사들이 1선에, 조총수가 2선에 섰다. 곧바로 십여 명에서 이십 명 정도로 소분한 단위로 병사들의 진이 나누어졌다.

　그때 이완영이 나타났다.

　"장수가 보채면 병사가 우왕좌왕합니다. 하지만 장수가 지치면 병사의 기세가 꺾이는 법입니다. 잠시 쉬십시오. 백숙을 끓이고 있습니다."

　이완영은 고니시가 쉴 것을 재우쳤다. 고니시는 재편되는 진에 만족했다. 또한 후방을 지키는 이완영이 문득 믿음직해졌다. 진의 재편으로, 전투의 양상은 완연히 달라졌다.

"왜군들이 야음에 숨었습니다."

"왜군의 진이 완전히 새로워졌습니다."

"길을 막아섰고 후방 부대에 막사를 세웠습니다."

해인사를 오르는 길 옆, 방풍림에서 일본군을 살피던 청룡 승려들이 하나둘 해인사로 복귀했다. 청룡 승려는 길게 늘어나는 구절편을 이용해 나무에 올랐다. 청룡 승려의 특화된 능력이었다.

소암은 청룡 승려가 알려오는 상황을 곰곰이 되짚었다.

"지필묵을 가져와라."

소암의 말에 학승들이 움직였다. 협탁 하나와 지필묵을 가져왔다. 소암은 주저하는 기색도 없이 종이를 펼쳤다. 일필휘지로 시 한 수를 써 내려갔다.

"제석천!"

소암의 명령에 제석천 백 명 궁수의 수장인 제석천 승려가 달려왔다.

"장수의 목에 박을까요?"

제석천이 비장한 눈으로 소암을 보았다.

조선의 단궁은 일본이나 명나라의 활과 달랐다. 명나라와 일본은
기다란 장살을 썼다. 장살은 살이 날아오는 방향에서 바람을 가르는
소리가 났다. 일선 방패수는 소리 방향을 가늠해 막거나, 검의 달인
은 날아오는 화살을 칼로 막아냈다. 조선의 단궁은 한 자가 되지 않
았다. 또한 날아오는 소리가 없었다. 화살의 사거리는 칠백 보[14], 갑
옷을 뚫으려면 사백 보 정도로 거리가 짧아졌다. 제석천은 목숨을
바쳐 어떻게든 화살을 박고 오겠다는 각오를 내비쳤다. 한 명의 일
탈보다 해인사의 안위가 우선이었다. 소암은 죽비를 들어 제석천의
머리를 가볍게 후렸다.

"미친놈아, 너 하나 키우는 데 이십 년 걸렸다. 개죽음하라고 해
인사에서 공양하고 스님으로 키운 줄 아느냐!"

소암이 일갈했다.

"사뿐히 천막에 던져 놓고 오너라."

14　실록 등 몇몇 문헌에 나타난 활의 사거리이다. 일반적으로 널리 알려진 보폭의 계산 방
법은 '키-100cm'이다. 몇몇 유의미한 계산에서 도출해낸 175cm 남성의 보폭이 76-77cm
정도로 크게 틀리지 않다. 일반적으로 활은 살이 아닌 활의 재질에 따라 흑강궁, 교자궁, 향각
궁으로 나눈다. 단궁은 보통 편전을 이르며, 사거리는 문헌에 따라 조금씩 다르다. 조선시대 남
성 키를 160cm로 가정하고 '0.6m×700보'=420m라는 단순계산이 성립한다. 하지만 조선
시대에 가장 널리 쓰인 편전의 경우 강화도전쟁박물관의 기록에는 360m, 기타 다른 문헌에
기록된 거리는 이보다 짧다. 실제 갑옷을 뚫고 들어가는 유효사거리는 절반 정도인 180m 정
도로 추정한다.

제석천은 단궁을 들어 보이고는 소암의 전갈을 가지고 일주문을 내려갔다. 최대한 몸을 숨긴 채 천막의 형태가 가늠되는 곳까지 움직였다. 제석천은 긴 호를 그려 화살이 마지막에 땅에 박히도록 살을 날렸다. 제석천의 손을 떠난 화살은 어둠을 뚫고 날아올랐다.

어둠 속에서 달을 뚫을 것처럼 솟았던 화살은 곧 방향을 바꾸었다. 화살은 하늘 높은 줄 모른 채 치솟았다 직하를 시작했다.

이완영의 부하가 촌부를 잡아왔다. 촌부는 닭을 고아 백숙을 만들었다. 배추절임과 백숙을 내며 이완영의 부하 손에 침을 퉤 뱉었다. 촌부는 이완영의 부하에게 고함을 내질렀다. "고추 달린 놈이 할 짓이 없어서 왜놈 앞잡이냐. 내가 죽지 못해 음식은 만들었다만 그것 먹은 놈, 편하지는 않을 것이다." 이완영의 부하는 촌부를 향해 욕지거리 하나 못한 채 그저 고개를 숙였다.

이완영의 부하가 고니시의 천막으로 다가왔다. 협탁 위에 백숙과 배추절임을 놓았다. 십여 일간 지속된 전투로 고니시는 피곤했다. 연전연승 중이었지만 낯선 곳에서의 전투는 몸 전체를 긴장하게 만들었다. 막걸리 한 잔과 백숙은 고니시에게 더없는 포만감을 불러일으켰다. 닭다리 하나를 부욱 뜯어 입에 넣으려 할 때였다. 천막을 뚫고 무언가가 백숙 그릇을 박살냈다. 쪼개진 백숙과 그릇이 고니시의 얼굴에 튀었다. "크아악!" 단말마 같은 고니시의 비명이 반대로 천장을 뚫었다. 거의 동시 그릇을 쪼갠 화살과 살의 대에 묶인 종이를 보았다. 고니시는 협탁에 박힌 화살을 빼냈다. 그제야 호위무사 몇몇이 달려왔다.

상황을 본 호위무사가 고함을 내지르며 무릎을 꿇었다.

"목을 따오겠습니다."

"보고도 모르겠느냐?"

고니시가 화살을 호위무사들에게 내보였다. 조금 늦게 막사로 들어온 마쓰라 세이초가 "촉이 없습니다." 하고 눈빛을 반짝였다.

"목적은 이 전갈이다."

고니시가 살에 묶인 종이를 펼쳤다. 종이에는 시 한 수가 적혀 있었다.

如此亦如何 如彼亦如何, 城隍堂後苑 頹圮亦何如, 吾輩若此爲 不死亦何如

의아한 듯 고니시가 저도 모르게 고개를 갸웃거렸다. 마쓰라는 고니시의 의중을 읽고 이완영을 불러왔다. 이완영은 전갈을 읽으며 곧바로 일본어로 번역했다.

如此亦如何여차역여하, 이런들 또 어떠하며,

如彼亦如何여피역여하, 저런들 또 어떠하리.

城隍堂後苑성황당후원, 성황당의 뒷담이

頹圮亦何如퇴비역하여, 무너진들 또 어떠하리.

吾輩若此爲오배약차위, 우리들도 이 같이 하여

不死亦何如불사역하여, 죽지 않은들 어떠할까.

"이런들 어떠하고 저런들 또 어떠해? 우리도 이와 같이 죽지 않은들 어떠하냐고? 해괴망측하도다. 도대체 무슨 말이냐? 이 시가 유명한 시이더냐?"

고니시가 물었다.

"하여가라고 합니다. 조선 건국 시기, 고려를 지지하던 충신에게 조선에 합류할 것을 권하는 시입니다. 이런 나라면 어떻고 저런 나라면 어떠하며 과거의 왕이면 어떻고 지금의 왕이면 또 어떠하냐고 역으로 묻는 것이지요."

"그 말은?"

"이만하면 되었으니 그만 일본국으로 돌아가라는 뜻이 아닐까 사료됩니다."

"이 시에 대한 답가가 있었더냐?"

"있습니다."

"써라."

고니시가 이완영에게 명령했다. 마쓰라가 협탁을 쓸어버리고 이완영의 수하에게 닦도록 했다. 이완영은 종이에 정몽주가 답으로 주었던 단심가를 적었다.

此身死了死了차신사료사요, 이 몸이 죽고 또 죽어

一百番更死了일백번갱사요, 일백 번을 다시 죽어도

白骨爲塵土백골위진토, 백골이 진토가 되고

魂魄有也無혼백유야무, 혼이라도 있고 없고

向主一片丹心향주일편단심, 주군을 향한 일편단심이야

寧有改理與之녕유개리여지, 정녕 가실 줄이 있으리오

답가를 읽은 고니시는 사뭇 차오르는 희열을 느꼈다. 오래전 나라를 두고 벌인 영웅의 설전이 오롯이 심장에 박히는 듯했다.

"화살을 내와라."

고니시는 커다란 활을 부하에게서 받아들었다. 마쓰라가 화살에 정몽주의 단심가를 묶어 건넸다. 고니시는 병사들이 앉은 일선까지 걸어나갔다. 마쓰라가 손가락으로 일주문 방향을 가리켰다. 고니시는 크게 팔을 돌린 뒤 화살을 시위에 걸었다. 심호흡을 한 뒤 일주문을 향해 살을 날렸다. 고니시의 손을 떠난 살은 금세 어둠에 묻혔다.

"다시 닭을 내와라."

"조선인 촌부는 집에 가겠다고 하는데요?"

"내가 그것까지 신경써야 하나?"

고니시가 막사로 가서 앉았다.

고니시가 쏜 화살은, 고니시가 본 일주문 방향을 향해 짧은 호를 그렸다 땅에 박혔다.

땅에 화살이 박히는 순간 산새가 울었다. 청룡 승려가 낸 새소리였다. 이를 들은 소암이 곁에 있는 청룡에게 고개를 끄덕였다. 청룡이 방풍림에 숨은 청룡 승려를 향해 새소리를 냈다. 얼마 지나지 않아 청룡 승려 한 명이 뛰어왔다.

"사대천왕과 제석천! 화살을 읽어라."

엉뚱한 말을 꺼낸 소암은 화살에서 묶인 종이를 풀었다.

"예상대로 단심가이네."

"조선인 앞잡이가 있군요."

지필묵을 가져왔던 학승이 말했다. 오랜 기간, 일본의 요구로 상당한 팔만대장경의 사본이 일본국으로 건너갔다. 그런 중에 일본의 승려와 교류가 있었고 그들이 쓰는 한자와 표현 방식을 알고 있던 학승이 판단했다.

"고려나 조선에서 건너간 류엽전[15]으로 보입니다. 촉에는 쇠를 달아 살상력을 높였습니다. 육량전보다 가볍고 류엽전보다 무거워 개조한 것으로 판단됩니다."

주작이 말했다.

"촉으로 인해 살의 비거리는 매우 짧을 겁니다. 일반적인 류엽전보다 무게가 세 배 정도입니다. 힘이 좋은 장수가 아무리 큰 화살로 당겨도 삼백 보를 날아가지 않을 것입니다."

제석천이 분석했다.

"촉에 무게가 집중되어 화전으로 쓰기에는 마땅하지 않습니다. 결국 화전으로 쓰려면 촉에 송진과 섞은 기름을 바를진대 이럴 경우 화전 자체의 파급력보다 오히려 화살이 더 빨리 탈 것으로 보입니다."

---

15 24cm-35cm 정도인 편전에 비해 중국과 일본, 조선 등에서 널리 쓰인 80cm 정도의 화살. 재질과 촉에 따라 착전, 대우전, 육량전 등으로 다시 나뉜다.

현무가 말했다.

"화살이 날아온 곳은?"

소암이 물은 이번 질문에서 사뭇 비장해졌다.

화살을 가져왔던 청룡이 대답했다.

"가일주문입니다. 적들과 삼백오십 보 정도의 거리입니다. 땅에 박히지 않고 떨어져 있었습니다. 그리고 야음 중에 백숙 냄새가 숲으로 날아들었습니다."

"가일주문에 백숙이라……. 그렇다면 저들과 우리의 거리는!"

소암이 검지를 들어 주의를 집중시켰다.

"더해보면 될 것이다."

소암이 비장하게 한마디를 더했다.

"기습한다."

마치 소암의 말이 들렸다는 듯 백숙을 먹던 고니시가 벌떡 일어섰다.

"마쓰라. 적은 지금 우리 위치를 재보고 있다. 진을 정비해라."

고니시의 눈매가 험악해졌다.

"기습한다!"

"망할 것들. 내가 죽어서 다시 태어나도 너희들을 저주할 거야."

"망할 춘부 같으니라고."

이완영이 칼을 빼 들었다. 시끄러워질 것을 염려해 이완영은 춘부
의 가슴에 칼을 찔러넣었다. 춘부는 칼을 맞잡으며 독하게 말했다.

"나는 안경신이다. 다시 태어나면 너부터 죽여놓겠다."

그 말을 끝으로 춘부는 쿡 쓰러졌다. 그와 동시 고니시는 일선에
섰던 부상 병사들에게 진격 명령을 내렸다.

고니시는 내다보았다. 죽어가는 동료를 본 병사들은 잔뜩 독이 올
랐을 것이다! 예상은 틀리지 않았다. 병사들은 무기를 뽑았다. 진격
명령에 앞뒤 재지 않고 일주문으로 뛰었다. 심장에 불이 당겨졌던
것이다. 그때였다. 몸이 빠른 병사 몇몇이 고개를 쳐들었다.

일순 섬광이 번쩍였다.

하늘 위로 커다란 별이 수놓는가 싶더니 꼬리가 긴 반원을 그리며

183

땅으로 떨어졌다. 일본 병사들은 망연히 하늘을 올려다보았다. 정점에서 멈추나 싶었던 순간, 병사들은 두려움과 경탄이 동시에 터졌다. 하늘에서 형세를 되바꾼 화살은 직하하기 시작했다. 동시에 별처럼 멀어졌던 불기운이 땅으로 처박혔다. 병사들 틈바구니로, 또 병사들 머리 위를 직격하며 떨어졌다. 잠시 불에 타나 싶더니 화살의 촉 뒤에서 폭발이 일었다. 쿵, 쿵 터지는 폭음에 병사들이 주춤거렸다. 뒤이어 병사들의 갑옷에 불이 번졌다. 눈 한 번 슴벅거릴 찰나였다.

"조총수를 뒤로 빼라."

고시니가 필사적으로 외쳤다. 고니시의 외침도 무색하게 불화살은 고니시에게도 날아들었다. 병사들이 재차, 삼차 모여들어 고니시를 감쌌다.

"너희들의 가족은 대대손손 부유하게 살도록 책임지겠다."

이글거리는 눈으로 불화살을 맞은 병사들에게 고니시가 부르짖었다. 엎드린 고니시 위로 병사들이 쌓여갔다. 두세 명이던 병사는 십여 명으로 늘었다. 급기야 병사들을 헤치며 일어선 고니시는 피와 연기로 범벅이 되어 악귀처럼 일어섰다.

"어서 냇가로, 냇가로!"

불이 붙은 왜군은 차마 어쩌지 못하고 가야천으로 뛰었다. 화전에 당한 병사는 어림잡아 천 명이 넘었다. 이미 부상을 당했던 상당수 병사들은 가야천에 뛰어들자 중심을 잃고 쓰러졌다. 그때 다시 한 번 화살이 별을 만들었다. 쉭쉭, 소리가 하늘에서 수없이 이어졌다.

소리 없이 하늘을 수놓았던 화전과 달리 하늘에서 살이 나는 소리가 뭉치고 더해지며 강력한 바람소리가 났다. 하늘을 향해 화살이 호를 그리자 일본 병사들은 미리 가야천으로 뛰어들었다. 몸에 물을 바르거나 바위틈으로 파고들었다. 몇몇은 아예 웅크리고 주저앉았다. 천변에 뛰어든 병사가 얼추 이천 명에 가까워졌다. 한 병사는 입술을 질끈 깨물고 상의를 벗었다. 곧바로 물에 적신 상의를 천변 위 길로 던졌다. 투구를 벗는 기마병도 보였다. 물을 채운 투구를 던지며 불을 껐다. 수천 명의 병사가 불을 끄기 시작했다.

고니시는 순간 온몸에 소름이 돋았다. 입으로 터지지는 않았으나 속으로 외쳤다. '또 당했다!' 고니시가 수행무사인 마쓰라와 전방에 선 아오타를 번갈아 보았다. 아오타는 불이 붙은 병사들을 지켜내기에 급급했고 마쓰라는 고니시를 호위하기에 바빴다.

"마쓰라, 하늘에서 떨어지는 화살의 소리가 익숙하지 않은가?"

"네, 다이묘? 화살이……?"

마쓰라는 고니시의 말에 허를 찔린 듯했다. 2차로 날아왔던 화살을 마쓰라가 살펴려는 찰나, 우렛소리와 더불어 땅이 진동했다.

'또다!' 고니시의 머릿속은 혼란스러웠다. 화공에 이은 수공. 어떻게 한 걸까. 분명 두 번이나 수공을 써먹지 않았던가. 점 복 자 형태의 물길이라면 각각의 곳을 막아 한 번씩 써먹을 수 있었다. 생각을 다듬는 사이, 불화살마저 반사하지 않는 검은 물길이 성큼 가까워졌다. 가야천에 있던 병사들은 탄지경 고개를 돌려 고니시를 쳐다보았다.

한 번 공격한 뒤 작은 물길을 막고, 두 번째 다른 물길을 터뜨리자마자 그 아래 병합점을 막으면!

짧은 시간 세 번째 수공이 가능하지 말라는 법은 없겠다. 생각이 스쳤던, 두어 번 눈을 깜빡거릴 전순 사이 병사들이 휩쓸렸다. 우레와 같은 물소리에 병사들의 비명이 잠겼다 나타나기를 반복했다. 그들을 통나무가 휩쓸어갔다.

"마쓰라. 진을 정비하라. 천변에 빠지거나 다친 병사는 일단 버린다. 곧바로 일주문으로 진격한다. 조총부대를 세워 전진하라."

멍하니 입을 벌린 채 휩쓸려가던 병사와 고니시를 번갈아 보던 마쓰라가 가슴을 치며 고개를 숙였다. 곧바로 고니시에게서 멀어져 전방으로 뛰었다. 고니시는 바닥에 박힌 화살 하나를 들었다. 화살촉을 개량한 고니시 가문의 것이었다. 성이 바라보이는 곳에서, 해자를 넘어 갑옷을 뚫기 위해 고안된 화살이었다.

"저 화살에 천 명의 목숨값이 들어 있었구나!"

지레짐작한 고니시는 진격을 시작한 병사들을 보았다. 일만 명의 병사 가운데 얼추 절반이 사라진 듯했다.

"더이상 적의 공격에 놀아나지 마라! 속전속결 해서 승부를 보라. 끝장을 내주자."

고니시가 목소리를 높였다. 병사들은 잘 훈련된 전쟁의 부속품답게 빠르게 진격했다. 마쓰라가 선두에서 깃발을 흔들었다. 열 명이 열을 이룬 열 줄, 백 명의 병사가 뛰어나갔다. 일주문 방향으로 조총을 쏘았다. 총에서 화기가 뿜어지며 번개를 만들었다. 우레와 같은 소리가 천지를 뒤흔들었다. 백 명의 조총수 앞으로 다시 진을 맞춘 백 명의 조총수가 자리했다. 곧바로 겨냥해 총을 발사했다.

"그래, 이대로 전진하라."

절망을 맛보았던 일각 전 상황은 빠르게 잊었다. 실패를 기억하기에 전투는 겸허하지 않았다. 오히려 전투는 철저히 자기중심적이어야 옳았다. 베풀었다가는 목숨이 날아가기 마련이었다. 고니시는 조총수를 보았다. 조총수는 한몸처럼 사격했다. 다만 아쉬웠다. 일 할, 천 명에 달했던 조총수는 겨우 오백 명 정도만 목숨을 건졌다. 좁은 길을 점점 장악하며 조총수가 전진했다. 덩달아 전진하던 마쓰라가 뒤를 돌아 고니시와 눈을 맞추었다. 고니시가 고개를 끄덕였다. 마쓰라가 깃발을 좌우로 흔들었다. 조총수가 전진하는 한편으로 궁수들이 화살에 불을 붙였다. 불을 붙인 순서대로 궁수들은 일주문 너머로 화살을 날렸다. 조총과 불화살이 조화를 이루듯 밤을 수놓았다.

"와!"

함성이 가야산을 울렸다. 조총과 화전이 이은, 진격하는 보병들의 발소리가 방풍림에 부딪쳤다. 메아리가 돌아오기 전에 기마병도 내달렸다. 그들이 가는 길을 불화살이 밝혔다. 불화살이 일주문 근처로 떨어졌다. 하나가 떨어지자 그곳을 겨냥해 집중적으로 불화살을 날렸다. 일주문이 밤과 화살 사이에서 불안하게 어른거렸다. 일주문 곁으로 담은 없었다. 절을 오르는 초입인 만큼 일본의 도리이처럼 덩그러니 문 하나가 놓여 있는 게 전부였다. 보병들이 거침없이 일주문으로 들어섰다. 좁았던 산길을 벗어나 일주문으로 들어서자 한 줄 열 명 정도이던 보병이 순식간에 세를 넓히며 퍼졌다. 보병들은 낮잡아도 이백 열 이상으로 넓어져 잠시 멈칫했다. 무리가 꼬리를 잇자 다시 함성을 내질렀다. 어둠을 비집은 달빛에 건물의 기와가 보였다. 수백 보 앞이었다. 함성을 내지르던 보병이 칼을 들고 전진했다. 한 무리의 보병이 일주문으로 들어서기 무섭게 기마병들도 말의 고삐를 당겼다. 기마병들도 열을 맞추나 싶더니 곧바로 누군가 전진을 시작했다. 신호라는 듯 기마병들도 일제히 전진했다.

"속전속결이다. 겨우 오백 명, 많아야 천 명이다. 단칼에 박살내라."

마쓰라부터 시작된 외침이 진과 분조 단위로 퍼져나갔다. 외침은 퍼지고 커지며 일주문 너머 사찰 마당을 괴롭혔다. 승리를 위한 함성이던 응집된 목소리에서 하나가 엇나갔다. 비명이었다. 최일선을 달리던 병사 하나가 갑자기 거꾸러졌던 것이다. 함성 사이로 틈입한 비명 하나에는 함성이 반응하지 않았다. 하나였던 비명이 급작스레 전염병 환자의 통성처럼 퍼지기 시작했다. 대적광전을 향해 달리던 말 한 마리가 갑자기 앞으로 넘어졌다. 덩달아 휘말린 기마병이 말에 깔리며 즉사했다. 벌떡 일어선 말은 미친 사람처럼 사방을 이리저리 내달렸다. 말로 인해 앞으로 달리던 보병들이 엉키며 쓰러졌다. 그 위를 말이 밟고 지나갔다. 한 마리였던 미친 말이 갑자기 늘어났다.

"함정이다."

누군가 외쳤다.

"허방이다. 허방 안에 쥐와 고양이가 들었다."

"말이 고양이와 쥐로 인해 미쳐 날뛴다."

"피해!", "후퇴하라.", "도망쳐 어서!"

쓰러지고 뒷발굽에 채이고 앞발굽에 밟히던 병사들이 고함쳤다. "살려줘!" 외침 사이로 쥐와 고양이가 내기를 하듯 비집었다. 고양이와 쥐를 짚을 삼아 묶었다. 둘의 거리는 네 자 정도였다. 말에게 고양이는 상극이었다. 고양이를 유인하려 쥐를 묶어두었다. 아직 상황을 모른 채 기세를 올리는 외침과 죽을힘을 다해 내지르는 비명이 교차했다. 달리던 맨 앞부터 엉키며 넘어지기 시작하자 곧바로 덮치듯 병사들이 병사들을 짓밟았다. 뒤에서 밀고 앞에서 넘어지니 살려면 밟고 지나가는 수밖에 없었다. 사람더미를 헤치고 선두로 나선 병사는 다시 허방에 빠져 넘어졌다. 허방에서는 기다렸다는 듯 고양이가 튀어 올랐다. 고양이 앞으로 쥐가 도망쳤다. 끈에 묶여 한몸인 쥐와 고양이는 쥐가 움직이는 대로 고양이가 내달렸다. 굶주린 고양이에게 보이는 것은 쥐뿐이었다. 쥐가 병사를 헤치고 고양이도 그 속으로 뛰었다. 말은 점점 미쳐 날뛰었고 병사는 말의 발악에 속절없이 쓰러졌다. 지옥 같은 땅에서 점점 비명소리가 높아졌다. 비명소리가 하늘로 오르는 찰나, 바람 소리가 갈라졌다. 하늘에서는 뚫을 곤¹ 자 모양 그대로 불살이 하늘을 갈랐다. 바람을 가르는 소리에 더하고 더해지며 하늘에서 엄청난 기세의 마찰음이 하늘을 수놓았다. 하늘을 갈랐던 기다란 선은 대적광전 뒤에서 날아왔다. 마찰음이 더해질수록 하늘이 밝아졌다. 불화살이 덩어리가 되어 날았다. 불화살이 바닥에 꽂히는 동시에 일주문 안은 그야말로 아비규환으로 변했다. 고양이와 쥐, 미쳐 날뛰는 말, 말에 밟히고 말 위에서 떨어지는 병사들은 치명상을 입었다.

고니시는 망연히 그 모습을 바라보았다. 그때 잘못 날아간 화살 하나가 대적광전으로 보이는 건물 지붕에 박혔다. 수없이 날아드는 화살 중 하나가 다시 대적광전 지붕을 뚫었다.

"불을 꺼라. 절이 불탄다. 팔만대장경이 불탄다. 불을 꺼라, 어서!"

마쓰라가 소리쳤다. 마쓰라의 외침은 공허했다.

"궁수! 불화살의 발원점으로 역공하라."

망연히 바라보던 고니시가 명령했다.

"조총수! 불화살이 날아오는 방향으로 화력을 퍼부어라."

이번에는 조총수들에게 명령했다.

바람을 갈랐던 마찰음과 반대 방향으로 파열음이 터졌다. 파열음은 파열음을 더하며 천지를 뒤흔들었다. 수백 명의 조총수가 일시에 비스듬한 하늘로 총을 발포했다. 넘어지지 않고 대적광전까지 달려갔던 병사들은 옷을 벗어 불을 끄기 시작했다.

"보병과 기병은 그 자리에 멈추어라. 바닥을 확인한 뒤 소분 단위로 느리게 전진하라. 고양이를 보면 목을 베어라."

전쟁에 특화되었던 병사들답게 재빨리 상황을 수습했다. 제어가 가능한 말은 뒤로 빠졌다. 흥분해 날뛰는 말은 기마병이 기꺼이 목을 베었다. 전선에서 선두를 지켰던 조총수는 총을 쏘며 전진했다. 뒤로 궁수들이 조총수와 보조를 맞추며 한 발씩 앞으로 나갔다. 고니시의 명령에 일사분란하게 전선이 정비되었다. 먼저 지나간 병사들 뒤에서 보병들이 허방을 메웠다.

"멍청한 것들. 해인사를 버리고 도망치다니. 해인사는 우리가 차지한다. 이곳에 진을 쳐라!"

고니시가 목소리를 높였다. 어느새 희붐하게 명암이 드리워지는, 새벽이었다. 고니시의 말에 병사들이 "와~." 함성을 터뜨렸다. 상처뿐인 영광. 고니시는 벌판에 드러누운 병사들의 모습이 어둠에 드러나자 흠씬 몸을 떨었다. 그때 한 병사가 달려와 소리쳤다.

"절간 안에서 대장경이 불타고 있습니다."

"꺼내라. 어서 꺼내라. 불을 꺼라. 불을 끄고 대장경을 꺼내라."

고니시의 명령에 저 멀리 화살이 날아왔던 산까지 내달리려던 병사들이 일제히 불을 끄는 데 투입되었다. 고니시는 병사들의 모습을 보며 한탄했다. 병사는 칠천에서도 반수로 줄어들었다. 복마전, 마귀가 숨어 하나를 죽이면 또 하나가 나타나는 끊임없는 악귀의 전장에 뛰어든 듯했다.

"그래도, 끝까지, 간다."

고니시가 아랫입술을 질끈 깨물었다.

1592年 6月 6日 寅時와 卯時 사이(새벽 5시 전후)

– 해인사

화전을 날린 제석천 승려들이 일제히 뒤로 빠졌다.

"더 날릴까요?"

"아니. 여기까지."

제석천이 승려들을 향해 손짓했다. 약속된 손짓에 제석천 승려들이 단궁을 재빨리 어깨에 멨다. 곧바로 둥그렇게 진을 만든 현무 승려들 사이로 비집고 들어갔다.

"날아온다. 모두 현무 승려들 아래로 숨어라!"

제석천이 자신의 승려 백 명을 지휘했다. 재빨리 등을 돌려 방패로 몸을 가린 현무 아래로 숨었다. 동시에 조총소리가 하늘을 때렸다. 긴 화살 특유의 소리가 바람을 갈랐다. 찰나 바닥에 박히는 화살소리가 철컥철컥 땅을 때렸다. 몇몇 보이지 않는 타격이 현무 승려들을 가격했다. 멀리서 쏜 조총이었다.

"기다려라. 하나도 날아오지 않을 때까지 기다려라."

제석천이 소리쳤다. 제석천 역시 현무와 합을 이뤄 단단히 몸을 보호하고 있었다. 그러는 중에도 현무의 지순에 화살이 박혔다. 철갑방패를 진 몇몇 현무의 등에는 화살이 톡톡 소리를 냈다 옆으로 튕겼다.

"아직, 아직. 기다려라."

제석천이 한 번 더 소리쳤다. 그때 멀리서 함성소리가 들렸다. 보병이 선두에 섰다는 뜻이었다.

"지금이다. 화살을 수거해라. 빨리."

제석천의 말에 현무 승려까지 합세했다. 명암이 겨우 가려지는 어둠과 밝음의 경계에도 떨어진 화살이 길게 선을 이루었다. 화살의 한계점! 땅에 박힌 화살들을 수거하기 시작했다. 짧은 시간에 수거한 화살이 제석천과 현무 승려들 양손에 가득했다.

"철수한다."

현무 승려들과 제석천 승려들은 재빨리 약수암에서 뒤로 빠졌다. 능선을 따라 산을 탔다. 뒤로 빠지며 부러진 나뭇가지와 흙으로 흔적을 가렸다. 상당한 거리를 산을 타고 돌아 제석천 승려는 이틀 전 소림원으로 명명한 훈련장까지 내달렸다. 약수암에서 소림원까지 거리는 직선거리로는 천오백 보 이상, 능선을 타고 돌면 삼천 보가 넘는 거리로 바뀌었다. 산의 고저로 인해 해인사의 모습은 약수암에서 보이지 않았다.

제석천과 현무가 소림원으로 들어서자 기다리던 소암이 크게 숨을 내쉬었다. 걱정이 되었던 서응기 역시 가야천 상류에서 어렵게 돌고 돌아 해인사에 와 있었다. 현무와 제석천을 보자 안도한 듯 어깨가 들썩였다. 멀리서 산등성이 보일락 말락 희미했다. 조금씩 어둠이 말라가고 있었다. 인시가 끝나고 묘시로 들어서는 시간이었다.

"어찌 되었느냐?"

소암이 물었다.

"옮겨 놓은 일주문으로 일본군들이 들이닥쳤습니다."

"옮겨 놓은 일주문?"

참지 못하고 서응기가 물었다.

"허허실실입니다."

소암이 합장하며 말했다.

"물은 없으나 물이 있고 절은 없으나 문은 있다. 허, 실, 허, 실."

서응기가 놀란 눈으로 소암을 보았다.

"일주문을 옮기다니. 놀랍구려. 절을 옮겨놓았다 해도 믿었겠소. 그럼 일주문으로 들어간 일본군들은?"

"잠시 해인사를 점령했다 만족하고 있겠지요. 문이란 것은 들어서는 순간, 장소가 되는 법이니까요."

"들어서면 장소가 된다……. 고생들 했네."

서응기가 측은한 눈으로 승려들을 둘러보았다. 그제야 서응기는 현무와 제석천이 양손 가득 들고 있는 화살로 눈길을 돌렸다.

"화살은?"

"아. 약속대련이었지요. 물론 일본군은 여전히 자각하지 못했을 겁니다. 그뿐이겠습니까. 궁하니 통한 거지요. 저희에게 있는 거라

곤 그저 공양할 정도가 전부라서요."

소암은 화살이 없었다는 말을 에둘렀다. 얼버무리려는 소암과 달리 서웅기는 번쩍 정신이 들었다.

약속대련.

전투에서 벌어지는 일종의 요식 행위. 북과 나팔을 불어 위세를 과시한다. 위세를 실세로 보이려 궁수들을 통해 화살을 날린다. 서로 화살을 주고받는다. 이런 중에 실력이 달리면 화살을 받아내지 못한다. 아무리 많은 화살을 내주어도 인원이 적으면 취하지 못한다. 여기까지가 약속대련이었다. 약속대련 중에도 사망자는 나오게 마련이다. 위세의 차이에서 벌어진다. 이어 기마병과 보병이 대립해 사망자가 속출하거나, 아니라면 병사들을 아끼고 장수들만 대결하기도 했다. 이후 전쟁의 승과 패를 나눈 뒤 물러났다. 웬만해서는 도망치는 병사까지 죽이지 않는 것이 전투의 마지막 예의였다.

"일본군에게 약속대련이, 아니 전통적인 전투가 통할까?"

서웅기가 내심 들었던 생각을 물었다.

"모릅니다. 모르니 할 수 있는 한 저들을 탈탈 털어야지요."

"그래. 내가 너무 많이 간섭을 했구먼. 이만 가보겠네. 참, 학승들이 총을 들고 기다리는데 어떻게 할까?"

"자연히 알게 될 겝니다. 그때가 되면 주저하지 말고 발포하라고 하십시오. 형님도요."

소암이 말했다.

"그래." 말하고 돌아서는 서웅기의 얼굴에는 그림자가 퀭했다. 소암에게 너무 많은 짐을 지게 한 것은 아닐까.

서웅기는 완연히 분간이 가능해진 산길을 따라 총총히 사라졌다.

"이제 얼마나 버틸 수 있을까요?"

현무가 소암에게 물었다. 제석천도 궁금했던 듯 현무의 곁으로 나왔다.

"못 버틴다. 그러니 곧바로 준비해라."

소암의 말에 제석천 승려들이 화살을 한곳에 모았다. 화살은 어림잡아도 만 개에 가까웠다. 제석천 승려들이 화살통 가득 화살을 챙겼다.

"조총이 박힌 현무 승려는?"

소암의 말에 십여 명의 현무 승려가 달려왔다. 지순을 등에 지고 있었다. 날랜 동작으로 방패를 풀었다. 여러 승려들이 모여 지순을 확인했다.

"중간에 약수암이 있어서 직격하지 않고 하늘을 거쳐 둥그렇게 날아온 총탄입니다."

현무가 설명했다.

"거리는?"

"사백 보 정도였습니다."

"천만다행이다. 서 사부의 말씀이 틀리지는 않았다. 모두 살아서 돌아왔다니."

말을 하며 소암은 지순에 박힌 총탄을 살폈다. 손가락 한 마디도 되지 않을 정도에 박혔다. 손가락으로 살살 구슬리자 총포가 빠졌다.

"어떠냐?"

"처음 보는 무기라 정확히는 알 수 없지만, 지순에 이 정도 박힌 거라면 이백 보 이내에서는 치명상을 입을 겁니다. 다만 편전보다는 사거리가 길지 않은 것 같습니다."

제석천이 총포가 박혔던 자리에 손가락을 넣으며 말했다. 제석천의 손톱 정도가 들어갔다.

"음. 사백 보 거리에서 이만큼이라. 오백 보 거리라면……?"

"지순을 뚫지 못할 겁니다."

현무가 단언했다.

"남은 일본군의 숫자는 얼마나 되느냐?"

"징상적인 병사가 사천오백 명, 뒤로 처진 병사가 천 명 이상인 듯합니다. 그리고 지금!"

헐떡이며 조평사가 달려왔다. 목소리가 높아졌다.

"저들이 일주문의 위치가 가짜라는 사실을 눈치챘습니다."

조평사가 목소리를 높였던 다경 전, 고니시의 분노는 극에 달했다. 병사들은 불 속으로 뛰어들었다. 불을 끄려 했지만 대웅전은 속절없이 불타버렸다. 그런 중에 몇몇이 팔만대장경 경판을 안고 나왔다.

'저거다!' 고니시의 눈도 경판을 보자 뒤집혔다. 왜 그토록 팔만대장경이었던가. 고니시도 간바쿠 토요토미 히데요시의 명령을 몇 번이고 곱씹었다. 그냥 조선을 휩쓸어 버리면 끝나는 것 아닌가, 하고.

"자네 조선에서 불교가 어떤 의미인지 아는가?"

토요토미가 조선 출병을 결정하던 자리에서 고니시를 따로 불렀다. 그리고 물었다.

"불교야 불교 아닙니까?"

"그럼 이렇게 묻지. 백년전쟁으로 일본국이 화마에 휩싸였을 때 백성들은 어떠했나? 과장 없이 있는 그대로 말해보게나."

고민하던 고니시가 허심탄회하게 술회했다.

"기근에 허덕입니다. 굶어 죽는 일이 다반사였지요. 풀로 쑨 죽이라도 담으려면 그릇이라도 있어야 하는데, 대나무로 만든 조악한 그릇을 서로 차지하겠다 죽이기까지 했지요. 다만."

"다만?"

"전쟁이 종식되고 간바쿠의 통치로 인해 새 세상이 도래할 거라 믿습니다."

"자네에게 하나 더 묻지. 부패한 불교와 국민을 짓누르던 무신정권을 종식시킨 조선은 어떠했을까?"

전쟁을 치르는 백년 사이 일본은 몰라보게 바뀌었다. 전쟁에서 이기는 자는 부를 거머쥐었지만, 전쟁에서 밀려난 순간 목숨을 잃거나 거지로 떠돌았다. 스스로 도적이 되거나 먹여만 주면 노비라도 마다하지 않았다. 이러한 사람들은 셀 수 없을 정도로 많았다. 고니시의 병사들 상당수도 굶지 않아 행복해했다. 단 백년! 승자와 패자는 갈렸고, 승자는 신임을 받았다. 토요토미의 세상은 적어도 일본에서 승자의 세상을 의미했다. 같은 의미에서 조선에도 승자의 세상을 알린 것이었다. 백성들 역시 승자가 된 새로운 왕조에……. 아니다. 이런 의미라면 토요토미 간바쿠가 굳이 물을 이유가 없었다.

"모르겠습니다."

"…… 조선은 우리와 달랐어. 철저히 이중적이었지. 위정자는 유교를 택했지만, 또 나라가 불교 때문에 부패했지만, 백성은 불교를 갈아치우기를 원하지 않았다는 말이네. 불교가 정화되어 다시 세상을 제도해주기를 바랐던 거야. 사람이 혼탁했던 거지 불교가 혼탁했던 것은 아니니까. 눈엣가시였던 불교 때문에 위정자는 급기야 고려의 요새에 있던 팔만대장경을 합천까지 옮기는 무리수를 두지. 유학은 고관대작만 아는 것들이야. 백성은 모르지. 고관대작은 이를 두고 우월감을 가지지만 천만의 말씀, 백성은 유학에 잘 살게 해 달라 빌지 않아. 바로 부처에게 빌지. 밥을 달라, 자식을 달라, 풍요를 달라, 재물을 달라. 팔만대장경에는 조선 땅에 살았던 백성들의 천년의 기운이 응축되어 있다네. 조선의 위정자만 깨닫지 못하는, 조선의 심장이 팔만대장경이라네. 이 심장을 우리 일본국에 이식하는 거야. 일본의 정신으로."

조선의 심장을 일본의 정신으로!

고니시는 토요토미의 말에 가슴이 뜨거워졌다.

"팔만대장경을 수없이 인쇄해 병사들의 옷에 붙이고, 전쟁 최전선으로 달려가는 깃발로 삼고, 백성들에게는 법회를 열어 팔만대장경을 설법하는 거야. 우리는 조선의 심장을 가져왔으니까. 그게 다가 아니네. 백성에게서 신임을 잃은 조선 왕실은 빠르게 퇴출이 될 거야. 그곳에 팔만대장경을 설법하는 고니시, 자네의 평양성이 생겨나는 것이지. 조선 백성이 원했던 건 바로 천년 신앙 불교였으니까."

신앙의 힘이라. 고니시도 물론 이를 알았다. 고니시는 대표적인 천주교도였다. 새로운 세상을 위해서는 새로운 믿음이 필요했다. 이로 인해 고니시의 주변에는 천주교도들이 똘똘 뭉쳤다. 새 믿음은 그대로 새 힘이 되었다. 이율배반적이긴 해도 조선의 불교를 일본 것으로 취하고 일본의 불교로 조선을 통치한다는 발상은 그야말로 위대했다.

"카미카제는 전설이다. 고려를 정벌했던 몽고군을 막아낸 태풍이 바로 카미카제! 이를 두고 우리는 일본을 지키는 힘이 작용한 것이라 했다. 팔만대장경은 말이다, 일본국 병사에게는 보이지 않는 바람 카미카제가 아닌 무소불위의 실제 카미카제 부적을 쥐어주는 것인 동시에……."

토요토미가 못을 박듯 말했다.

"구백만 조선인의 정신을 빼앗는 일이다!"

고니시는 토요토미의 말에 그만 감격했다. 얼른 고개를 숙여 읍소했다.

그날의 감동이 여전히 생생했다.

카미카제가 되어줄 팔만대장경.

조선의 심장을 일본인에게 이양해줄 천년의 정신.

고니시는 말에서 내려 불 속에서 뛰어나온 병사에게 달려갔다. 옷이 타서 불꽃이 이글거리면서도 병사는 손으로 불을 껐다. 불식 중에 병사는 팔만대장경을 부처처럼 대했다. 반대로 고니시는 십계가 적힌 석판 마냥 장경판을 받아들었다. 그사이 주변은 점점 밝아졌다. 어두울 때는 몰랐던 주변이, 밝아지자 어슷했다.

여기가 해인사? 저렇게 작은 사찰과 뒤로 보이는 암자 하나가 전부인 이곳이? 다만 그가 손에 쥔 뜨거운 팔만대장경은 진짜였다.

"그만! 모두 모이라. 이곳을 살펴라. 무언가 이상하다."

고니시가 외쳤다.

수행무사를 비롯해 군사들마저 고니시의 말에 어리둥절한 표정을 지었다. 고니시는 아오타 노리오가 떠올랐다. 주변을 살피자 멀찍이 일주문 바깥에서 아오타 노리오가 보였다. 그와 그의 부하들은 일주문까지 내달렸을 뿐 전투에 참여하지 않고 관망하고 있었다. 고니시는 검지를 까딱여 아오타를 불렀다. 마지못한 표정으로 아오타가 걸어왔다.

"어떻게 된 것이냐?"

"무엇을 말입니까?"

"보고도 모르겠느냐?"

"손에 대장경판을 들고 계시지 않습니까?"

"이건 정말로 팔만대장경 경판이냐?"

살피지도 않은 채 아오타가 "틀림없습니다."라고 대답했다.

"그런데 왜 내 직감은 이곳이 해인사가 아니라고 말을 거는 것이냐?"

"…… 허어. 다이묘께서 원한 것은 해인사입니까, 아니면 팔만대장경입니까?"

말을 하는 사이에도 불길에서 꺼내온 대장경판이 십여 개가 쌓였다. 다만 화재를 잡지 못한 대웅전에서 쿠쿵, 소리를 내며 기둥 하나가 무너졌다. 때를 같이 하며 화마는 더욱 거세졌다.

"건져낸 판전은 이게 전부입니다."

마쓰라가 어깨를 들척이며 말했다. 불을 끄고 판전을 챙기려 꽤나 분전한 듯했다.

"다시 묻겠다. 이곳이 해인사이냐 아니냐?"

"판전은 진짜입니다만, 해인사는 가짜입니다. 그리고 그 판전은 ……."

"무어라!"

들척이던 마쓰라가 급기야 칼을 뽑았다. 마쓰라가 전광석화처럼 아오타에게 내달렸다.

"그만!"

"너희 둘의 자웅은 해인사를 무너뜨리고 팔만대장경을 취한 다음에 해도 늦지 않다. 이곳이 해인사가 아니라면!"

"팔만대장경은 어디 있느냐?"

고니시가 일갈했다. 칼을 뽑은 마쓰라가 오히려 씩씩거리며 아오타 앞으로 나섰다.

"아직 해인사에 당도하지 못했소. 해인사에서도 가장 은밀한 곳에 장경판전이 있습니다."

"아오타, 네가 선두에 서라. 그리고 전서구를 날려라. 전갈은 여러 방법으로 대마도까지 갈 것이다. 오늘 밤까지 다시 전서구를 날리지 않는다면, 아오타의 아이들을 모두 죽이라고 적어라."

고니시가 명령했다. 고니시의 명령에 아오타와 마쓰라의 얼굴이 상반되었다. 비열한 웃음을 떠올린 마쓰라는 곧바로 수행무사들에게로 달려갔다. 반면 아오타는 허를 찔린 듯했다.

"나는 네가 최선을 다해주면 그걸로 된다. 하지만 너는 관망만 하고 그걸 조롱하려들 뿐 최선을 다하지 않았다. 너를 믿고 있는 저 병사들을 그저 껍데기로 만들었다는 말이다."

고니시가 칼집을 들어 아오타 뒤로 도열한 병사들을 가리켰다.

"저 병사들과 네가 지켰던 아이들이 다른 게 무엇이냐? 은 이백 냥으로 안 된다면 죽이면 그만이다."

아오타는 고니시의 말에 체념한 듯 잠시 눈을 감았다.

"저 병사들도 네가 지킨 아이들처럼 자라난 병사들이다. 그리고 내 뒤! 저렇게 불타 죽어가는 병사들도 마찬가지란 말이다. 한낱 네놈의 어설픈 정과 의리에 저렇게 죽어가는 병사들은 아무렇지 않느냐? 네가 이곳 해인사에서 배웠다는 정의란 그런 것이냐! 나는 기꺼이 네가 거두었던 아이들의 목을 벨 것이다. 그러니 앞장서거나 도망쳐라."

고니시는 그 말을 끝으로 되돌아섰다. 고니시는 허공을 향해 우렁차게 외쳤다.

"무기를 들어 싸울 수 있는 병사는 다시 집결하라. 열두 명이 한 진으로 소분한다. 하급 무사나 노장이 우선해서 소분한 진의 대장을 맡는다. 너희가 죽어야 한다면 해인사 승려 한 놈은 반드시 죽이고 죽거라. 그것이 일본국을 위하는 길이다!"

고니시의 말이 마쓰라를 비롯한 수행무사와 호위병사, 각급 무사들에게 전달되었다. 무사들은 다시 자신이 거느린 하급 무사까지 명령을 전달했다. 칼을 들고 고니시의 앞, 약수암 방향에서 반대로 집결했다. 약수암을 해인사처럼 보이도록 옮겨 놓은, 일주문이 세워진 방향이었다. 마쓰라는 말을 달려 일주문으로 곧장 내달렸다. 그를 따라 다수의 병사가 일주문을 향했다. 절묘하게 말의 기수를 돌리며 마쓰라는 말이 일주문을 밀도록 했다. 곧바로 병사들이 일주문을 밀쳤다. 함성이 하늘을 찌르며 병사들이 일제히 일주문을 향했다. 일주문은 힘없이 쓰러졌다. 일주문을 쓰러뜨린 병사들이 가야산 해인사를 오르는 길에 오열을 맞추었다. 고니시가 칼을 들자 곧바로 진격을 시작했다.

그 모습을 망연히 바라보던 아오타가 고니시에게 다가갔다.

"죽을힘을 다해 싸우겠습니다."

"내가 무엇을 보고 믿어야 하지?"

"내가 거둔 아이들의 목을 바칠 정도로 아둔하지 않습니다. 다만."

"다만?"

"내가 모르는 것은 어쩔 수 없습니다. 내가 아는 것은 죽을힘을 다해 막겠습니다. 이 절과! 화력을 퍼부었던 상황만 해도 저는 막연히 이상하다 느꼈지 밝게 개이고서야 알았습니다. 그리고 우리는."

"우리는?"

"총알을 버렸고 화살을 바쳤습니다."

아오타의 말에 고니시가 불같이 화를 냈다.

"화살이 얼마나 남았느냐?"

고니시의 목소리가 무너진 일주문을 넘어섰다. 병사들의 진군을 보던 마쓰라가 움찔했다. 재빨리 고니시의 곁으로 달려왔다.

"절반은 통이 비었고 후발 궁수들만 절반 이상 화살이 남았습니다. 통이 빈 궁수들과 화살이 남은 궁수들이 화살을 나누어 각각 소분대로 재편했습니다. 궁수당 열 개 정도 남았습니다."

열 개라. 궁수는 오백 명이 넘지 않았다. 조총수 천 명, 궁수 오백 명, 이대 일의 비율로 포진했다. 기마병 이천에 나머지는 보병이었다. 의료나 식자재를 담당하는 병사는 별동대 내에 없었다. 별동대의 목적은 딱 하나 속전이었다. 이제 목적은 어긋났다. 해인사에서 고니시의 별동대는 완전히 놀아나고 있었다. 조총수는 이제 오백 명, 궁수 역시 절반 이하로 줄었다. 기마병에 보병을 다 합쳐도 삼천 이삼 백 명, 부상자까지 쳐야 사천오백 명 정도일 것이다.

"아오타. 나가서 싸워라. 지금은 그것 말고 너에게 바라는 것은 없다. 싸워서 이겨라."

아오타는 고니시를 향해 무릎을 꿇었다. 곧바로 일어서 앞으로 내달렸다. 다만 아오타는 마쓰라가 말을 잘라 하지 못했던 판전에 관한 진실을 가슴에 묻었다. 죽을힘을 다해 싸운다 해도 진실을 다해 싸울 필요는 없는 것이다. 어차피 영원한 진실은 없고 영원한 아군도 없는 법이니까.

"방풍림과 산에 가려 잘 보이지는 않습니다만 천 보 앞이 해인사요."

아오타가 마쓰라에게 말했다.

"코앞이다. 일격필살로 해인사를 박살내라!"

마쓰라가 병사들에게 외쳤다. "와!" 함성을 내지르며 병사들이
달려나갔다. 그때 병사들의 눈앞으로 일제히 화살이 날아올랐다. 화
살 끝에는 불이 붙었다.

"또 화전인가!" 마쓰라는 소분한 병사들에게 외쳤다.

"화살을 막아라!"

마쓰라의 외침에 방패를 든 보병이 불화살에 대항했다. 불화살을
막으며 병사들은 고개를 숙이기 급급했다. 방패 위로 불화살이 떨어
지기를 기다리는 게 당장은 전부였다. 그런 중에도 불화살을 막지
못한 병사는 비명을 내지르며 가야천으로 뛰어들었다.

"궁수는 맞대응하라. 불화살의 발원점을 향해 화살을 쏘아라. 조

총수들도 화살을 피해 총알을 갈겨라, 어서!"

고니시로부터 시작된 명령이 곳곳으로 전파되었다. 궁수들이 자세를 잡고 불화살이 날아오는 방향으로 화살을 쏘았다. 조총수들도 조총을 들어 발사각을 조절했다. 날아오는 화살과 날아가는 화살이 하늘에서 교차했다. 화살에 조총수의 총알이 더해졌다. 천지를 울리는 조총 특유의 소리가 따라붙었다. 오가는 화살이 굵은 빗방울처럼 하늘을 수놓았다. 다만 오가는 화살에 덮여 가야천을 가로질러 금강굴 방향으로 날아가는 불화살을 알아차린 것은 아오타 혼자였다. 아오타는 직감했다. 다른 공격이 시작될 것이다!

"화살이 떨어졌습니다."

"저도 화살이 떨어졌습니다."

무용지물이 되어버린 궁수들이 허망한 듯 외쳤다. 그때 누군가가 절망적인 목소리를 냈다.

"불화살은 아군의 것입니다."

궁수들이 서로를 보는 눈빛에서 시위를 당길 힘이 빠져버렸다. 우리가 쏜 화살이 우리에게 되돌아온다는 사실이 공포로 치환되었다. 눈빛과 공포 사이, 공기가 갈라졌다.

쾅!

총소리가 울렸다. 절박하게 외치던 궁수들이 일순 멈추었다. 총을 쏘던 조총수들도 의아한 듯 고개를 왼쪽으로 돌렸다. 소리가 난 곳은 가야천 너머였다. 아무것도 들리지 않고 모든 것이 가득 찬 짧은 순간, 정지했다 움직이는 찰나에도 초연한 기운이 스치나 싶은 그때, 한 궁수의 머리가 들리더니 풀썩 몸이 뒤로 젖혀졌다. 격통에 머리를 붙잡으려는 기색도 없이 궁수는 바르르 몸을 떨었다. 주변으로 피가 퍼진 것은 잠시 뒤였다.

쾅, 콰콰쾅쾅!

총소리는 기세를 더하며 가야천 너머 금강굴에서 가야산으로 달려왔다. 총소리가 더해질 때마다 일어서 화살을 쏘던 궁수들이 표적이 되어 쓰러졌다. 화력을 집중하며 해인사를 향했던 일본군은 당황했다. 속수무책으로 당하던 일본군에 아오타의 목소리가 메아리쳤다.

"시체를 가야천 방향으로 내몰아라. 시체로 담을 쌓아라. 천변에 선 소부대는 방패로 천변에 담을 세워라."

아오타의 말에 후선에 섰던 병사들이 방패와 시체를 날라 천변에 담을 쌓았다. 좁은 천변과 방풍림 사이에서 이천 명 이상의 병사가 기다랗게 웅크렸다. 그들의 길이만 족히 이백 보에 달했다. 후발 부대는 가짜 일주문 뒤로 피신했다.

고니시는 꾸역꾸역 정체된 군사들에게 호통을 쳤다.

"죽어도 전진하라! 이곳에서 죽은 자들은 합천 해인사에서 대대손손 명복을 빌어주도록 조치하겠다. 더불어! 금과 은으로 후손들까지 배부르게 하겠다."

고니시의 명령에 마쓰라가 선두로 올라섰다. 마쓰라의 움직임에 맞추어 천변을 호위하던 방패도 함께 전진했다. 그런 탓에 천변 너머에서 날아오던 총알은 무력화되었다. 공격에 대한 방어가 갖추어지자 일본군은 느리지만 앞으로 걸었다. 가짜 일주문에서도 방어태세를 갖춘 병사들이 후방을 받쳤다. 마치 거북이의 걸음을 보는 듯했다. 느리지만 확실했다.

소암은 그 모습을 무람을 앞세워 내려다보았다.

방어체계를 갖춘 채 가야산을 오르는 모습은 거대한 지렁이가 기어가는 것만 같았다. 가야산에 떠오르는 해는 그들을 차별하지 않고 무량한 빛을 내주었다. 일본군은 옆에서 총탄을 맞아도, 위에서 불화살이 날아와도 죽은 병사를 밟으며 전진할 것이었다. 담벼락에 쳐놓은 그물에는 왜군 병사들이 마지막으로 쏟아부은 화살이 걸려든 연어처럼 가득했다. 백팔나한승려들은 물고기를 수확하듯 한꺼번에 화살을 걸었다.

"사천 명 이하다. 사천 명 이하. 그러나 저대로라면 해인사로 곧장 들어온다. 해인사로 쳐들어온다면 지킬 게 많은 우리가 결국 불리하다. 어쩐다?"

소암이 혼잣말했다.

"일단 후방을 저희가 잘라먹겠습니다."

조평사가 나섰다. 조평사의 곁으로 백팔나한승려들이 무장했다.

"양수와 조조라."

"설마 저희가 계륵이라는 말씀이십니까?"

"아니다. 너희를 보내는 게 최선이나 그것이……."

"한중 땅을 가야 하는 것이라 해도 가겠습니다. 저희부터 시작해야 합니다. 적어도 해인사를 오르는 길에서는 전투가 됩니다."

조평사가 주장했다. 그의 말처럼 백팔나한승려들의 표정은 비장했다. 소암은 아랫입술을 감쳐 물었다. 힘들고 고통스러운 표정이었다.

"가자."

조평사는 소암의 대답을 듣지 않은 채 소림원 방향으로 길을 잡았다. 소암은 멀어지는 조평사와 백팔나한승려를 보며 합장을 했다. 예를 다해 합장을 마친 소암이 청화당 방향으로 뛰었다. 잠시 후 뛰어나온 소암은 그의 키만 한 화살을 들고 있었다. 일본군에게서 빼앗은 화살 두 개를 거머쥐고 절 아래 방향까지 뛰었다. 터질 듯 부푼 어깨까지 시위를 당긴 소암이 화살 하나를 허공으로 날렸다. 곧바로 또 하나의 화살을 가야천 너머로 날렸다. 날아간 두 개의 화살촉에는 단단히 묶은 종이 두 장이 매달려 있었다. 먼저 쏜 화살이 사라지기도 전에 두 번째 화살이 가야천 너머 금강굴 근처에 떨어졌다.

금강굴 근처에는 상당한 병사들이 압박에서 풀려났다. 그들은 밥을 먹거나 주변을 둘러보며 쉬었다. 학승들은 한자를 아는 병사들과 필담으로 이야기를 나누었다. 어떻게 태어났으며 왜 전쟁에 참여하게 되었는지 같은. 죽음이 비켜 간 모습에 병사들은 적잖이 안도했다. 조선이나 일본국이나 다르지 않았다. 버려지고 굶고 잘 데가 없었다. 누구는 승려가 되었다. 누구는 병사가 되었다. 승려는 죽어가는 병사를 위해 기도를 해줄 수 있었다. 인지적으로 이미 죽어버린 병사, 천 명의 일본군이 굳이 전선에 나설 필요는 없었다. 두 무리는 공감했고 공경했다. 많은 학승들이 붙잡힌 일본군 군사들을 위해 합장하고 기도했다. 가장 먼저 화살을 알아차린 것은 늙은 일본국 병사였다. 일본국 병사는 눈짓으로 저 멀리 떨어진 화살을 가리켰다. 학승이 화살 근처로 다가갔다. 화살촉에 묶인 종이를 펴고는 곧바로 서응기에게 뛰었다.

서응기는 전서를 읽자마자 조총을 쥔 학승들을 소집했다. 조총을 쥔 학승들이 필담으로 일본국 병사들에게 상황을 전해주었다. 이제 전투는 임계점에 다다랐다. 학승들은 일본국 병사를 위해 합장했다. 일본국 병사들은 조총을 쥔 승려들을 위해 무릎을 꿇고 절을 했다. 서응기와 한몸이 된 학승들이 가야천 아래로 뛰었다. 조선에서 다른 삶을 부여받은 일본국 병사들은, 오히려 반대 상황으로 바뀌어 조총을 쥔 학승들을 향해 그들이 할 수 있는 최선을 다한 절을 올렸던 것이다. 학승들과 서응기는 소리를 죽여 가야천 아래로 내달렸다.

뛰고 또 뛰었다.

걷고 또 걸었다.

고니시의 병사들은 느리지만 착실히 산길을 올랐다. 왼쪽에서 날아오는 총알과 눈앞에서 날아오는 불화살을 버텼다. 전투에서 이긴다는 건 더 많은 재물과 더 큰 집을 의미했다. 백년간 이어지던 전쟁에서 파리처럼 죽어가던 그들이었다. 강력한 다이묘는 그만큼 강력한 방패였다. 파리보다 쉬운 죽임을 당해도 자식과 가족, 부모와 형제가 편하게 먹고 살 수 있다면 그것 또한 행복이었다. 일본국 병사들도 그랬기에 필사적이었다. 이기고 지고, 살고 죽는 것은 결국 그들 스스로의 선택은 아니었다. 그저 운명이었다. 내가 죽어 가족이 행복해진다면 그것 또한 운명이었다. 죽을힘을 다해 산을 오르는 일본국 병사를 가로지른 화살은 곧장 고니시의 말에 가서 박혔다. 고니시의 말은 이마 정중앙 마갑을 뚫은 화살에 쿡 쓰러졌다. 고니시는 전장에서 오래 버텨낸 장수답게 날쌔게 말에서 뛰어내렸다. 분노는 잠시, 말의 이마에 박힌 화살을 보았다. 피가 튄 전서가 화살과 함께였다.

不念舊惡불념구악 君子豹變군자표변

전서를 펼쳤던 고니시는 곧바로 구겼다. 망할 놈의 땡추 같으니라고. 고니시의 인상도 구겨졌다. '지나간 잘못을 염두에 두지 않을 테니 가서 좋은 재상이 돼라.'는 내용, 듣기에 따라 조롱이었다. 다만 기저에 깔린 배려가 읽혔다. 저 화살로 나 고니시를 죽일 수 있었을까. 죽음이 경각인데도 사람을 예우하다니. 타협점은 이미 지나쳤다. 되돌아갈 수 있는 반환점도 지나쳤다. 이깟 배려로 망령이 된 육천 명의 병사를 되돌릴 수는 없었다. 지금은 누가 뭐래도 진격, 또 진격만 남았다. 오로지 앞으로, 고니시가 외치려는 순간 뒤통수가 서늘해졌다. 상인 출신이라 다이묘들 사이에서 따돌림을 당한다 해도 전장에서 오래 단련했던 다이묘 고니시 역시 칼을 다루는 무사였다. 재빨리 도를 뽑아 뒤돌았다.

"뭐냐, 저 멍청한 것들은!"

칼을 뽑았다는 게 무안할 정도였다. 보통사람처럼 회색 적삼을 입은 백여 명의 승려였다. 각자 손에는 제각각의 무기를 들었다. 아오타가 단단히 주의를 주었다지만 전쟁터에서 죽은 병사를 짓밟으며 살아낸 고니시는 그저 오합지졸로만 보였다. 고니시 곁으로 호위무사가 나란히 섰다. 고니시는 허리춤에 숨겨두었던 무기를 꺼냈다. 선두에 선 덩치를 향해 겨누었다.

탕! 고니시는 최후의 보루로 쥐었던 무기를 발사했다. 권총이었다.

출병 이태 전 오란다[16] 상인이 기적의 총이라며 거래를 시도했다. 빤했다. 비싸게 팔아먹으려는 수작. 오란다 상인은 철저히 비밀에 부쳐 판다며 넌지시 귀띔했다. "비밀이 새어나가지 않을 최고의 고객에게만 팝니다."라고. 실물을 쥐어보았다. 심지에 불을 붙여 발사하지 않는, 희한한 총이었다. 매력적인 것은 크기였다. 조총의 3분의 1도 안 되어 암기로는 그만이었다. 발사의 실패율이 높고 모든 공정이 수작업이라 대량 생산이 불가능했다. 일반적인 조총이 백이십 문, 따라서 은 한 냥이면 세 정과 총알까지 구입 가능했다. 권총은 오란다 상인들에게 무려 은 스무 냥을 주었다. 자존심을 접고 구걸하듯 세 정을 구입했다. 시제품에 이어 권총이 오기까지 이 년이

---

16 네덜란드를 지칭하는 말. 몇몇 상당한 정황과 유추로, 「하멜 표류기」에 등장하는 하멜은 약실이 있는, 또는 이미 개발이 끝났던 형태의 부싯돌 방식의 권총을 가졌던 것으로 추정한다. 또한 네덜란드 상인이었던 하멜은 표류한 것이 아니라 북벌을 주장했던 효종에게 은밀히 총포를 팔려 하다 실패했다는 주장도 제기된 바 있다. 약실이 있는 총은 조총과 달리 현대식 총포의 전형이었다. 더해서 귀화 네덜란드인 박연(벨테브레)이 하멜이 붙잡혔던 시기에 부싯돌 방식의 화승총을 제작한 것으로 유명하다.

걸렸다. 출병 직전에야 고니시도 실물을 허리에 차볼 수 있었다. 오란다 상인은 철저한 검수로 최상품만을 가져왔다 자랑했다. 실물을 손에 쥔 고니시의 가슴이 뛰었다. 발사 실패율도 현저히 줄었고 명중률은 반대로 높아졌다. 아쉽다면 짧은 사거리였다. 더불어 마흔 발밖에 총알을 받아내지 못했다.

마쓰라와 호위무사 역시 권총을 꺼내 발사했다. 가슴을 부여잡으며 두 명이 더 쓰러졌다. 비장한 표정이던 백여 명 승려들의 얼굴에 당황스러운 기색이 역력했다. 당황하는 것도 잠시, 회색 적삼을 입은 승려들이 나타나 쓰러진 두 병사를 뒤로 빼냈다. 틈을 메우며 칼을 든 회색 적삼의 승려들이 달려들었다. 소란을 느낀 후방 병사들이 속속 고니시를 지나치며 방어선을 구축했다. 권총을 쥐었던 호위무사 역시 뒤로 빠졌다. 병사들과 승려들의 싸움으로 바뀌었다. 비좁은 싸움이었다. 밀고 나갈 수 있는 쪽이 이기는 싸움이었다. 너무나 손쉽게 승리가 점쳐졌다. 고니시는 후방을 병사들에게 맡기고 뒤로 돌았다. 마쓰라가 새로운 말을 준비해 왔다. 병사들은 느리지만 착실한 걸음으로 산을 올랐다. 반면 뒤에서 붙은 싸움으로 인해 밀집대형이던 병사들의 뒷부분이 깨지고 늘어지며 선두와 꼬리가 나누어졌다.

가짜 일주문이 있던 암자와 해인사의 거리는 대략 천 보였다. 고니시의 병사들은 꾸역꾸역 앞으로 걸었다. 드디어 칠백 보를 전진한 끝에 확 트이는 시야 한 곳을 발견했다. 전진하던 병사들이 감탄을 터뜨렸다.

"저기다, 해인사!"

"해인사다."

"천혜의 절경이다!"

그들은 전투라는 사실도 잊은 채 그 자리에 섰다. 천년 고찰 해인사가 드디어 일본국 군사 앞에 모습을 드러냈던 것이다. 고니시는 병사들의 감격이 사라질 때쯤 선두로 나섰다.

"달려나가라. 모조리 죽여라. 팔만대장경 경판을 취한다. 그게 전부다!"

"나가서 죽이자. 경판을 취한다."

고니시의 말은 마쓰라를 통해 더욱 간단해졌다. 고니시의 목소리는 다시 한 번 병사들 사이를 강타했다.

"마지막 화력을 쏟아부어라! 산 놈이든 죽은 놈이든 하나도 남김없이 멸하라."

조총수들이 마지막 총알을 쏠 준비를 마쳤다. 그들이 앞으로 나가 열을 맞추었다. 조총수 뒤로 화살이 없는 궁수들이 불을 피웠다. 화살의 현을 끊어 무명천을 뭉쳐 화살 끝에 둥글게 말았다. 궁수들은 화살을 풀어 홰를 만들었던 것이다.

달려 내려가던 서응기가 갑자기 제자리에 섰다. 소매에 넣어둔 총알을 손바닥으로 쥐었다. 스무 발 정도. 근접전에서는 심지에 불을 붙일 시간도 부족했다. 일본국 병사들이 열을 맞추어 총을 쏘던 광경이 선명했다. 전략이라면 최선의 선택이었다.

"총알이든 화약이든 바닥나는 순간 떡굽쇠는 무용지물인데."

대대로 무장이었던 서응기는 곧바로 기발한 생각을 떠올렸다.

"왜군에게 빼앗은 칼이 어디 있더냐?"

"금강굴 옆 암자에 모아 두었습니다."

"가자."

"예?"

학승은 어리둥절한 표정이 되었다. 반면 서응기의 표정은 필사적이었다. 서응기는 쉬지 않고 되돌아 뛰었다. 무기를 모아 두었다는 암자로 날쌔게 들어갔다. 적당한 검을 찾아 조총 가늠자에 손잡이

끝을 기댔다. 주변을 둘러보다 웃옷을 벗었다. 칼로 옷의 팔 부분을 잘라냈다. 가늠쇠에 다시 검을 고정한 뒤 잘라낸 천을 단단히 묶었다. 나머지 팔 한 쪽도 잘라내었다. 두 번에 걸쳐 단단히 묶어 고정한 뒤 조총을 들었다. 총구보다 검 날이 한 치 정도 앞으로 나왔다. 베고 찌르는 시늉을 해보았다.

"됐다."

무슨 영문인지 이해하지 못하던 학승들도 필사적인 서웅기의 모습을 따라했다. 서웅기가 웃옷 고름을 묶었을 때 그는 그만 파사하니 웃고 말았다. 무작정 그를 따랐던 학승들의 적삼 팔 부분이 잘려나가 희한한 옷이 되어버렸다.

"내가 다시 태어난다면 늘 이 옷을 입고 살 거야."

"그런데 이걸 뭐라고 부르나요?"

검을 묶은 조총을 휘두르며 한 학승이 물었다.

"총칼? 총검? 총검이 좋겠네. 우리는 총검술을 시전하는 최초의 사람들인 거지!"

서웅기의 농담에 학승들도 덩달아 웃었다. 다만 학승들은 비장함을 잃지 않았다. 학승들에게 고개를 끄덕인 서웅기는 다시 가야천으로 달렸다. 경각에 달했을 시간을 머릿속 생각을 구체화하느라 까먹어버린 탓에 피 냄새가 나도록 뛰고 또 뛰었다. 가야천까지 내달린 서웅기는 누운 해가 비추는 해인사 주변 길을 보았다. 해인사 근처까지 도착한 일본군은 밀집대형을 이루며 느리게 전진했다. 중간까지 밀집대형은 유지되었다. 다만 꼬리 부분은 달랐다. 길게 늘어져

한눈에도 형편없는 대형을 이루었다. 그들은 회색 옷을 입은 승려와 난타전을 벌였다. 진열 꼬리에 붙은 회색 옷의 승려는 백팔나한승려였다. 그들을 일본 병사 수백 명이 에워쌌다.

서응기는 학승들을 향해 소리쳤다.

"병사가 끊어진 저 가운데로 들어간다. 들어가서 조총으로 싸운다. 총알이 떨어지면!"

서응기는 칼을 묶은 조총을 들어보였다.

"이걸로 싸운다. 막고 찌르고. 열반하기 싫은 승려들은 돌아가도 좋다."

횃불을 든 승려가 서응기의 총 심지에 불을 붙였다. 불이 붙자 가야천을 향해 뛰었다. 서응기의 곁으로 오십 명이 넘는 학승들이 심지에 불이 붙은 조총을 들고 뛰었다. 이때다 싶은 순간 서응기가 일본군을 향해 조총을 겨누었다. 쾅, 폭발소리와 동시에 일본군 병사들이 방풍림 방향으로 고꾸라졌다. 기름천이 달린 막대기로 총구를 훑었다. 화약을 붓고 심지를 꽂았다. 약속했던 대로 두 번째 승려 오십 명 정도가 서응기의 앞으로 나가 조총으로 일본군을 겨냥했다. 서응기는 두 번째 조총수 승려들이 발사할 때까지 심지에 불을 붙이지 않고 기다렸다. 콰쾅, 폭발음이 서응기 너머에서 전방으로 강하게 달려갔다. 백팔나한승려들을 압박하던 일본 군사 상당수가 쓰러졌다. 서응기가 곁에서 심지에 불을 붙이려 기다리던 승려들과 나란히 전방으로 나섰다. 일본군이 썼던 방식이었다. 그때 한 학승이 소리쳤다.

"평사야. 백팔나한승려들! 우리가 간다."

심지에 불을 붙인 서웅기는 성큼 앞으로 달려갔다. 병사들과 백팔나한승려들, 서웅기의 거리는 불과 사십 보 정도에 불과했다. 결정할 순간이었다.

"칼을 휘두를 수 있는 승려, 무엇보다 자신을 보호할 수 있는 승려는 나를 따라 백팔나한승려를 돕는다. 그렇지 않은 승려는 지금 이곳에서 일본군을 향해 총을 쏜다."

서웅기가 판단했다. 서웅기를 따라붙은 승려는 열일곱 명이 전부였다. 죽기 아니면 까무러치기였다. 천군만마이거나 개죽음이거나. 어디선가 개 짖는 소리가 들리는 듯했다. 서웅기는 한 번 더 심지에 불을 붙여 뛰었다. 서웅기는 혼자 속삭였다.

"해인사의 개는 불교의 개! 그들도 죽어서 아홉 지옥 어디인가에 떨어지거나 환생할 테니."

그 순간 서웅기의 눈에 그만 눈물이 맺히고 말았다. 백팔나한승려들 곁으로 어린 개들까지 달려 나와 일본군의 칼에 맞섰던 것이다. 호적세거나 때론 밀리는 주인 곁에서 개들은 사력을 다해 짖었다. 일본군에게 달려들어 두 동강이 나면서까지 짖는 녀석도 있었다. 이미 개죽음 당한 개들의 새끼이거나 그에 못지않은 개들이었다.

"하물며!"

서웅기는 입술을 깨물고 심지가 타들어 가는 것을 확인했다. 개에게 칼을 겨눈 일본군 병사를 겨누었다. 쾅, 특유의 폭발음이 귓전을 때렸다. 개를 베려던 병사가 두 자는 날아가 처박혔다. 그와 서웅기의 거리는 겨우 스무 보였다.

"왜 해인사는 아무도 대처하지 않는 것이냐. 저 아이들을 방패막이로 내세워 놓고!"

서응기는 총에 매단 검을 휘두르며 적진으로 뛰어들었다. 서응기를 따라 열일곱 명의 승려들이 함께 총칼을 휘둘렀다. 쿠콰콰쾅 총포 소리가 뒤에서 터졌다. 좁은 길, 중간에서 열일곱 명의 승려들과 서응기는 총탄의 지원을 받으며 일본군 대열 한 곳을 잘라먹었다. 개들을 지키랴, 홀로 분전하던 백팔나한승려들도 가세한 서응기와 조총을 든 학승들로 인해 힘을 냈다. 다만 백팔나한승려는 지친 기색이 역력했다. 벌써 십여 명은 부상을 입고 뒤로 빠졌다. 칼을 들 힘이 없다면 칼을 휘두를 수 있는 쪽이 이기는 건 빤했다. 후방에서 꼬리를 붙잡고 분전하는 것은 겨우 일각, 길어야 이각 정도이지 않을까. 암울한 생각이 구체화되기 전에 일본군 병사의 칼을 받았다. 조총으로 막고 방망이를 휘두르듯 일본군 병사를 향해 조총을 휘둘렀다. 휘두르는 조총을 보며 역습을 하려던 일본군이 목을 부여잡았다. 푹 쓰러지면서도 무엇에 당했는지 의아해하는 표정이었다. 생각지도 않았던 칼은 상당한 위력을 발휘했다. 백팔나한승려와 서응기사이에 끼었던 일본군 병사는 점점 줄어들거나 가야천에서 발사하는 조총에 나가떨어졌다.

"소암! 이제 너도 무얼 좀 하란 말이다."

서응기는 허공에 대고 외쳤다.

해인사를 오르는 전방, 일본군은 이제 일주문이 있던 자리까지 진격한 터였다. 궁수는 그들이 만든 홰에 불을 붙일 시기만 엿보았다. 어느 하나라도 태울 것이 있다면 불길로 태워 적을 물러나고 흩어지게 하는 산파술이었다. 전열이 무방비 상태인 병사들은 힘을 못 쓰기 마련이었다. 점점 일본 병사들이 일주문에 가까워졌다. 그때 오히려 횃불을 든 채 나타난 소암의 모습이 멀리서 보였다. 서응기는 그 모습을 보며 무심코 소리치고 말았다.

"드디어 나타났다. 소암 저 자식! 해인사 개만도 못한 자식!"

횃불을 든 소암이 당당히 외쳤다.

"장경판이다! 와서 가져가라. 다만 나를 뚫지 못하면 가져가지 못한다."

소암의 목소리가 산하에 메아리쳤다. 소암의 뒤로 청룡과 현무, 주작과 백호 승려가 등에 판전을 메고 나타났다. 소암이 검지로 소암의 앞을 가리켰다. 사백 명의 승려들은 일사분란하게 목판을 내려놓았다. 목판은 차곡차곡 쌓였다. 곁으로 장작을 쌓아 올려 불을 지폈다. 소암은 장작 중간에 횃불을 내려놓았다.

"조선말을 하는 앞잡이가 있다는 것을 알고 있다. 정확히 말해주어라. 정정당당하게 일 대 일로 나를 이기는 자에게는 오백 개의 장경판전을 그냥 주겠다."

얼마 뒤 일본군 진영에서 "바가야로!"라는 소리가 연이어졌다.

호기롭게 한 병사가 칼을 들고 소암의 근처로 걸어갔다. 조잡한 갑옷의 모양새에서 지휘관이 아니라는 사실을 알게 했다. 일본군은 병사가 나서자 오, 박수를 쳐댔다. 병사는 잠시 뒤를 돌더니 손을 흔들었다. 일본군들의 박수는 더욱 커졌다. 일본군 병사는 소암의 상황을 살피지 않은 채 곧바로 칼을 들고 뛰었다. 소암을 향해 돌진하던 병사는 갑자기 키보다 두 배 정도를 하늘로 날았다. 낮은 해가 칼날을 반사했다. 병사의 칼 역시 하늘로 사람 키의 두 배 정도를 솟구쳤다. 병사는 땅에 떨어지더니 일주문 아래로 데굴데굴 굴렀다. 반면 날았던 칼은 소암의 손에 정확히 안착했다.

"갈비뼈가 부러졌겠지만 용기백배한 첫 녀석은 살려 주마. 손에 칼을 쥔 이상 이제부터 목숨은 없다."

소암이 소리쳤다.

"누구든 나와라. 상대해 주마."

이때 한 무리의 병사들이 소암 앞으로 나왔다. 족히 사십 명은 넘었다. 그 순간 소암은 횃불을 들었다.

"정정당당! 너희는 한 사람을 상대로 수십 명이 싸우려고 덤비는 게 정정당당한 것이냐?"

말을 하며 소암은 장경판으로 횃불을 가져갔다. 금방이라도 불을 붙이려는 기세였다. 무리를 헤치며 한 남자가 나타났다. 갑옷과 투구의 화려함에서 제법 높은 무사 계급으로 여겨졌다. 무사는 잔뜩 거들먹거리는 표정으로 투구를 벗었다. 무사는 콧방귀를 한 번 뀌고는 칼을 뽑았다. 그 모습에 일본군 병사들 사이에서 박수가 터졌다. 한껏 고무되고 거드름피우는 표정이던 무사는 칼을 두어 번 허공에 휘두르고는 소암에게로 뛰었다. 무사의 함성이 소암에게 다가가나 싶은 찰나, 무사는 허공으로 피를 흩뿌리며 쓰러졌다. 일본군 병사들 사이에서 탄식이 터졌다.

소암의 일대 활약에 꼬리 부분의 일본군과 서웅기를 비롯한 백팔
나한승려들 사이 전투는 대치 형국으로 바뀌었다. 백팔나한승려와
서웅기를 비롯한 학승들이 맨 뒤에 서며 서로를 겨누어 보았다. 서
웅기는 눈치껏 조평사를 찾았다. 조평사는 보이지 않았다.

"어이, 어이."

"네, 서 사부님."

"이 어슷한 상황은 어떻게 된 건가?"

서웅기는 궁금했다. 소암은 사대천왕 승려들과 제석천 승려들을
통해 직접 장경판전을 가지고 나왔다. 그것도 괴이했지만 일 대 일
로 시비를 거는 싸움은 더욱 괴이했다. 벌써 두 번째, 소암의 신중한
성격으로는 상상조차 할 수 없는 일대 사건이었다. 서웅기의 곁으로
백팔나한승려 중 선임으로 보이는 승려가 다가왔다.

"상황을 파악하고 통제한다지만 장경판을 숨길 시간이 턱없이 부
족했습니다."

"저기 소암의 곁에, 저렇게 장경판이 있지 않느냐? 미치지 않았다
면, 무려 오백 개나 되는 판전을 일본군에게 내주겠다고……!"

"저희는 저것을 미련의 사슬이라고 부릅니다. 아무리 버리려고
해도 버릴 수가 없거든요."

"버리다니?"

서웅기는 그제야 승려의 법명을 물었다. "세연입니다." 하고 대답
했다.

"그래, 세연아. 미련의 사슬이란, 도대체 무슨 말이냐?"

"장경판은 나무입니다. 수백 년을 버틸 수 있도록 부처님처럼 관리합니다. 그렇지만 부서지거나 갈라지는 틈이 생깁니다. 목판 역시 세심하게 다루지만 글자가 부서져 나가기도 하고요. 그런 까닭에 항상 예비로 틀과 판을 만들어 대비합니다. 오래되어 버려야 할 판은 응당 생겨나지요. 버려야 하는 것이 맞지만 누구도 과거의 판전을 버리지 못합니다."

"그래서 미련의 사슬이라 부른단 말이냐?"

세연이 고개를 끄덕였다.

"그렇다면 너희들은?"

"어떻게든 시간을 끄는 게 임무였습니다."

"거기에 나도 동참했고?"

세연이 고개를 끄덕였다.

"그렇다면 소암이 저렇게 시간을 끄는 것은?"

"아마도 숨기는 데 애를 먹기 때문일 겁니다. 시간이 촉박했으니까요."

"진짜 판전으로 진짜 판전을 숨긴다······. 실실허허. 분명 진짜를 보여주지만 실제로는 가짜다?"

나머지 학승들이 팔백여 명. 무승들까지 합쳐 팔만대장경을 장경판전에서 비밀의 장소로 옮기는 데 얼마나 걸릴까. 기껏해야 사백 명 정도의 승려들이다. 어림짐작만으로도 혼자서 이백 개 가까운 판전을 날라야 했다.

"미치겠구나."

"그리 어렵게 생각하실 필요는 없습니다."

"무어라? 어렵게?"

"네. 서 사부님 잘 보십시오. 사천 명이 넘어 보이는 일본 병사들은, 지금 완전히 갇혔습니다."

서웅기는 소암과 나누었던 이야기를 떠올렸다.

허허실실, 실실허허, 국지전, 지략전, 전면전, 삼십육계!

'허허실실'과 '실실허허'는 서웅기조차 알기도 하고 모르기도 하는 사이 이루어졌다. 그것도 두 번씩이나. 국지전 역시 마찬가지였다. 백팔나한승려들이 목숨을 던져 꼬리를 붙잡았다. 그동안 학승과 무승들이 힘을 합쳐 팔만대장경을 숨겼다. 소암마저 일본군이 전진하지 못하도록 길을 막아섰다. 이는 지략전이었다.

"남은 것은!"

말을 하려던 서웅기는 크게 숨을 삼켰다. 전면전, 아니라면 삼십육계.

삼십육계를 위한 전략일까, 아니라면 전면전을 위한 전략일까? 기실 싸우지 않고 화마를 피할 수 있다면 그것보다 좋은 결과는 없었다. 다만 전면전이라면!

"만약에 말이다, 전면전이 붙게 된다면 총알이 남은 승려들을 가야천으로 빠지게끔 조치하마. 아무래도 저들은 접근전에서는 무용지물이나 마찬가지 아니더냐."

그 순간 서웅기는 정문에 일침을 맞은 듯했다.

사천 명이 밀집대형으로 길 위에 늘어선 길이는 일백이십 보 정도였다. 저들을 더욱 밀집하게 만들 경우 칼조차 들기 어려울 것이다. 비좁은 산길이 지닌 특수성 때문이었다. 이들을 사방에서 공격한다면? 그제야 백팔나한승려가 꾸역꾸역 뒤를 막았던 이유를 깨달았다. 이겨서도 안 되고 그렇다고 져서도 안 되는 싸움을 백팔나한승려들이 떠맡은 것이었다. 그게 전부는 아니었다. 실로 애매한 그러나 더없이 어렵고 힘든 싸움으로 시간을 끌어야만 했다. 고독하기 그지없는 전장에 백팔나한승려들이 던져지고 말았다. 그리고 깨달았다.

"세연아. 나는 일본군이 서 있는 왼쪽, 그러니까 동쪽을 반드시 책임지마. 몇 안 되는 학승들이지만 힘을 합쳐 지켜내겠다."

그 말의 의미를 깨달은 듯 세연이 힘차게 고개를 끄덕였다.

백팔나한승려들과 대치한, 전방과 후방을 번갈아 보며 상황을 캐내려는 일본국 병사들은 이러지도 저러지도 못했다. 서응기는 슬며시 뒤로 빠졌다. 백팔나한승려들이 조총을 쥔 학승들 앞으로 소리 없이 나섰다. 뒤로 빠져나온 서응기는 열일곱 명의 학승들과 다시 가야천을 건넜다.

그야말로 기세가 꺾였다.

고니시는 상황을 이해하려 애썼다. 팔만대장경을 훔치러 왔다는 사실을 부인할 수는 없었다. 땡추는 도발했다. 팔만대장경을 가져가라고 부추겼다. 싸워 이겨서 가져가라. 이것이 조선 방식의 싸움인가. 만 명이나 되는 별동대가 왜 이곳에 왔다고 생각하는 것일까. 그사이 참지 못한 병사와 하급 무사가 땡추의 농간에 말려들었다. 땡추는 병사와 하급 무사를 농락하며 죽였다. 한파에 물이 얼듯 병사들의 기세가 얼어버렸다. 그제야 고니시는 보았다.

일천 명의 병사를 소리소문없이 사라지게 한 자.

실수를 재현하여 아무렇지 않게 병사를 수장시켰던 자.

실수에 실수를 더해 병사들을 무력하게 만들었던 자.

가짜 일주문으로 유인해 가두고 불태웠던 자.

팔만대장경 판전을 불태우겠다 큰소리 치며 남은 병사의 사기를 꺾어버린 자.

고니시는 그제야 보았다. 전쟁에 신이 있다면 바로 저 자가 아닐까. 적국의 장수가 아니라 그저 중이라는 사실이 어떤 면에서 다행이라는 위로마저 들었다.

"저 자의 이름이 무엇이냐?"

곁에 있던 마쓰라가 아오타에게 달려갔다. 곧바로 아오타와 함께 고니시의 곁으로 돌아왔다.

"소암대사입니다."

"소암?"

"누구냐?"

"조선 사람입니다."

"그걸 몰라서 묻는 게 아니지 않느냐?"

"학승들의 사부이고 저에게도 사부였습니다. 고아였고 방랑하는 승려였지요. 해인사 무승들을 책임지고 가르칩니다. 지금은 저렇게 다이묘를 자극하고 있습니다."

"아는 게 없다는 걸 어렵게도 말하는구나."

고니시의 말에 아오타는 어이없다는 듯 웃음을 지었다.

"가라, 싸워서 이겨라. 그게 네가 나에게 몸으로 말해줄 일일 것 같구나. 그리고 네가 거둔 아이들에 대해서도 잊지 말았으면 한다."

고니시의 말에 아오타가 새하얗게 변했다. 아이들을 죽이겠다고 협박할 때보다 더욱 당황한 모습이었다. 군사부일체를 배우고 실천했다면 고니시의 명령은 패륜에 해당되었다. 볼모로 잡힌 아이들을 죽게 내버려 두는 것 또한 천륜을 어기는 것이었다. 내심 아오타를 시험해보고 싶었다. 출중한 무예에 비해 다루기 어려운 성격은 장수 감으로는 낙제였다. 다만 고니시의 경험상, 한 번 꺾인 성정은 충성을 맹세하게 만들었다. 아오타를 고니시의 사람으로 만들 기회는 지금이었다.

"고니시 다이묘, 부디 그 명령은 거두시오. 그렇게 당하고도 모르겠습니까?"

당황했던 아오타의 모습이 점점 기세를 찾으며 당당해졌다.

"다이묘. 모르겠습니까? 소암대사가 왜 저렇게 가짜 목판을 두고 당신을 여기 묶어 두려 하는 것인지!"

"가, 가짜 목판?"

고니시는 허를 찔렸다. 마치 장판교를 지키는 장비처럼, 또한 서성의 망루에서 거문고를 타는 제갈량처럼 굴던 남자는 경외감마저 들게 만들었다. 병사들이 사기가 꺾였던 이유도 그의 절개와 호기에 졌기 때문이었다. 그런데 그 모든 게 결국 가짜였단 말인가. 저 남자도, 또 판전도!

"저 목판들은 미련의 사슬이라 부르는, 더는 기능을 잃어 사용할 수 없는 판들입니다. 행여 새로운 목판의 오자나 탈자가 없는지 또 다른 잘못이 없는지를 살피려 판 대대로 보관해 둔 일종의 씨가 되는 목판들일 뿐입니다."

"너는 그 사실을 알면서도 숨겼다는 말이냐!"

고니시는 복잡한 감정에 종지부를 찍으며 분노했다. 고니시의 말에 반응한 아오타의 표정은 복잡해 보였다. 무언가 할 말이 있어 보였지만 고니시의 분노는 아오타를 집어삼키기에 충분했다.

"작전을 실행하는 장수가 아무렇지 않게 부하를 죽음에 내몬다면 장수로서 자질이 없는 것이다. 아오타 노리오! 너는 알면서도 숨겼고 그로 인해 수많은 사상자를 냈으면서도 반성 하나 없었다. 너는 장수로서 자격이 없다. 아니, 너는 내 부하로 자격이 없다. 저놈의 목을 베라."

"다이묘. 그 전에 하나만 약속해 주시오. 아이들의 목숨을 살려 주시겠다고."

"그래. 그 정도는 네 저승길 노자로 남겨 주마. 아이들 목숨을 살려 주겠다."

"다이묘께서 한 입으로 두 말 하지는 않을 것이니 믿겠습니다."

아오타는 수란스런 분위기에 목소리를 더했다.

"들었지 다들? 다이묘께서 아이들을 살려 주신다 했네. 다이묘께서 직접 말씀하시고 행동으로 옮기지 않는다면 따를 부하가 없을 줄 아네. 그렇지 않은가?"

"그럼, 그럼, 살려 줘야지. 다이묘의 성은이네." 전방의 소암에게 정신이 가 있으면서도 상당한 사람들이 아오타의 말에 고개를 끄덕였다.

"더불어 나는, 더이상 다이묘의 부하가 아니라 하셨네. 그러니 이쯤에서 나는 싸움에서는 빠지겠네."

일부러 목소리를 높였다.

"칙쇼! 누가 네 목숨을 살려 준다고 했느냐?"

고니시를 수행하던 마쓰라를 비롯한 무사들이 칼을 뽑아 들었다.

"내 목을 벨 시간에 병사들의 목숨이나 챙기시오. 당신들은 지금 동서남북 어디로도 빠져나갈 수 없는 곳에 갇힌 것이오. 이곳에 총통이라도 떨어지면 대량 살상이 벌어질 거라는 생각은 들지 않으시오!"

목을 베겠다는 무사들을 아오타가 오히려 타박했다. 소암을 향하는 원성과 분노를 무사들이 아오타에게 돌린다면 아무리 아오타라고 해도 버텨낼 수 없을 터였다. 그때였다. 방풍림이 흔들렸다. 정확히 아오타가 선 지점을 묵직한 무언가가 손처럼 움직여 타격했다. 병사들을 쓰러뜨렸다. 재빠른 무사들은 몇 걸음 물러나며 가야천 방향으로 피신했다.

청룡의 구절편이었다!

아오타는 본능적으로 구절편이 날아온 방풍림 방향으로 뛰었다. 응당 청룡 사형이 나타날 거라 여겼던 아오타는 눈이 휘둥그레졌다.

"오랜만이네."

인사를 건넨 이는 조평사였다.

"진인사대천명! 한참을 기다렸어, 덕남 사형."

"한참을?"

"그래, 한참을."

조평사를 위시한 청룡 승려들은 기습으로 아오타를 빼낸 뒤 다시 방풍림으로 빠졌다. 소암이 전방을 흔들고 뒤를 떠받친 백팔나한승려들이 말 그대로 요란법석을 떨어 아오타를 빼낸 것이었다.

"저 소란은 일본군을 현혹하려던 게 아니었나?"

"진인사대천명이라고! 형 하나 건져내겠다고 내가 고집을 부린 거였어. 형은, 우리에게 칼을 겨눌 사람이 아니니까. 뭐 사부님도 같이 고집을 부리셨지만."

방풍림에 구절편을 걸치며 사뿐히 뛰어올랐다. 아오타는 부쩍 커버린 조평사에게 몸을 맡겼다. 조평사는 왼손으로는 단단히 아오타를 감쌌다.

"소암 사부님이 그러셨어. 덕남이 녀석, 또 다른 사람들을 돕는다고 나섰다가 괜한 일에 휘말린 거라고. 어떻게든 시간을 끌며 얼굴을 보여 주다 보면 마음이 바뀔 거라고."

"사부님이?"

"아니 내가."

"뭐야!"

아오타는 덕남이라 불릴 때가 좋았다. 어릴 때의 아픔도 또 커서 겪게 될 불운도 모른 채 오로지 무예 단련에만 힘쓰던 그때가. 절 바깥은 처절할 정도로 냉혹했다. 사는 것과 살아가야 하는 것 사이에는 커다란 간극이 있었다. 내가 의지했던 곳과 나를 의지했던 곳. 조평사에게 의지하지 않고도 착지할 수 있었다. 그러나 내버려두었다. 훌쩍 큰 조평사의 힘을 느껴보는 것만으로도 좋았다. 뒤를 슬쩍 돌아보니 몇몇 병사가 방풍림으로 뛰어들다 청룡들에게 제지당했다. 이 모든 게 아오타, 아니 조선에서 함께 수학했던 청전덕남을 위했던 거라니. 아오타는 울컥 치미는 감정에 눈물이 차올랐다. 앞으로는 아오타 노리오라 불리는 세계로 돌아가지 못할 것이다. 청전덕남, 이제 이 이름으로만 살아가야 한다. 결심을 굳히는 순간 고니시의 고함소리가 들렸다.

"비겁한 놈, 수급을 내놓지 않고 어디를 도망하느냐! 내 너를 보면 머리를 세 번이고 네 번이고 베어 줄 테다. 안 된다면 네 이름을 몇 번이고 불러서라도 멈출 것이다."

고니시의 목소리가 방풍림을 마저 뚫었다.

둘은 사뿐히 숲속에 내려앉았다.

"뭐라는 거야?"

"수급을 내놓으라는데?"

"하하하. 멍청하기는. 천하의 덕남이 형 수급을? 저놈이 이곳에서 죽지 않는다면, 내가 형에게 저놈을 벨 칼을 하나 줄게. 언제일지 또 시간이 맞을지는 몰라도."

"그래."

"사형. 오랜만에 반가웠어. 이제 가 봐. 더 많은 이야기를 하고 싶지만, 이 전쟁은 사형의 전쟁이 아니니까."

조평사의 목소리는 너무나 담백했다. 웃었다. 조평사는 소림사의 반장을 흉내 내며 장난을 쳤다. 눈매가 촉촉했다.

"나의 전쟁이 아니라고?"

"형 입장에서야 이 전쟁은 타인의 전쟁, 그냥 그들의 전쟁인 거야. 눈 딱 감고 돌아가. 소암 사부님 다음으로 해인사에서 사부를 했다면 형이 아니었겠어? 형이 나에게야 사형이지만 나는 수많은 우리 후배 무승들의 사부를 구한 거야."

참으로 대비되는 말이었다. 누구는 사부를 치라고 했고 누구는 사부를 구했다고 말했다.

"나도 싸울게."

"아니야. 이건 형의 전쟁이 아니라니까. 형의 전쟁은 형의 땅에 있었던 거잖아. 여기까지 온 이유가 그래서였던 거 아니야? 형이 우리에게 칼을 겨눌 이유는 없으니까."

"아니야, 나…… 나 실은 칼을 들고 싸우려고 그랬어. 저기 저 대마도 땅에 스무 명 넘는 아이들이 인질로 잡혀 있었어. 그래서 여기까지 온 거고."

"웃기지 마. 사부님도 그렇지만 우리 모두 형이 이 속에 섞여 있는 걸 보고 직감했어. 가족이 인질로 잡혀 있을 거라고. 가서 가족을 구하고 가족이랑 살아. 마지막으로 싸우기 전에 형을 구해내는 것, 그것도 우리의 전쟁 계획에 있던 거니까."

아오타는 왈칵 눈물이 고이는 것을 겨우 참아냈다.

"내가 싸운다면……."

"아니. 거절할게. 이제 여기는 형의 집이 아니야. 돌아가. 가서 부디, 행복하게 살아. 부탁이야."

조평사는 스치듯 아오타의 손을 건드렸다.

아오타는 조평사에게 진심을 다해 고개를 숙였다. 죽지 말라거나 꼭 살라는 말 따위, 하등 염치없이 느껴졌다. 그냥 떠나가는 것이 옳았다. 그가 말한 대로 부디 행복하게.

아오타는 해인사 뒤를 길게 돌아 가야산을 북쪽으로 빠져나가는 길을 알고 있었다. 스치듯 건드렸던 조평사의 손을 아오타는 꾹 쥐었다. 아오타는 곧바로 북쪽 산길로 뛰었다. 뒤를 돌아보지 않았다. 그때 떠나온 숲에서 황종률 소리가 울렸다. 해인사에 딱 하나, 주지 스님이 가졌던 것이다. 숲에서 울렸다는 건!

일찍이 조선 최대 발명품이라 대륙의 수많은 장수들이 칭찬했다는, 소리 없는 화살이 숲에서 길을 향해 날았다. 바람을 가를지언정 소리는 없었다. 화살은 날아서 떨어진다는 당연한 이치를 무시한 채 일본군의 갑옷에 박히고 박혔다. 방풍림 방향에 서 있던 병사들이 피를 토하고 쓰러진 뒤에야 장수들은 부하의 죽음을 알아차렸다. 잘 계획된 전투였다. 소암이 바람을 잡고 뒤에서는 백여 명 승려들이 칼을 들고 설쳤다. 진퇴양난의 와중에 서쪽에서는 총탄이 날아왔다. 기댈 곳은 방풍림뿐이라 상당한 병사들은 방풍림에 넋을 놓고 있었다.

"길이 좁아 싸울 수가 없습니다."

몇 번이고 당해 왔던 이야기였다. 길과 길 바깥이라는 인지적 제한이 만들어낸 감옥과 같았다. 그때 누군가 말했다.

"숲으로 쳐들어가자!"

감옥 탈출을 일본군이 시도했다. 한꺼번에 풀어져 버린 실타래처럼 일본군이 소분한 단위로 방풍림으로 뛰었다. 방풍림으로 뛰어든 소분대에게 화살이 날아왔다. 정확하게 타격을 가했다. 화살을 맞지 않고 뛰어든 일본군에게 변화무쌍한 모양으로 절편이 가격했다. 방풍림으로 뛰어들었던 병사들은 칼 한 번 휘두르지 못하고 나뒹굴었다.

"도대체 이 숲에는 뭐가 있는 것이냐!"

도망쳐 나오던 한 병사의 얼굴이 일그러졌다. 병사는 점점 걸음이 느려지더니 그를 지켜보던 병사들을 향해 쿡 쓰러졌다. 등에는 화살이 박혀 있었다. 병사들의 기세가 확연히 꺾였다. 몇몇은 절망하는 빛이 얼굴에 떠올랐다.

"겁먹지 마라. 저들은 전투라고는 해본 적 없는 조무래기들이다. 저들이 쓰는 것은 우리와 대적하지 못해 비겁하게 구는 잔수다. 장난 같은 놀음에 흔들리지 마라. 우리는 지금껏 우리가 전쟁해 온 방식대로 간다. 방패를 든 보병부대를 숲으로 밀어라. 아직 화살과 총알이 남은 궁수와 조총수는 하천으로 내려가라. 기마병은 곧바로 길을 따라 진격한다. 단번에 해인사로 치고 들어가라!"

고니시가 상황을 갈음했다. 고니시의 남은 병사들은 재빨리 진형을 바꾸었다. 방패를 든 병사들을 반으로 갈랐다. 최소한의 무리는 궁수와 조총수를 호위했다. 나머지 방패 병사는 방풍림으로 모였다. 그들은 마치 방풍림을 밀어붙이듯 움직였다. 방풍림에서 날아오는 화살을 무력화시키겠다는 의도였다. 그 뒤로 칼을 든 일반적인 보병들이 일렬, 또 더해 바싹 붙었다. 금방이라도 방풍림으로 달려갈 기세였다. 그들은 조총수와 궁수의 정열을 기다리고 있었다. 총알과 활을 가진 궁수가 가야천으로 빠졌다.

"궁수! 조총수! 쏘지 말고 진격해서 올라가라. 저 땅추와 거리를 좁혀라. 기마병 뒤로 나머지 보병도 도열하라. 소처럼 진격한다. 흐트러지지 마라."

고니시는 기마병 사이에 섞여 진격을 독려했다. 비록 지금까지 졸전에 고전을 거듭했지만 고니시는 알고 있었다. 애로, 즉 좁은 길에 매복과 기습이 얼마나 큰 타격을 줄 수 있는지. 특히 높은 곳에서 내려다보며 석공과 화공을 적절히 섞을 경우, 궤멸에 가까운 피해를 입힐 수 있었다. 해인사를 오르는 길은 적어도 침략자에게 인색한 길은 아니었다. 기본적으로 해인사 승려들의 무예는 출중했다. 개도 제집에서는 먹고 들어간다고, 해인사 승려는 자연환경을 잘 이용했다. 하나 얕은수로 고니시의 부대 전체를 상대하기는 불가능했다. 더해서 해인사 승려들이 모르는 사실이 있었다. 고니시의 부대가 절반 이상이 사망했다고는 하나 상대해야 하는 적은 겨우 오륙백 명이 전부였다. 이 전투를 사흘 이상 지구전으로 끌고 가게 될 경우, 백이면 백, 고니시 부대의 승리로 판가름날 것이었다. 다만 고니시에게는 사흘 이상 버틸 시간이, 식량이 없었다. 이 전투는 결국 정공법으로는 해인사도, 고니시의 부대도 이길 수 없는 전투였다. 반대로 지기도 어려운 전투였다. 결론적으로 변수가 승패를 판가름할 수 있었다. 보수적으로 전투를 운용하며 최소한의 피해로 상대에게 많은 타격을 입히며 버티는 것, 고니시는 그것을 승부로 삼았다. 그러기 위해서는 부대가 마지막까지 흔들림이 없어야 했다.

"밀고 간다. 해인사 끝까지."

모르는 사람이 보았다면 무식한 전투라고 불렀을지 몰랐다. 그러나 고니시는 알았다. 이것만이 유일한 수라는 걸. 우직하게 해인사까지 들어가야만 했다. 나머지는 그 뒤였다.

기마병이 길게 늘어섰다. 기껏해야 말 다섯 마리가 정체하듯 막아섰다. 그 탓에 병사들의 진격은 쉽게 허락되지 않았다. 말은 빠르게 열을 맞춘 뒤 앞으로 움직였다. 한 걸음, 한 걸음 나아갈수록 보병의 전진도 빨라졌다.

"되었다, 이대로."

고니시가 만족스러운 표정을 지었다. 수행무사와 호위무사가 선두로 나섰다. 점점 그들의 속도가 빨라졌다. 칠백 보 거리, 말로 달리면 단숨에 치달을 것이다. 말들과 보병의 거리가 점점 벌어졌다. 말이 속도를 내기 시작했다. 선두에서 다섯 기마병이 정상적인 속도로 내달렸다. 그들이 오른손을 들어 포효했다. 그들 손에서 기다란 도가 오전 햇살을 반사했다. 뒤로 두 번째 열을 이룬 기마병들이 속도를 냈다. 세 번째 기마병 다섯이 열을 이뤄 달렸다. 기마병과 보병의 격차가 점점 벌어져갔다. 기마병들의 목소리도, 달려나가는 그들을 오히려 반기는 보병의 목소리도 높아졌다. 고니시에게 약간의 불안이 엄습했다. 몇천 명이 죽어 나가며 불안에 떨었던 병사들이 급작스레 포효하기 시작했던 탓이다. 억압되었던 감정의 변화와 포효는 눈을 멀게 만들 가능성이 높았다. 딱 지금, 포효하는 기마병은 전술을 잊은 채 앞으로만 나가고 있었다.

"대열을 유지하라. 전열을 지키라!"

고니시가 고함을 내질렀다. 그러나 고니시의 목소리는 기마병의 포효와 보병의 외침에 속절없이 묻혔다.

멀리 달려나간 기마병과 후발 부대의 거리가 멀어지며 사이가 떴다. 가장 앞선 기마병은 해인사 앞까지 도달했다. 손을 흔드나 싶던 기마병 다섯이 그대로 속도를 높였다. 해인사와 길 사이 돌계단 근처까지 다다랐다. 앞으로 장경판전을 쌓아 놓고 버티는 땡추 한 놈이 전부였다.

소암대사!

고니시는 갈아먹어도 시원치 않을 한 남자의 이름을 머릿속에 새기고 새겼다.

"이왕 거기까지 달려갔으니. 가서 쓸어버려라!"

말이 소암의 곁으로 달려갔다. 거의 동시에 소암의 뒤로 다섯 명의 사내가 나타났다. 하얀 적삼을 걸쳤을 뿐이었다. 사내들이 달리는 말 앞으로 뛰어나왔다.

"그래, 멍청한 것들! 나가 죽어라."

고니시는 좋은 느낌으로 멀리서 펼쳐지는 상황을 주시했다. 달려 나온 사내들이 고니시의 기마병에 가려졌다. 멍청한 것들, 속으로 그 말을 삼키는 찰나였다. 기우뚱하던 말이 쿵 소리가 들릴 정도로 크게 쓰러졌다. 어이없었다. 아니 기가 막혔다. 이게 무슨 상황이란 말인가. 기마병 역시 대처하지 못했던 듯 그대로 말에 깔렸다.

"뭐냐, 저게?"

고니시는 신음하고 말했다. 멀리서 더 많은 백의를 입은 남자들이 나타났다. 남자들은 기마병을 향해 뛰었다. 그제야 백의를 입은 사내 뒤로 검은 옷을 입은 사내들도 보였다. 검은 옷을 입은 사내들은 멀리서 보기에도 지나치게 덩치가 컸다. 척척 밀고 내려오며 자리를 잡았다. 고니시는 그 모습을 보며 마쓰라를 찾았다. 고니시를 살피던 마쓰라가 재빨리 곁으로 왔다.

"기마병을 내리고 궁수들에게 최소한의 화살로 저들을 공격해보라 명령하라."

마쓰라가 고니시의 명령을 받들었다. 나팔소리가 울렸다. 당황하던 기마병이 진을 잡고 멈추었다. 좁은 길이라 힘겹게 말머리를 돌리려 들었다. 급거 우왕좌왕하는 모습이 되었다. 그와 달리 궁수는 빠르게 가야천 상류로 올랐다. 다만 궁수는 기마병의 모습으로 인해 활을 쏠 시기를 특정하지 못했다. 그 순간 멀리서 상황을 지켜보던 고니시가 장창을 드는 소암을 보았다. 반은 칼 같고 반은 창 같은, 언월도였다. 햇살에 언월도가 번쩍 빛을 내뿜나 싶은 순간 소암이 기마병 사이로 뛰어들었다. 방풍림 사이로 기마병을 헤집으며 붉은 옷을 입은 사내들이 뛰어나왔다. 그들의 손에도 언월도가 들려 있었다.

"망할!"

고니시가 소리쳤다.

"기마병을 호위하라!"

달리지 못하는 말은 그만큼 위력이 죽는 법이었다. 게다가 말 위에서 칼을 뻗어야 하는 무사들에 비해 긴 창을 든 상대는 제압하기 쉽지 않았다. 아니 오히려 당할 확률이 높았다. 기마병에게 상성이 좋지 않은 상대였다.

"보병!"

방패, 외치려던 순간 고니시는 조금 전 내렸던 명령을 떠올렸다. 방패를 든 병사들을 좌우 양쪽으로 돌렸다. 기습에 대비하기 위해서였다. 그들을 돌려 전면에 세운다는 건, 전술의 실패를 의미했다. '知彼知己지피지기'보다 한 수 위가 '知己知彼지기지피'라 했다. 나부터 깨달은 뒤 상대를 읽는 것, 소암은 이를 행하고 있었다.

"가장 전투력이 강한 무사들을 전방으로 올려라."

알아듣지 못한 마쓰라가 고니시의 곁으로 가까이 왔다.

"마쓰라, 네가 무사들을 데리고 전방으로 들어가라."

"다이묘, 다이묘의 보호는?"

"아니 아니다. 마쓰라, 이렇게 해라."

고니시는 낮게 으르렁거렸다. 고니시의 의도를 알아차렸다는 듯 마쓰라가 고니시에게서 멀어졌다. 이어 한 무리의 무사들이 마쓰라 곁으로 모였다. 마쓰라는 고니시가 시킨 대로 무사를 나누었다. 곧이어 상당한 무사들이 마쓰라를 지나쳐 전방으로 뛰었다. 칼을 들고 과장되게 몸짓을 해보였다. 그들은 기마병에게 싸움을 건 녀석들을 향해 뛰었다. 고니시는 그 모습을 주시했다. 그때였다. 방풍림 방향이 고니시의 이목을 끌었다. 고니시가 오른손을 들어 방풍림 방향을 가리켰다. 고니시의 모습을 알아차린 마쓰라가 우렁찬 목소리로 부대를 지휘했다. 마쓰라가 손짓한 방향, 가야천변 근처에 있던 병사들이 더욱 천변 근처로 물러났다. 방풍림 부근에 있던 병사들은 허리를 숙이거나 요령껏 자리에 앉았다. 그때 방풍림에서 파란색 적삼을 걸친 병사들이 뛰어나왔다. 고니시는 다시 한 번 방풍림 방향으로 손짓했다. 그의 검지 방향에 따라 궁수가 각도를 잡았다. 조총수역시 가늠쇠에 눈을 고정했다.

탕!

달려나오던 푸른 적삼의 사내들이 주춤했다.

탕, 타타타탕!

총소리에 총소리가 더해졌다. 주춤하던 모습도 잠시, 손에 든 변화무쌍한 절편으로 방패를 무력화시키며 집중적으로 전열 가운데를 뚫었다. 고니시는 의아했다. 죽어야 옳았다. 쓰러지지 않는 푸른 적삼의 사내들로 인해 인상을 구겼다. 질타를 하듯 하천에 있는 궁수와 조총수들에게 고개를 돌렸다.

"뭐냐?"

오히려 조총수들이 천변 너머에서 날아오는 총탄을 피하느라 정신이 없었다. 명령과 반대로 천변 너머 조총수들에게 총알을 날리는 병사들도 보였다. 발바닥을 찌르는 침은 언제든 아픈 법이었다. 스무 명 남짓했던 총을 든 승려들이 도망쳤다 판단했다. 결정적인 순간에 발바닥을 찌를 줄이야. 위협은 아니었다 해도 전열에 작게나마 구멍을 냈다. 구멍이 커져서는 안 되었다.

"방패를 든 병사들은 궁수와 조총수들을 보호하라. 파란 옷을 입은 승려들 역시 방패로 먼저 막아라. 그들의 무기를 칼 하나로 붙잡고 여럿이 덤벼 제압해라."

고니시의 외침이 전파되고 전파되었다. 고니시의 말대로 한 무리의 방패병들이 가야천 왼쪽 끄트머리까지 뛰었다.

"궁수는 궁수로, 조총수는 조총수로 대응하라."

방패병들과 궁수, 조총수가 한몸처럼 가야천을 건넜다. 이제 그들 싸움은 그들의 몫이었다. 우측 푸른 옷 사내들과의 싸움은 양상이 변했다. 그들이 이빨을 드러냈던 것이다. 그저 움직임이 변화무쌍한 절편 정도로 여겨졌던 무기 끝이 뾰죽하고 날카로운 창촉으로 바뀌었다. 오른쪽 방풍림에서는 그야말로 모순의 대결이 펼쳐졌다. 치열하게 절편을 날리는 파란 적삼은 때론 방패를 뚫었다. 병사는 쓰러졌다. 그 자리는 방패를 대신해 드는 병사로 채워졌다. 되었다. 고니시는 왼쪽에 이어 오른쪽도 그대로만 버티기를 바랐다. 앞으로 돌린 무사를 통해 파란 적삼을 입은 병사를 숲 뒤에서 치기로 마쓰라에게 밀명했다.

먼저 저 파란 적삼부터 죽이고 보는 것이다. 해인사의 구멍은 거기가 시작이었다. 그 뒤 차례차례, 구멍을 넓혀가면 된다. 고니시는 생각을 접으며 마쓰라에게 고개를 끄덕였다. 마쓰라는 칼을 잘 쓰는 무사들만 따로 모았다. 소암에게 내던져 준 무사는 먹잇감에 불과했다. 소암에게 시간을 끌고 그의 진을 빼둘 복안이었다. 마쓰라가 모은 부대가 방풍림 초입에서 병사들 사이를 비집으며 사라졌다.

고니시는 쾌재를 불렀다. 하나씩 죽여라. 겨우 오륙 백, 열에 한 놈만 죽여줘도 괜찮다. 그리고 또!

"강해지란 말은 않을게. 그러니까 너도 좀 싸워. 저런 장돌뱅이들에
게 놀림이나 당하지 말고."

장돌뱅이 아이들은 보였다 사라지기를 반복했다. 한양도 개성도
마찬가지였다. 아이들은 언제든 태어났고 또 무시로 죽었다. 먹을
것들은 먹을 것이 많은 사람에게 집중되었고 먹을 것이 없는 사람에
게는 굳이 찾아오지 않았다. 먹을 것을 찾는 아이들은 점점 괴팍해
졌다. 기행을 일삼았고 나쁜 일도 마다하지 않았다. 도둑질을 위해
패거리를 이뤘고 마치 산적이라도 되는 양 위세를 떨었다. 그게 싫
었다. 세상은 어지러웠다. 어지러운 만큼 배고픔은 어떻게든 참으려
해도 참을 수가 없었다. 개성 서화담이 사는 집에는 음식이 넘쳐난
다는 소문이 돌았다. 더불어 어려운 아이들도 거둔다고 들었다. 진
짜든 가짜든 필요한 소문은 날개를 다는 법이었다. 날개를 단 소문
은 위로는 평양, 아래로는 부산까지 퍼졌다. 배고픔을 견디며 개성

까지 왔다. 생존과 삶이란 게 그렇듯 많은 아이들은 개성으로 오기 전에 사망했다. 누군가는 노비로 거둬졌고 행려승이나 탁발승이 거두기도 했다. 운이 좋은 아이들이었다. 소암은 어려서부터 거지였다. 아버지가 누구인지 어머니가 누구인지도 몰랐다. 휩쓸리고 부대끼며 개성에 왔고 개성 서화담을 찾는 아이들 틈에 섞였다. 서화담을 만났고 서화담이 거뒀다. 다만 서화담은 노년에 접어들었다.

한 번은 서화담을 찾아 전라도 도사 전우치가 왔다. 전우치는 기인이었다. 나비와 새가 날아오르는 것을 두고 원인을 찾는 것을 격물, 왜 날아오르는지를 깨우치고 이를 학문에 적용한 것이 치지, 학문의 수양이 아닌 격물하여 치지한 화담 서경덕은 전우치의 관점에서 기인이었다. 유불선儒佛仙에 모두 능통했던 서화담은 전우치와 선으로 학문을 나누는 것에 기꺼이 손을 내밀었다. 전우치와 서화담은 유불선을 가리지 않는 학식으로 서로에게 좋은 친구가 되었다. 아이는 전우치에게 도술을 가르쳐 달라 떼를 썼다. 서화담에게도 기문둔갑을 가르쳐 달라 졸랐다. 서화담도 전우치도, 그저 껄껄 웃고 넘겼다.

이름도 없던 아이가 좇아 온 서화담에 관한 소문은 반은 맞고 반은 틀린 것이었다. 서화담은 은둔했고 그로 인해 부유하지 않았다. 많은 이들이 서화담을 사부로 모셨으나 자급자족하는 안빈낙도였다. 이른 아침과 저녁에만 사람들이 모여서 먹었다. 성장기였던 아이는 습관을 버리지 못했다. 배부를 거리를 찾아 시장을 맴돌았다. 그러다 장돌뱅이 아이들에게 걸리면 호되게 당했다. 오늘만 해도 그랬다. 장돌뱅이 아이들은 돌을 들고 위협했다. 화살처럼 생긴 뾰족한 돌로 덩치가 큰 녀석이 급기야 머리를 때렸다. 피가 흘렀다. 아팠다. 그러나 장돌뱅이 아이들 손에 들린 개떡과 전병이 더 먹고 싶었다. 아이는 전병과 개떡을 향해 돌진했다. 돌을 든 큰 녀석이 몇 번이고 머리를 돌로 찍었다. 개떡 끝을 겨우 물었고 개떡을 쥔 아이의 손도 물었다. 돌에 맞으면서도 개떡을 꾸역꾸역 씹었다. 기억 한 끝에 남은 말이 있었다.

"어떻게든 살아라. 어떻게든……!" 어느 여자는 그렇게 말했다.

'어떻게든 살 거야. 그래서 맞아도 먹을 거야. 그만!'

"그만해!" 큰형이었다. 큰형은 아이들을 쉽사리 제압했다. 더불어 일하지 않고 받은 음식을 가짜라며 호되게 나무랐다.

"너는 다 나아도 다친 거기에는 머리가 나지 않아 반짝반짝 빛나겠어. 호를 지으면 소암이라고 해라. 소암." 농담 같은 이야기를 건넸다.

"그만해, 형 재미없어." 호는 계가 되었다.

"그만해!"

상당한 수의 무사가 방풍림 초입으로 진입했다.

"그만해라!"

무사가 진입한 이유는 빤했다. 뒤를 돌아 청룡 승려를 치기 위함이었다. 청룡 승려는 우측에 선 방패병들을 붙잡아 두는 것이 임무였다.

"그만하고 백팔나한승려와 합류해라."

소암이 소리쳤다. 족히 사백 보는 넘게 떨어진 방풍림까지 소암의 목소리가 들릴 리 없었다. 소암은 언월도를 바투 쥐었다.

"백호, 현무는 누구도 일주문을 넘지 못하게 하라."

소암의 명령에 백호와 현무가 기합을 넣었다. 곧바로 둘이서 조를 이뤄 앞으로 치고 나갔다.

"제석천!"

소암의 말에 제석천 승려가 달려왔다. 그들에게는 대적광전을 지키도록 명령했다.

"이대로 두면 청룡 승려가 절멸할 것이다. 좌측과 우측에 방패병들이 서도록 싸움을 걸었다. 그러니 제석천 승려들은 현무 뒤에서 일본 군사들에게 화살을 날려라."

제석천의 신호에 제석천 승려들이 달려왔다. 그들을 비집고 소암이 달려나갔다. 소암은 직진하며 막아서려는 방패를 든 일본군에게 언월도를 그었다. 나무 목* 자였다. 크게 휘두르고 내리고, 그 순간 방패 하나가 땅으로 떨어졌다. 십+ 자에 이어 사람 인ㅅ 자로 내리그었다. 방패를 떨어뜨린 병사에게는 칼의 힘을 뺐다. 병사는 큰 상처를 입었지만 죽지는 않을 것이었다. 사람 인 자 모양으로 휘두르자 방패 두 개가 사선을 그으며 엎어졌다. 재빨리 언월도를 회전시켰다. 언월도의 아랫부분에 두 병사가 턱이 돌아갔다. 세 명 간극 만큼 길이 뚫렸다. 뚫린 진영을 메우려 방패를 든 병사가 달려왔다. 언월도를 땅에 꽂으며 두 발을 두 번 교차했다. 방패를 들고 오던 무리가 단번에 뒤로 밀려났다. 소암은 홀로 적진 최일선을 뚫었다. 소암 뒤로 무쇠 권갑을 찬 백호 승려들이 득달처럼 밀어닥쳤다.

진짜 싸움의 시작!

"철사장이나 독수는 불가능하다고요?"

사제인 성욱이 실망했다. 무예를 단련하는 무도가라면, 특히 권격술을 배우는 타격가라면 무쇠 같은 주먹을 꿈꾸었다. 일격필살! 단 한 번의 내지르는 주먹에 적이 나가떨어진다는 것은 절대적인 강함을 의미했다. 정권이 강하지 않고 주먹이 약한 자라면 권격은 맥없이 무너졌다. 더불어 일격필살은 죽어도 꾸지 못하는 꿈이었다. 사제인 성욱은 권격을 단련하기 위해 정권을 소나무 기둥에 찌르고 또 찔렀다. 까지고 덮인 상처 위로 살은 흉할 정도로 정권을 되덮었다. 한계는 명확했다. 아무리 수련해도 인간의 뼈는 무쇠보다 단단하지 않았다.

"그래서 이런 거추장스러운 것을 오른손에 장착해야 한단 말입니까?"

주지의 말에 성욱은 그야말로 풀이 죽었다.

"저는 백호는 안 할랍니다."

성욱은 그날부로 기행을 일삼았다. 독수를 만들고야 말겠다며 금강굴 근처 소림사 승려들을 꼬드겼다. 소림사의 위치를 급기야 지도로 그리게 한 뒤 사라졌다. 기꺼이 행각승이 되어 명나라까지 가겠다고 우겼다. 그런 성욱을 보며 소림사 승려 중 우두머리였던 도담은 그저 고개를 가로저었다. 퍽이나 걱정스러웠던지 성욱이 독수를 만들겠다 사라진 다음 날, 도담은 친히 해인사 청화당까지 찾아왔다.

"독수 이야기를 괜히 했던가 봅니다. 비전이기도 하겠거니와 실제로 독수에 당했는지조차 몰라 저는 막연히 있을 거라 말했습니다."

"소림사예요?"

도담이 조선어를 배울 때부터 함께했던 소암이 놀라서 물었다. 고개를 끄덕이며 근심에 찬 도담을 소암이 달랬다.

"두십시오. 생각의 전환이 필요한 법이지요. 독수도 또 철사장도 권갑에는 미치지 못한다는 걸 아시지 않습니까. 성욱도 깨달을 때가 있겠지요. 저만 옳다는 착각도 깨우칠 테고요."

에둘러 성욱을 나무랐다.

"그러나 권갑에는 치명적인 약점도 있습니다. 아시지요?"

역시! 소암은 도담의 혜안에 감탄했다. 소암도 모를 리 없었다.

권갑은 주먹과 손목까지를 덮는 무쇠로 만든 무기였다. 주먹에 해당하는 전방부와 방패 역할을 하는 손목 부분을 이음새로 이었다. 착용 초기 약점이 드러났다. 주먹만 내질렀을 때 손이 무쇠에 부딪치며 착용자에게 부상을 입혔기 때문이다. 이를 보완하려 무던히 애썼다. 오랜 고심 끝에 주먹과 전방부 사이에 유격을 두고 천으로 덮었다. 더불어 주먹을 쥘 때 손바닥으로 꽉 오므려 잡는 손잡이를 만들었다. 이로 인해 권갑은 한층 단단해졌다. 다만 근본적인 한계가 어느 순간 나타났다. 주먹을 바깥에서 크게 회전하며 휘두를 때, 즉 반원 형태를 그리며 공격할 때는 권갑의 파괴력이 배가 되었다. 이에 반해 주먹으로 일자를 그리듯 앞으로만 내지를 때는 착용자의 부상 위험이 상존했다. 체력이 고갈되고 아귀힘이 떨어지면 착용자의 주먹이 부서질 가능성이 높아졌다. 따라서 권갑을 착용하는 백호 승려들은 정권 단련과 함께 악력을 누구보다 강하게 만들어야 했다. 도담은 딱 한 번 권갑으로 백호진을 시전하는 모습을 보고 이를 지적했던 것이다. 이십 년이 넘는 단련 끝에 백호 승려들을 아래에서 위로 올려치는 주먹과 위에서 내려치며 회전하는 주먹 기술을 만들어냈다. 오른손에 권갑을 착용하는 터라 주먹 기술을 번개처럼 시전하면 복ㅅ 자가 만들어졌다.

"복!"

소암이 외쳤다. 뒤따르던 백호 승려들이 일본군에게 반원을 그리는 주먹을 날렸다. 소암과 함께 일본 진영으로 비집고 들어온 백호 승려들이 오른쪽에서 왼쪽으로, 아래에서 위로, 위에서 아래로 주먹을 휘둘렀다. 단번에 구멍이 나듯 일본군이 나뒹굴었다. 일본군은 한지에 물을 붓듯이 찢어졌다. 그곳으로 백호 승려들이 집요하게 파고들었다. 백호의 권갑에 스치기만 해도 중상이었다. 단단했던 일본군이 호수였다면 백호는 호수에 던져진 돌이었다. 연이어 파문을 일으키며 일본군 진영을 뒤흔들었다. 백호의 권갑에 나가떨어지는 일본군도, 그 모습을 보는 일본군도 경악에 찬 표정이었다.

"창 형태로 일본군을 가르며 들어가라."

소암의 말에 백호 승려들 중 가장 깊숙이 들어가 있는 승려 둘이 등을 맞댔다. 두 승려는 동시에 등을 떼며 동쪽과 서쪽 방향, 방풍림과 가야천 방향으로 권갑을 휘둘렀다. 벌어진 틈으로 백호 승려가 연이어 같은 형태로 들어가고 들어갔다. 백호 승려의 모습은 일주문에서 보기에 창 형태로 계속해서 찔러 들어가는 모습이었다.

제석천의 화살은 여전히 멀리 있는 일본군의 머리 위로 떨어졌다. 일본군은 화살이 떨어진 부분부터 후퇴하려 애썼다. 그러나 뒤편에서 압박하는 백팔나한승려들로 인해 속절없이 화살을 몸으로 받았다. 한 곳이 무너지나 싶더니 상당한 병사들이 가야천으로 밀려났다. 부분적으로 탈모가 일어난 머리처럼 그곳이 휑해졌다. 전방을 뚫으며 백호가 밀고 내려오자 진영이 완연하게 깨졌다.

"제석천 그만!"

소암은 앞뒤에서 공격을 받게 될 청룡 승려들이 신경쓰였다. 상당한 방향까지 일본군의 진영을 깨뜨렸지만 이대로는 청룡 승려들이 당할 가능성이 높았다. 선택지는 세 가지였다. 백호 승려들이 지금처럼 밀고 들어가 방풍림을 막아서는 것, 현무 승려들이 구멍이 난 일본군 전방을 뚫고 방풍림으로 직접 쳐들어가는 것, 그리고.

"이걸로 저어라."

청화당 뒤편 부엌에서 공양미를 씻던 공양주, 즉 주방을 보는 승려가 이상한 것을 건넸다. 허리까지 오는 손잡이에 또 그 길이에 맞

먹는 커다란 숟가락이 달린 괴상한 도구였다. 솜털이 이제 갓 검어지기 시작했던 소암은 아직 계도 받지 않은 어린 승려였다. 해인사 본사와 백오십 개가 넘는 말사와 암자에서 대부분 공양은 각자 해결했다. 그러나 팔만대장경을 직접 돌보는 승려들만 천 명에 가까웠다. 이들을 공양하려면 주방은 마치 북방 전장에 나간 군인들의 취사를 방불케 했다. 밥을 끓이는 무쇠솥만 다섯 개였다. 화덕을 만들고 밥을 지었다. 국을 끓이거나 물을 데우는 화덕도 세 개가 더 있었다.

"저 혼자서 젓나요?"

"오늘은 너 혼자다. 저어라."

밥을 먹는다는 건 언제나 희열이었다. 그러나 밥을 짓는 것은 다른 일이었다. 호되고 때론 무서웠다. 잘못해서 흙이라도 튀었다가는 공양이 수행으로 바뀌었다. 밥이라고는 하지만 대부분 보리였고 각종 잡곡에 배추와 솔잎, 뽕잎 같은 잎과 맥문동처럼 뿌리까지 넣는 여러 구황식물마저 들어갔다. 그야말로 잡곡이었다. 막상 삽 같은 숟가락을 들었지만 어떻게 저어야 할지 엄두가 나지 않았다. 소암은 되는대로 힘을 쓰며 저었다. 그러나 막상 힘을 주려고 하면 숟가락이 앞으로 나가지 않았다. 당기려고 해도 그 자리에 딱 서서 저을 수가 없었다.

"공양할 밥을 젓는 일은 노를 젓는 것과 같다."

선문답 같은 화제를 공양주가 던졌다.

"날을 세웠다가 다시 눕혀야 한다. 눕혔을 때에야 앞으로 간다."

삽 같은 숟가락을 공양주는 아무렇지 않게 놀렸다. 건네주는 숟가락을 받아 휘저었지만 역시 되지 않았다.

소암은 그날 오후 공양주의 다른 모습을 보았다. 장경판전 오른쪽 공터에서 공양주는 기다란 무기를 들고 승려들에게 사용법을 가르치고 있었다. 이태 정도가 지나 소암은 날을 세웠다 눕히는 방법도, 또 눕혔다 일으키는 방법도 터득했다. 공양주는 시간이 흘러 주지가 되었다. 공양주가 주었던 삽인지, 아니면 숟가락인지는 닳아서 두 번이나 갈았다. 공양주는 밥을 휘젓는 소암에게 말했다.

"네가 가장 마음에 드는 한자가 있더냐?"

한자를 깨우쳐가던 소암이 매일 바닥에 쓰던 한 글자가 있었다. 어머니, 모母였다.

"그 글자를 밥을 지으며 써보아라. 매일, 매일 수천 번. 내가 주었던 도구로."

"그건 숟가락이라고 부릅니까, 아니면 삽이라고 부릅니까?"

"숟가락도 삽도 아니다. 언월도라고 부른다."

"언월……도?"

"그래. 그리고 네 마음에 있는 글자를 언월도로 쓰게 되면 그 글자가 세상을 뚫을 것이다."

세상을 뚫는다?

이번에도 선문답 화제 하나를 던져 주었다. 그 말이 심지에 불을 붙인 것인지 어느 순간부터 소암은 모 자로 밥을 휘저었다.

"주작!"

소암이 소리쳤다. 기마병을 무력화시켰던 붉은 적삼을 입은 주작이 소암 주변으로 모였다.

"뚫고 진격한다. 모!"

소암이 소리쳤다. 주작들이 "모!" 하고 외쳤다.

언월도를 든 주작이 일시에 기역 모양으로 그었다 내렸다. 단 일격에 일본군은 나가떨어졌다. 몸을 움츠려 피했던 일본 보병들에게는 아래부터 그었다 위로 올렸다. 니은 모양이 획의 반대 모양으로 만들어졌다. 곧바로 병사들의 목과 몸통으로 언월도가 두 번 찌르기를 감행했다. 찔리거나 넘어지는 병사를 향해 커다란 마지막 획을 그으며 모 자가 완성되었다. 한 번의 번개 같은 일격에 많게는 다섯, 적게는 두 명이 치명상을 입으며 쓰러졌다. 소암은 간절함을 담아 진격했다.

"청룡을 구해내야 한다."

소암은 간절함이 하늘에 닿기를 바랐다.

"하늘을 날고 싶어, 저렇게."

어린아이가 말했다. 겨우 여섯 살, 아이의 검지 끝 너머에는 매 한 마리가 휘휘 하늘을 나돌았다.

"용이 되어 보는 것은 어떠냐?"

소암은 말을 하고 흠칫 놀랐다. 날을 세웠다가 눕히라던, 공양주였던, 주지가 했던 말은 되돌아보니 주지와 소암 사이의 일기일회였다. 아이는 날고 싶다고 말했다. 그에게 용이 되어 보라 말하는 소암은 주지에게 받았던 그 일기와 일회를 대를 물려 전해 주는 것이었다. 아이의 눈은 빛났다. 아이의 사연은 전해 들었다. 아이는 왕이 사랑했던, 그러나 힘이 없던 왕이 능지처사를 당하는 심정으로 버렸던 여자에게서 났다. 그해 왕은 정략적인 혼사를 당했다. 어떻게 이 아이가 촌구석 방사인 해인사까지 왔는지는 몰랐다. 중요한 것은 인연이었다. 소암은 아이를 목마 태웠다. 곧바로 청룡들이 수련하는 숲으로 갔다. 구절편을 수련하기에 가장 좋은 곳은 숲이었다. 목마를 태운 아이를 보자 청룡은 의도를 알겠다는 듯 구절편을 묶은 나뭇가지에서 아이를 사뿐히 낚아챘다. 아이는 공중을 날았다. 청룡과 청룡 사이에서. 한참만에야 돌아온 아이는 달떠 있었다. 그런데 곧바로 울음을 터뜨렸다.

"왜 빨리 아저씨한테로 안 오는 거예요? 무서웠단 말이에요."

아이는 느낀 대로 말했을 뿐이었다. 그러나 아이의 말은 청룡을 꿰뚫었다. 소암의 뒤통수를 때린 것이나 다름없었다.

"네가 무에서 유를 만들어냈구나."

"무, 없다. 유, 있다. 그거죠? 저도 알아요."

"그건 같고도 다른 거란다."

"달라요, 글자가. 그건 저도 알아요. 글자가 다르니까. 같은 건 뭐예요?"

"한 번 달려간 것은 돌아오지 않는다는 것? 그리고 아이 네가, 청룡 승려들을 구했다."

그 말이 아이에게 어떤 울림이 되었는지는 모른다. 소암은 아이 무게는 됨직한 돌 하나를 청룡에게 건넸다.

"청룡아. 이 돌을 들고 나무를 타 보아라. 돌을 나에게 가져오는 데 얼마나 걸리느냐? 또 돌을 가지고 다니며 공격해 보아라."

아이는 유를 무로, 무를 유로 만들었다. 청룡은 나뭇가지를 타며 공격하지 못했다. 더불어 돌을 가지고 오는 데 몇 번의 합으로도 쉽게 되돌아오지 못했다. 나무와 나무를 타며 둥글게 원을 그린 뒤라야 가능했다. 결국 나무에서 내려 뒤를 돌아야 했다. 그 순간은 무방비가 되었다.

아이의 이름은 조평사가 되었다.

멀리 보이는 숲 너머를 향해 소리쳤다.

"청룡이 위험하다. 평사가 속전해라. 뒤는 우리가 받친다."

소암이 뛰어든 숲에서는 그야말로 일대 격전이 벌어지고 있었다. 길로 뛰어든 청룡 승려들과 되돌아오는 청룡들, 그리고 뒤를 보호하기 위해 상황을 살피던 청룡들까지 길에서 뛰어든 병사들과 맞부대꼈다. 그들 뒤로 기습한 무사들이 공격을 퍼부었다. 벌써 수세에 몰린 청룡 몇몇은 크게 상처를 입었다. 소암은 밥을 할 곡물을 수없이 휘저으며 그렸던 점을 허공에 눌렀다. 길게 뻗어 나간 언월도는 등을 돌린 무사를 찍었다. 점 하나에 무사 하나가 나부라졌다. 소암과 같은 동작으로 붉은 적삼을 입은 주작이 숲에서 점을 찍었다. 숲이라는 특성으로 인해 휘두를 수 없었다. 수없이 단련했던 찍어누르는 기술은 이미 안광이 지배를 철하는 경지였다. 그리고 눈앞에서 조평사가 날았다.

날고 싶다던 아이. 가진 배경에 휩쓸리지 않고 부디 평화롭게 살기를 바라며 소암이 지어 주었던 계, 조평사. 구절편 하나로 뛰어올라 곧바로 일본 장수의 머리를 발로 가격했다. 앞으로만 달려 되돌아오기 힘들었던 청룡 승려들 역시 조평사를 위시한 몇몇 백팔나한 승려의 가세로 여유를 얻었다. 재빨리 땅에 내려앉아 절편을 둥글게 휘둘렀다. 몸을 보호하려는 동작이었다. 동시에 몸을 한 바퀴 회전했다. 적을 인지한 뒤 절편은 직선으로 허공을 찔렀다. 일본 무사들은 절편에 당하거나 협공으로 어렵게 제압했다. 시간을 벌었다. 상당한 부상을 입은 청룡 승려들 십여 명을 주작 승려들이 업었다.

"빠져나가라. 안전한 곳까지 업고 간 뒤 다시 복귀한다."

그때였다. 숲으로 홰가 날아들었다. 홰에서 발화한 불이 금세 숲으로 옮겨졌다. 일본군이 반격을 시도했던 것이다. 홰는 숫자를 늘리나 싶더니 돌차간 위세를 더했다. 눈 깜짝할 사이 숲은 혀를 남실거리는 불로 뒤덮이기 시작했다.

"말살?"

설마!

소암의 뒷머리가 서늘해졌다. 그런 가운데서도 불에 타 괴로워하는 무사를 구했다. 무사는 괴로운 표정이었다. 소암은 몸짓으로 말했다. 숲 뒤로 빠져 도망하라. 그 순간 소나무를 태운 연기와 불이 퇴로를 삼켰다. 벌써 몇몇은 숨을 쉬기 어려워했다.

"모두 대피하라! 어서."

홰에 바른 무언가가 퍼지며 급하게 숲을 태웠다. 뒤로 빠져나갈 곳마저 이제 불에 타기 시작했다. 말하는 사이 소암이 입은 회색 적삼에 불이 옮겨붙었다. 적삼을 벗어 바닥에 던졌다. 재빨리 발로 짓밟았다. 미처 빠져나가지 못한 청룡 승려와 주작, 몇몇 백팔나한승려들이 불 속에서 우왕좌왕했다.

"주작, 청룡, 조평사!"

소암의 외침에 세 명이 동시에 달려왔다.

"우리가 길을 만든다. 가장 가까운 곳은 결국 길이다. 뚫고 일본군 진영으로 뛰어든다."

소암은 불붙었던 적삼을 언월도 앞에 휘둘러 묶었다. 언월도를 앞세워 숲을 바닥부터 휘저었다. 태어나 그토록 빠른 속도로 모#자를 써가기는 처음이었다. 나무를 벨 기세로, 산을 주저앉힐 기세로 언월도를 휘둘렀다. 의도를 읽은 주작과 조평사가 소암과 함께 길을 텄다. 그곳으로 또 그 뒤로 승려들이 뒤따랐다. 무려 이백 명이 넘는 승려와 살아남은 일본군 무사들까지 합세해 길 하나를 뚫었다. 휘젓고 휘저어 길을 터냈다. 사십 보를 그렇게 버텨냈던 순간 눈앞이 밝아졌다. 소암은 속도를 늦추지 않고 길 바깥에서도 언월도를 휘둘렀다. 소암은 일본군까지 관통하며 곧바로 가야천까지 달렸다. 그대로 관통한 청룡과 주작 승려들이 가야천에 얼굴을 박고 물을 마셨다. 승려들을 따라 목숨을 구한 무사들은 벌컥벌컥 물을 마셨다. 곧바로 주작과 청룡 승려가 대형을 갖춘 데 반해 무사들은 칼을 놓았다. 그들에게서 전투가 명분을 잃어버린 탓이었다.

소암은 분노했다. 명분은 때로 생명을 삼키는 전투가 되고 전쟁으로 번져갈 수 있었다. 그러나 자신의 부하마저 미끼로 쓰는 것은 명분을 상실한 것이었다. 무사들도 그것을 알았다. 이미 그들은 패했다. 청룡에게, 그리고 주작에게. 소암이 언월도를 회전하며 진세를 확인했다. 청룡과 주작 승려들은 각자 자세를 공고히 하며 가야천을 오를 준비를 마쳤다. 그때 소암의 눈 한끝에 조평사가 들어왔다. 분노를 참지 못한 조평사가 무자비하게 칼을 휘두르며 적장을 향해 나가려 했다.

"저러다 평사가 죽게 된다. 청룡, 구절편으로 길을 터라. 주작은 곧장 직진해 평사를 빼낸다."

말을 하며 소암은 달렸다. 필사적이었다. 어느 아이나 죽을 수 있지만, 어느 아이도 죽어서는 안 되었다. 어린 평사가 글자가 다르다고 말했던, 무가 곧 유이고 유가 곧 무인 이유였다. 청룡 승려가 길을 텄다. 주작과 보조를 맞추며 소암이 뛰어나갔다. 조평사의 앞으로 몇 명의 장수가 길을 막았다. 잠깐의 자비도 없이 칼은 조평사를 날카롭게 위협하기 시작했다. 조평사는 불세출의 무사가 될 자질을 가졌다. 그러나 비슷하거나 대적할 정도가 되는 무사들, 즉 정예 무사들에 휩싸여 대결하는 것은 패할 가능성이 높았다. 무와 유, 살생을 해본 적이 없는 자와 수없이 전쟁에서 살생을 저지른 자의 차이는, 단순한 실력이 아닌 커다란 차이로 발현할 가능성이 높았다.

"길을, 길을……."

소암의 외침은 점점 공허해졌다. 조평사의 칼, 그가 휘두르는 도법은 아름다웠다. 그러나 피를 묻힌 무사들의 칼은 무자비했다. 여유가 없는 조평사는 점점 둘러싸인 무사들로 인해 수세에 몰렸다. "빨리, 빨리." 공허한 목소리. 조평사와 거리는 이십여 보 남짓이었다. 주작과 청룡이 분전했지만 일본군 무리 속으로 뛰어들었기에 반항은 거세졌고 전진은 점점 느려졌다. 소암이 크게 언월도를 회전하며 길을 텄다. 그때 물러나는 일본군 병사들 너머로 조평사의 가슴으로 여러 개의 칼이 공격했다. 조평사가 막았다 싶은 찰나, 옆에서 칼 하나가 조평사의 옆구리를 찔렀다. "안 돼, 안 된다." 소암은 미친 듯이 언월도를 휘두르며 잰걸음을 놀렸다. 소암의 목소리에는 갈급함을 너머 경악마저 감돌았다. 소암은 허리에 감았던 구절편을 풀었다. 촉을 막아놓은 대나무를 달려가며 풀었다. 구절편에 숨겨졌던 촉이 나타났다. 언월도 끝 물결 모양으로 만들어진 날 뒤편에 절편 마디를 걸었다. 언월도를 뻗으며 반탄력으로 구절편을 날렸다. 십 보를 날아가 휘젓는 절편에 막아섰던 병사들이 기습 타격을 받았다. 휘청거리며 일어나려는 그들을 주작 승려들이 언월도를 뻗으며 공간을 확보했다. 다시 공간으로 뛰어든 소암은 필사적으로 언월도에 건 구절편을 휘둘렀다.

말하지 않아도 아는 것이 있다. 그러나 말하지 않으면 수많은 것을 모른다. 소암을 따르는 승려들은 소암이 조평사를 필사적으로 구하려는 사실을, 말하지 않아도 안다. 그래서 미안했다. 그들 역시 목숨을 걸었기 때문이다. 일인만인一人萬人 만인일인萬人一人 따위, 한 사람이 곧 모두요, 모두가 곧 한 사람 같은 허튼소리를 지껄이기는 싫었다. 다만 소암의 마음을 그들이 알아주었으면 하는 바람은 있었다.

깨달음? 그건 개소리였다. 깨달을 것이 없는 것을 깨닫는 게 수행이었다. 수행이니 탁발이니, 모든 고초를 지나 그것을 깨달을 때쯤이면 열반이었다. 산다는 게 그랬다. 그러나 이렇게 죽어서는 안 되었다. 깨달음에 관한 수많은 개소리를 아름답게 미화하는 지식 따위, 얻거나 모르거나 또 안다고 해도 삶에는 아무 지장이 없었다. 다만 그것이 어떤 이유로든 죽음에 관여해서는 안 되었다. 말하지 않아도 아는 것이 있다. 바로 조평사의 마음이다. 녀석은 자신이 희생해 적장의 목을 베면 이 전투가 끝날 거라 예단했다. 그래서 조평사에게 꼭 해줄 말이 있었다.

소암이 성큼 걸음을 내디뎠다. 조평사를 둘러싸려던 무사들이 맹렬한 절편의 회전을 칼로 튕겨냈다. 변화무쌍한 절편은 손목의 움직임에 따라 다른 무사를 직격했다. 찰나 사이로 주작이 언월도를 찔렀다. 소암이 성큼 들어왔던 만큼 무사들도 성큼 물러났다. 오른다리로 무릎을 꿇은 조평사가 나타났다.

"사부님."

조평사를 낚아채는 순간 가만히 상황을 굽어보는 일본 적장과 눈이 마주쳤다. 그는 그저 상황을 지켜보고 있었다. 소암은 직감했다. 저 녀석이 적장이다. 녀석은 조평사를 죽이지 않고 가지고 놀았다. 맞서 싸우고 싶은 분노를 소암은 겨우 억눌렀다. 소암은 화살을 쏘듯 적장을 겨누었다. 시위를 놓듯 오른손 엄지와 검지를 놓았다. 찰나의 순간을 버리며 조평사를 일으켰다.

"너에게 해줄 말이 있어서 여기까지 왔다."

조평사는 오른쪽 옆구리에서 울컥 피가 흘렀다. 왼쪽에 어깨를 넣고 그를 세웠다. 다리로 직접 서는 모양새가 치명상은 피한 듯했다.

"무슨 말을?"

"멍청한 놈!"

조평사의 입이 헤벌어졌다. 고통스런 표정이다 싶더니 입이 더욱 헤벌어졌다. 소암은 다시 한 번 조평사에게 내뱉었다. 멍청한 놈! 다만 너로 인해 저 많은 주작 승려들이 죽을 뻔했다는 말은 하지 않아도 알 것이다.

뒤돌아섰다. 주작 승려들이 필사적으로 길을 텄다. 그때 가야천 너머에서 학승들이 달려나오는 게 보였다. 수백 명이었다. 그들의 손에는 어설프게 칼이 들렸다. 몇몇은 낫과 호미를 들었고 경전을 양팔에 감았다. 저건 살겠다는 것인가, 아니라면 죽겠다는 것인가. 소암은 조평사를 빼내면서도 한숨이 났다.

"머, 멍청한 놈들."

조평사가 학승들을 보며 말했다.

"그래, 이 멍청한 놈아."

"그 말씀을 하려고 예까지 달려오신 겁니까? 누가 보면 아들이라도 구하는 줄 알겠습니다. 사부님."

"잘 봐라. 여기 아들 아닌 녀석들이 있는지. 네 무모함에 몇 놈이나 다쳤느냐! 그래도 너는 이놈아, 멍청하다."

옆구리를 부여잡은 조평사가 "크하핫!" 웃음을 터뜨렸다. 주작은 조평사의 퇴로를 확보한 뒤 함께 일본군 진영을 헤집다 빠졌다.

"어떨까?"

소암이 물었다.

"모르겠습니다. 저들의 전투력이 만만치 않습니다."

소암은 조평사의 말을 들으며 싸움터를 보았다. 백팔나한승려는 길 마지막에서 묵묵히 버텼다. 주작은 조평사로 인해 청룡 승려를 구하고 복귀하지 못했다. 청룡 승려는 길을 만들어준 뒤 백팔나한승려와 합류했다. 늘 도드라지지 않는 현무 승려들은 진열이 무너지자 들입다 일본군을 밀어냈다. 방패는 어느새 갑옷처럼 몸 앞으로 둘렀다. 창과 칼의 공격에도 끄떡없이 해인사 일주문을 방어했다. 뒤로 제석천 승려는 표적 사격을 하며 일본군을 제거했다. 겉으로 보기에 해인사 무승들이 공격에 이은 방어를 했지만 일본군도 만만치 않았다. 사천 명이 넘어 보였던 일본군 중 패퇴한 병사는 오백 명 정도였다. 집약적으로 모여 절대다수가 한 명을 공격하는 방식으로 무승들을 공격했다. 숲에 불을 질러 청룡 승려 십여 명이 부상 당했다. 계속해서 꼬리를 공격한 백팔나한승려 역시 스무 명이 넘게 부상을 입어 뒤로 물러났다.

"어떻게 해야 합니까?"

"저들이 택한 건 지구전이다. 버티면 이긴다는 생각일 게야."

물러나며 상황을 주시하던 소암이 말했다. 그때 먹장구름이 하늘을 감싸듯 몰려오기 시작했다. 급작스러웠다.

"수중전이라."

소암이 중얼거렸다. 그때 조평사가 손가락으로 가야산 북서쪽을 가리켰다. 산에 한 무리의 검은 사내들이 보였다. 낮잡아도 천 명은 되어 보였다.

"뭐죠, 저건?"

"우리 편은 아니다."

소암이 한숨을 내쉬었다. 전투의 양상이 단번에 바뀔 것을 암시하는 두 가지가 나타났다. 비와 정체 모를 사내들! 둘은 검었으며 한꺼번에 뭉쳤고 단번에 들이닥쳤다.

1592年 6月 6日 未時(오후 1시~오후 3시)

– 해인사

격전에 호각세였다. 일 인당 열 명을 버텨내는 무승들과 그와 맞설 정예 병사들 사천 명이 균형을 이루었다. 가야산 북서쪽에 나타난 검은 사내들은 갑자기 늑대 우는 소리를 냈다. 싸움을 하던 승려와 일본군의 눈길이 단번에 쏠렸다. 마치 휴전을 하듯 서로의 무기가 잠시 멈추었다. 늑대 흉내를 낸 소리에 고니시도 반응했다.

"드디어 왔구나."

곁으로 다가온 마쓰라 역시 안도한 눈빛이었다.

"저들이……?"

"산악전의 귀신들, 검은 늑대들이다."

흑랑, 검은 늑대들!

마쓰라가 감탄했다. 일본의 전투는 성주를 굴복시키는 전투였다. 굴복한 성주는 모든 것을 빼앗겼다. 가문은 멸문하고 여자들은 노예로 전락했다. 모든 영지는 점령한 자의 몫으로 돌아갔다. 자연스레 성주는 높은 성과 성을 접근하기 어렵도록 하는 해자, 암습을 막는 미로 같은 방어구조 등에 집착했다. 일본을 통일한 토요토미 히데요시가 축성에 집착한 이유도 그래서였다. 다만 성주를 굴복시키는 싸움에 근본적인 문제는 성이 아니라 지리였다. 일본의 땅은 평야보다 산이 많았다. 특히 높은 산은 대군이 지나는 발목을 잡을 때가 허다했다. 골짜기 길을 지날 때는 미리 점령한 성주의 기습으로 부대가 전멸하기도 했다. 모르는 길, 특히 산길은 고니시뿐 아니라 장수들에게 공포 그 자체였다. 여러 이유로 고니시에게 조선 정벌은 그야말로 골칫거리였다. 지리를 알 수 없었기 때문이다. 이를 극복하기 위해 최강의 선봉대를 만들었다. 화전민으로 이루어진 산악 전문 부대였다. 천 명 정도로 이루어진 흑랑은 별동대 중의 별동대였다. 해인사를 기습한 부대도 그들의 존재를 몰랐다. 그들은 줄곧 고니시의 부대와 멀리 떨어졌다. 해인사를 향하는 길도 근처를 보고 스스로 판단했을 것이다.

고니시는 그들을 보고 주먹을 쥐며 손을 높이 올렸다. 신호였다. 흑랑을 책임지는 모리 신이치毛利新一가 꼭대기에서 깃발을 흔들었다. 알았다는 뜻이다.

흑랑 부대는 늑대 소리를 내며 산을 달렸다.

"되었다."

"네?"

"이제 이 전투는 끝났다는 뜻이다. 이겼다."

고니시는 어쩌면 미련할 정도로 밀어붙이기만 했던 상황을 한번에 정리했다. 고니시에게도 성을 지키려는 숙달된 병사는 늘 고충거리였다. 똥개도 제집에서는 짖는 소리가 큰 법이었다. 이 산은 그야말로 악마의 산이었다. 개가 병사가 되어 달려들었다는 말은 고니시가 아는 역사에서는 없는 일이었다. 어디 그뿐인가. 전쟁에 숙련된 병사들을 상대로 승려가 방어했다. 변화무쌍한 전술과 뛰어난 무예 실력은 그들을 수하로 두고 싶을 정도였다. 열 명이 떼로 덤벼도 그들은 주눅 들지 않았다. 마치 한몸처럼 모여 전술을 펼칠 때면 성급한 군사들은 목이 달아났다. 접근조차 어려웠다. 그 악마들 사이에 소암대사가 있었다. 인정하기는 싫지만 숙적인 가토 기요마사조차도 비교가 되지 않을 정도였다. 상인이었던 고니시는 때론 가토에게 질투를 느꼈다. 가토는 천생 무사이자 장수였다. 화평과 실리를 주장하는 고니시에 비해 가토는 싸워 이겨야 속이 풀렸다. 고니시와 가토는 그야말로 가는 길이 달랐다. 아마 소암은 혈혈단신으로 가토와 그의 무사들을 상대해도 지지 않을 것이었다. 그런 소암이 천존인 팔만대장경을 감싸고돌았다.

"마쓰라, 이건 단순한 지구전이 아니었다. 저들의 힘을 빼는 것은 이차적인 목표였다. 힘이 빠진 저들과 흑랑을 맞부딪치게 하는 것이 결과적인 목표였다."

"아, 다이묘. 대단하십니다."

마쓰라가 한포국하게 웃었다.

대화를 나누는 사이에도 흑랑은 경이적인 속도로 산을 내려왔다. 고니시의 시야에 소암이 들어왔다. 그는 정예 무사 십여 명과 대결을 펼친 남자를 안았다. 비록 적이지만 두려움 없는 용맹함이 마음에 들었다. 부하로 삼고 싶었다. 더욱이 조선을 잘 알고 그들을 감읍하게 만들 부하라면 삼고초려라도 아깝지 않았다. 힘을 빼고 상처를입혔다. 소암은 귀신같은 속도와 맹렬한 기세로 먹잇감을 낚아챘다.소암은 적장인 고니시를 알아보았다. 눈이 마주친 순간 활시위를 당기는 시늉을 했다. 만약 그가 언월도와 절편을 가지고 오지 않고 활을 가지고 고니시와 마주했다면 어떻게 되었을까!

"안 되는 것은 안 된다. 이곳은 모두 절멸시킨다."

그때 투두둑 비가 떨어졌다. 전조도 없던 비는, 짧은 몇 방울을 후리더니 폭포수처럼 떨어졌다. 척 보기에도 심상하지 않은 굵기였다.빗방울은 숲을 강타하며 고니시가 놓은 불을 꺼뜨리기 시작했다. 꺼진 불로 인해 오히려 자욱해진 연기가 숲에서 피어올랐다. 연기는비의 기세에 눌리며 재빨리 흩어졌다. 그때 빗소리 사이로 피리소리가 울렸다. 소리의 방향을 더듬었다. 해인사 입구였다. 노승이 서 있었다. 피리소리에 해인사 승려들이 멈칫했다. 반응은 가장 아래, 후방을 막아섰던 흰 옷을 입은 승려들이 방풍림으로 사라지며 나타났다. 그들을 맞았던 개처럼 일사분란하고 잘 조련된 모습이었다. 중앙을 뚫었던 붉은 적삼을 입은 승려들도 재빨리 후퇴했다. 고니시는 비가 야속했다. 숲이 완전히 불타버렸다면 저들의 퇴로가 막히는셈이었다. 불현듯 그런 생각이 스쳤다. '카미카제神風 신이 보낸 바람처럼, 카미우神雨 신이 보낸 비일 리는 없겠지.' 생각을 떨치며 고개를저었다.

"아쉽지만 오히려 잘되었다. 잠시 정비를 하고 다시 맞붙자."

해인사 승려들이 빠져나간 자리는 고니시의 병사들로 다시 메워졌다. 대열을 유지하며 전투태세로 바뀌었다. 진형을 갖춘 병사들을 보았다. 병사들 상당수가 나가떨어졌다. 다친 병사들은 본능적으로 물가에 가서 누웠다. 가야천은 일본군으로 빼곡했다. 사천 명 중 천 명 가까이 다치거나 죽었다. 어림잡아 삼천백 명, 많아야 삼천이백 명 정도가 전부였다.

"죽은 우리 병사는 두어라. 해인사 승려의 주검을 수습해라."

고니시의 명령에 사망한 해인사 승려들 주검 십여 구가 옮겨졌다. 붉은 적삼을 입은 승려가 하나, 푸른 적삼을 입은 승려가 열둘이었다. 회색 옷을 입은 승려가 다섯 구였다. 붉은 적삼을 입은 승려의 손에는 언월도가 들려 있었다. 무기 중의 꽃이 언월도였다. 수련 정도에 따라 칼로도, 창으로도 사용할 수 있었다. 기마병에게 치명적이었다. 보병들 역시 언월도로 거리를 확보하며 제어가 가능했다. 푸른 적삼을 입은 승려들은 상당히 특이한 형태의 절편을 무기로 썼다. 절편은 쉽게 사용할 수 없었다. 그에 반해 상당한 타격을 가할 수 있는 강력한 무기였다. 무기의 약점도 보였다. 근접전, 즉 거리가 주어지지 않는 전투에서는 무용지물에 가까웠다. 회색 옷을 입은 승려는 칼이 전부였다. 그들의 칼은 제각각이었다. 회색 옷을 입은 승려를 보며 무언가 이질감이 느껴졌다. 의아했지만 고니시는 이질감의 이유를 알아차리지는 못했다.

"회색 옷을 입은 승려들이 오합지졸이구나. 옷 색깔로 무기를 구별한다······?"

고니시는 특이점을 짚었다. 고개를 들어 멀리서 보이는 승려를 살폈다. 그들은 일주문 앞에서 재빨리 뭉쳤다. 몰랐다면 신출귀몰하다 했겠지만 지리를 이용하는 것뿐이었다. 지리를 잘 안다는 것은 전투에서 그만큼 이점이었다. 검은 옷을 입은 승려와 하얀 옷을 입은 승려는 아직 아무도 다치지 않았다. 검은 옷을 입은 승려는 분명 방패를 가졌다. 하얀 옷을 입은 승려들은 맨몸으로 기마병에 맞섰다. 어찌 된 일인지 그들은 말을 맨손으로 무찔렀고 칼마저 튕겨냈다. 신비한 승려들이었다. 싸움을 모르는 이가 보았다면 신의 능력을 가졌다며 칭송했을 것이다.

"철갑을 주먹에 장착한 것일까?"

확실하지 않은 추측을 고니시가 내뱉었다.

"저도 처음 보는 거라······."

마쓰라도 확신하지 못했다.

그때 흑랑 부대가 산에서 해인사 근처까지 내려왔다. 흑랑의 선두에 섰던 성급한 몇몇이 잔뜩 긴장한 듯한 해인사 승려들에게 뛰었다. 가장 뒤편 보이지 않는 곳에서 화살이 날아갔다. 성급하게 뛰었던 흑랑은 일격에 자빠졌다. 낮잡아도 열 명은 화살에 당했다.

화살에 당한 모습을 보던 흑랑이 진영을 갖추며 자세를 완전히 낮추었다. 곧바로 네 발로 기어가 듯 전진했다. 그들 앞으로 화살이 쏟아졌다.

"다이묘, 산을 잘 타는 병사들 오백을 뽑았습니다. 제가 이끌고 뒤로 돌겠습니다."

"그래라."

고니시가 마쓰라에게 앞서 귓속말했던 내용이었다. 마쓰라는 고
개를 숙이고 뒤로 빠졌다. 방풍림을 크게 돌아 해인사를 뒤에서 칠
작정이었다. 해인사 승려들의 압박에 도무지 병사를 뽑을 시간이 없
었다. 마쓰라는 곧바로 아래로 내려갔다 모습을 감추었다.

"나가토모 무사시長友武蔵입니다."

제2 수행무사였다. 마쓰라가 빠지자 고니시의 곁에 붙었다. 마쓰
라가 빠지고 무사시가 자리바꿈한 순간 흑랑의 공격이 시작되었다.
그들의 무기는 낫이었다. 낫에 끈을 묶어 던지고 받는 것이 특기였
다. 땅에 엎드리다시피 자세를 잡은 그들에게 날아오는 화살은 명중
률이 떨어졌다. 화살의 각도 때문이었다. 화살은 금세 거두어졌다.
그때 회색 옷을 입은 승려들이 전면에 나섰다. 고니시는 고개가 갸
우뚱거렸다. 오합지졸들이 아니었던가. 고니시 별동대 중, 가장 강
력한 녀석들이라는 사실을 직감했을 터였다. 그런데!

회색 옷을 입은 승려들은 기합을 내지르며 달려나갔다. 오히려 흑
랑을 선수 치겠다는 듯 용맹했다. 흑랑 수장 모리 신이치가 공격을
명령하는 게 멀리서나마 보였다. 흑랑의 낫이 특유의 휘청거리는 원
을 그리며 회색 승려들에게 날아갔다. 고니시는 슬그머니 웃음이 났
다. 이제 싸움은 끝났다. 입꼬리가 오르려던 찰나, 고니시의 바람이
빗나가는 모습들로 넘쳐나기 시작했다. 회색 승려가 낫을 오른손으
로 튕겨냈다. 개중 한 승려에게는 복수의 낫이 꽂혔다. 승려는 낫의

끈을 잡아당겨 흑랑 하나가 낫을 놓쳤다. 회색 승려는 흥분했는지 적삼 고리를 벗었다.

"저게 뭐냐?"

고니시의 인상이 절로 구겨졌다. 적삼을 벗은 승려의 몸 안에는 몸에 딱 맞게 개조된 듯한 방패가 몸을 감쌌다. 달려나가는 승려는 왼손에 언월도를 들었다.

회색 승려의 위화감!

"저들은 전부 외손잡이였더냐!"

고니시는 그제야 위화감을 깨달았다. 목숨을 잃은 회색 승려들은 왼손에 칼을 쥐고 있었다. 고니시는 칼을 빼 죽은 승려의 회색 적삼을 들추었다. 맨 몸이었다. 칼 역시 제각각. 그저 시간을 끌려고! 방약무인하기 그지없었다. 회색 적삼 승려들은 제1 장군 고니시를 상대로도 최선을 다하지 않았던 것이다. 방패를 몸에 갖추고 오른손에는 철갑을, 왼손으로는 언월도를 휘두르는 군사라! 고니시의 머릿속에서도 일각 후의 흑랑과 회색 적삼 승려의 싸움 결과가 그려지지 않았다. 무례하기 그지없는 해인사 승려들은, 여전히 고니시에게 최선을 다하지 않음으로 말을 걸고 있었다. 그만 돌아가라고. 고니시의 자존심은 그야말로 짓밟혔다.

진짜 싸움! 지금에야 해인사 승려들이 이빨을 드러냈다.

"나를 가지고 놀아? 그렇게 죽어 나가면서도? 진격한다. 우리는 아랫부분부터 치고 간다."

고니시가 으르렁거렸다.

1592年 6月 6日 未時(오후 1시~ 오후 3시)
– 해인사

소암에게서 벗어난 조평사는 재빨리 부엌으로 뛰었다. 죽을지언정 백팔나한승려를 버릴 수 없었다. 부엌에서 물을 한 됫박을 떠 머리에 뒤집어썼다. 눈에 보이는 된장을 손바닥으로 쿡 집어 상처가 난 허리에 발랐다.

뒷전에서 상황을 보던 제석천 승려 몇몇이 걱정스러운 눈으로 조평사를 보았다. 조평사는 비장하게 고개를 끄덕였다. 조평사의 시야에 방풍림을 돌아온 백팔나한승려가 눈에 들어온 것도 그때였다. 진영을 갖춘 덕에 빠져있는 빈자리가 보였다. 다섯 명. 어느새 사라졌다. 조평사는 비어있는 자리를 향해 합장했다. 예상치 못한 공격이나 떼로 덤벼드는 적에게서 다른 이를 구하려 순교했을 것이었다.

"모두 완전무장한다."

뒤에서 나직한 목소리가 울렸다. 소암이었다.

조평사는 청화전으로 뛰었다. 백팔나한승려의 완전한 무장은 해

276

인사 창건 이래 처음이었다. 그만큼 위급하다는 것을 대변했다. 마지막에 마지막까지 싸움보다, 또 목숨을 빼앗는 난장보다 가르침을 우선했다. 천 명의 왜군을 제압해서 금강굴 근처에 둔 것도 그래서였다. 일본군과 싸움을 하며 시간을 끌었거나 조평사가 적장의 수급을 향해 덤빈 것도 그래서였다. 죄 없는, 아니 그저 있는 자의 부하로 참여한 아까운 목숨을 잃게 하는 것은 제도가 아니었다. 마지막에서 마지막까지 피했다. 이제는 주지스님이 적에게 가르침을 포기했다는 뜻을 황종률 피리소리로 대변했던 것이다. 지전을 몸에 딱맞게 개조한 방패를 적삼 안에 입었다. 권갑을 찼다. 뛰어나와 무기고에서 언월도를 들었다. 백팔나한승려는 왼손잡이가 우선이었다. 진영을 깨지 않기 위해 따로 모여 가르친 것은 오래전일 것이다. 시간이 지나며 양손을 쓰는 무승들로 거듭났다. 그들이 백팔나한승려들의 진짜 실체였다. 사대천왕 무술을 모두 익힌, 품새와 격을 뛰어넘는 무술 실력을 지닌 해인사 궁극의 승려들. 재빨리 일주문이 있던 해인사 입구로 내려갔다. 시커먼 옷을 입고 머리도 풀어헤쳐 망나니로 보이는 군사들이 산에서 내려와 달려왔다. 제석천 승려들이 활을 쏘아 일차 저지했다. 간보기였던 듯 몸을 바닥에 눕듯이 하며 검은 옷들이 재차 진격했다.

"나가라. 가서 없애라."

소암의 목소리가 비장하게 울렸다. 어느새 소암도 지전과 철갑, 언월도까지 들었다.

소암은 가장 먼저 날아오는 낫을 언월도에 감았다. 감고 당겼다.

놓지 않은 낫을 든 병사가 휘청거리며 딸려서 나왔다. 언월도가 목을 강타했다. 검은 병사는 피를 흘리며 고꾸라졌다. 피는 억수 같은 비에 금세 씻겨나갔다. 소암의 곁으로 백팔나한승려들이 권갑으로 낫을 튕겼다. 곧바로 십여 명의 백팔나한승려들이 검은 병사들 진영으로 뛰어들었다. 권갑으로 복 자를 그리거나 언월도로 모 자를 만들며 검은 병사들의 진영을 파괴했다. 순식간에 백팔나한승려는 이백 명이 넘는 검은 병사의 피를 바닥에 흩뿌렸다. 피는 금세 빗물에 씻겼다. 다급해진 쪽은 검은 병사들이었다. 그들의 수장으로 보이는 남자가 목소리를 높였다. 필사적이고 절박했다. 그러나 허무하도록 빠른 순간에 소암의 언월도에만 십여 명이 쓰러졌다. 검은 사내들은 미친 듯이 후퇴하기 시작했다. 소암과 백팔나한승려와 보조를 맞추듯이 제석천 승려가 성큼 일주문이 있던 자리까지 나왔다. 이제 거의 쓰고 없어진 일본군의 마지막 화살을 도망치기 시작한 검은 사내들에게 날렸다. 화살을 어찌어찌 튕겨내거나 피하거나 했지만 결국 화살을 맞았다. 이제는 아예 뒤돌아 뛰기 시작했다.

"내 독족을 받아라!"

비를 뚫으며 거대한 목소리가 산 아래까지 밀려왔다. 소암은 비장한 가운데서도 웃음이 났다. 드디어 사제인 성욱이 나타났다. 일 당백의 사나이, 무술에서 둘째가라면 서러운 녀석. 그러나 혼자서 감당한다고 보기에는 지나칠 정도로 많은 검은 사내들이 쓰러졌다. 뒤로 언뜻 가녀린 선을 가진 승려가 날아갈 듯 오조권을 시전하는 게 보였다. 도담이었다. 어려서 여성임을 숨기고 소림사에서 자랐던,

그러나 대사제가 된 탓에 소림사도 전전긍긍했던 비구니. 그가 성욱
과 함께였다. 소암과 성욱, 도담의 거리가 점점 가까워졌다. 그럴수
록 바닥에 나뒹구는 검은 사내의 숫자는 늘어갔다. 직선으로 뚫고
들어온 도담이 소담과 등을 맞댔다.

"대사부, 어찌 된 겁니까?"

"가만히 생각해보니 갈 데가 없었습니다. 여기 이곳 말고는요. 그
리고 성욱 사제는 아직도 정신을 못 차렸군요. 독족이라니."

도담이 웃었다. 어려서는 마음을 설레게 하던 미소였다. 불도의
길에서 설레는 마음은 번뇌였다. 어린 소암에게 도담은 때론 누나이
고 여자였다. 도담도 모르지 않았을 것이다. 그러나 그도 불도의 길
에 있는 사람이었다. 둘의 마음은 오랜 시간이 지나 누구도 건드리
지 못할 우정으로 변했다. 아무리 인간사 허물이라지만 살아있는 동
안 그 허물도 감싸며 사는 게 삶이 아닐까. 그리 인정했다. 도담의
손에는 오조권을 시전하는 특유의 철제 새 발톱이 들려 있었다. 도
담 뒤로 소림사 제자들 역시 검은 사내들과 일대 격투를 벌이고 있
었다.

"다친 승려들은 어떻게든 뒤로 빼내라."

조평사의 목소리가 오른쪽에서 울렸다. 엄청나게 쓰러진 검은 사
내들에 비하자면 보잘것없다지만 못해도 사십 명 가까운 백팔나한
승려와 소림사 승려들이 부상했다. 그들은 명령에 따라 뒤로 빠졌
다. 그러지도 못할 정도로 치명상을 입은 승려들 곁에서는 몇 명이
진을 갖추어 그들을 보호했다.

"위에서 방풍림 뒤를 도는 일본군이 꽤 보였습니다."

도담이 말했다.

"잠시 맡기겠습니다."

"아니요, 여기는 두고 가십시오."

도담의 말에 소암은 고개를 끄덕이고 빠졌다. 뒤로 돌아나온 소암은 대치하고 있던 일본군이 달려오는 걸 보았다. 눈으로 숫자를 셌다. 죽은 병사와 살아있는 병사까지, 삼천오백 명 정도. 그렇다면 오백 명의 병사가 빠졌을 것이다. 그걸 감추기 위해 대대적인 전진을 감행했다.

"주지스님!"

소암이 주지를 불렀다. 주지는 전설적인 승려인 서산대사, 휴정과 맞장을 뜰 정도로 무예와 도술에 통달했다. 다만 모든 것을 소암에게 맡겨두고 속세에 관여하려 들지 않았다. 그렇다 해도 지금 상황이라면 칩거하는 서산대사조차도 싸우려들 것이었다.

"맡깁니다. 대신!"

소암이 숨을 몰아쉬었다.

"현무와 주작, 청룡과 백호 각 열 명씩만 데려갑니다. 사대천왕진!"

소암의 말에 순번이 늦은 어린 승려들 열 명씩이 빠져나왔다. 소암이 그들을 보지 않고 소림원 방향으로 뛰었다. 눈치를 차린 승려들도 소암을 따라 뛰었다. 대적광전을 지나며 비로자나불을 향해 빌었다. '죽는 것은 상관없습니다. 부디 팔만대장경을 지키게 하소서.

천년이 지나, 다가오는 천년도 이곳에서 함께하게 하소서. 그때에도 제도, 사람들을 굽어살피게 하소서.'

소암은 뒤돌아보지 않고 계속해서 뛰었다. 발이 빠른 몇몇은 벌써 소암과 나란히 뛰고 있었다. 거슬러 장경판전을 지나 소림원으로 향했다. 소림원 끝, 숲으로 향하는 쪽문까지 이를 악물고 뛰었다. 쪽문을 지나 바깥으로 나왔다. 사십 명의 사대천왕 승려와 소암까지, 마흔한 명이 담을 지키듯 나란히 섰다. 다행이었다. 멀리는 이백 보, 가깝게는 백 보 정도까지 다가온 일본군이 소암을 보자 무춤했다.

"자비는 지옥에 가서 빌어라. 나도 지옥에서 빌 테니."

소암은 일본군을 향해 소리쳤다. 간절함이 깃든 눈빛은 종이까지 뚫는다 했다. 소암은 간절함으로 완성한 언월도의 한 글자를 써가며 내달렸다. 겁을 집어먹은 일본군 한 명이 풀썩 뒤로 넘어졌다. 그를 지나쳤다. 나란히 섰던 사대천왕 승려들도 소암의 뒤를 따랐다. 뒤에서 일본군의 단말마가 들렸다. 아미타불.

소암은 곧장 언월도를 휘두르며 일본군에게 뛰어들었다. 왼손으로는 언월도를 휘두르며 균형을 잡고 오른손을 휘둘렀다. 놓친 칼은 지전으로 받아냈다. 그것도 전술이었다. 지전을 찍은 칼은 바르르 놀라 떨렸다. 어김없이 권갑으로 되갚았다.

모#!

한 글자에 일본군 대여섯 명이 쓸려나갔다. 가까이 접근한 병사의 칼은 언월도로 튕기고 권갑으로 후려쳤다. 단 한 번의 걸음에 또 대여섯 명이 나가떨어졌다. 소암의 뒤로 각기 특장점을 지닌 사대천왕

네 명이 한 조가 되어 싸웠다. 사대천왕 진이었다. 막고 찌르고 휘두르고 써는, 회전하는 사대천왕의 진은 무적이었다. 급거 소암의 앞으로 긴 도를 든 갑옷의 장수가 보였다. 장수가 무언가 말하려 했다.

"와따……!"

"필요없다."

소암은 일필휘지로 모 자를 언월도로 써 내려갔다. 장수의 몸이 두 조각나며 피를 뿜었다.

"그대의 업은 그대가, 내 업은 내가."

소암은 권갑을 낀 손으로 장수에게 반장했다. 결심이 힘들었을 뿐 자비 따위 사치였다. 천축국의 불교, 당나라의 불교, 그리고 이 땅의 불교는 같지만 달랐다. 매년 북방의 야만족에게 시달리며 침략을 당한 이곳에서 피어난 불교는 지키는 불교였다. 응당 먼저 침략하거나 괴롭히는 일은 절대로 없었다. 다만 불화佛華를 짓밟으려는 자들에게는 결국 응분의 보상이 따르는 법이었다. 이를 고대 삼국은 호국불교라 칭했다. 시대가 변했다. 불교는 천민 취급을 받았다. 호국은 민심과 백성을 지키는 것이었다. 결국 결심이 힘들었다. 소암은 입술을 질끈 감쳐 물었다.

'오늘의 업은, 내세에서 갚으리라. 후대의 일은, 또 후대에서 갚으리라.'

소암은 뒤집어쓴 피를 닦아내려 저고리를 벗었다. 얼굴을 닦고 뒤를 돌았다. 그가 거쳐 온 자리만 비었다. 곁으로 일본군의 시체가 쌓였다. 그들의 피는 비에 녹아들어 땅으로 숨었다. 결국은 세월에 숨게 될 것이었다. 숨을 헐떡이며 사대천왕 진을 완성한 채 소암의 곁으로 아이들이 나란히 섰다. 다친 아이들은 없었다.

"다시 간다."

잠시 멈추었던 소암은 숲으로 뛰었다. 소암은 숲을 가로질렀다. 숲에서는 매캐한 냄새가 여전했다. 숲을 지난 소암은 진격하는 일본군에게 들입다 뛰어들었다. 갑작스런 소암의 출현에 일본군은 고함을 내질렀다. 피를 닦았다지만 또 비를 맞았다지만 피를 뒤집어쓴 소암의 모습은 야차와 다름없었으리라. 소암은 언월도를 대열 중앙에 집어넣었다. 곧바로 노를 젓듯이 언월도를 휘저었다. 날을 세웠다 다시 눕혀 앞으로 가게 했다. 언월도가 휘젓는 방향마다 피가 뿜어졌다. 점점 언월도를 휘젓는 공간이 넓어졌다. 그 공간으로 사대천왕 진을 시전하는 네 명의 승려가 뛰어들었다. 회전하며 언월도와 구절편이 빛을 발하면 방패와 권갑이 방어했다. 권갑과 방패를 우습게 본 일본군 몇몇은 턱이 으스러지며 주저앉았다.

소암은 사대천왕이 들어온 반대로 방향을 잡고 언월도를 휘저었다. 언월도를 피해 곁으로 다가오는 일본군에게는 가차 없이 권갑이 나갔다. 코가 주저앉고 턱이 돌아가며 쓰러졌다. 언월도는 점점 더 많은 피를 길바닥에 흩뿌렸다. 소암의 뒤로 이제 모든 사대천왕 승려들이 진을 갖추었다.

"뚫고 올라간다."

소암은 스스로에게 다짐하듯 말했다. 모든 경각이 죽음과 가까웠다. 한눈을 팔 찰나의 시간도 없었다. 그때 주지의 피리소리가 울렸다. 공격을 알리는 소리였다. 나이 든 주지가 최일선에 서 있다는 게 상상이 되지 않았다. 상상도 잠시, 소암의 곁으로 번개 같은 속도로 칼이 하나 들어왔다. 한눈을 팔고 말았다. 언월도를 거둬들일 시간이 없었다. 권갑으로 칼을 쳐냈다. 곁으로 날을 세운 칼 세 개가 찔러왔다. 늦었다 판단한 소암은 권갑과 지순으로 막으며 몸을 틀었다. 거둬들인 언월도가 맞춤 맞게 돌아왔다. 칼이 들어왔다 나가기 전에 언월도가 모 자를 썼다. 칼 네 개가 동시에 바닥으로 떨어졌다. 칼을 쥔 팔 네 개도 손잡이와 함께였다. 피가 튄 방향으로 기역과 니은이 교차했다. 대각으로 두 점을 찍자 두 명의 무사가 덜컥 밀려났다. 크게 한 일자를 긋자 왼팔로 오른 어깨를 감싼 무사 네 명이 동시에 넘어졌다.

숨을 고를 새도 없이 보법을 더하며 전진했다. 보법 한 번에 모 자가 한 번 써졌다. 빠르고 정확한 걸음에 쓰러지는 일본 병사가 부지기수였다. 점점 주지의 피리소리도 가까워짐을 느꼈다. 그리고 그 때, 소암의 눈앞에 귀갑을 쓴 장수가 나타났다. 소암과 눈이 맞았던 적장이었다. 그의 말 앞으로 십여 명의 무사가 세 열로 칼을 뽑고 섰다. 그들은 숨을 고르며 대결을 기다리는 눈치였다. 소암은 그들에게 숨을 고를 시간조차 베풀고 싶지 않았다. 곧바로 언월도를 쑤셔 넣었다. 칼을 피하는 무사 중 맨 오른쪽 무사에게 성큼 달려가 권갑을 휘둘렀다. 왼손으로 언월도를 들어 방어태세를 취한 후였다. 첫 열이 가야천으로 밀렸다. 두 번째 열은 느닷없는 소암의 기습에 속수무책으로 당했다. 소암의 언월도는 정확히 먼 쪽부터 타격해 가까운 곳까지 싹 베고 돌아왔다. 언월도가 나간 사이, 세 번째 열에 권갑이 나갔다. 세 번째 열 맨 오른쪽 무사의 턱이 완전히 돌아가며 픽 쓰러졌다. 크게 회전한 언월도는 첫 열과 세 번째 열을 동시에 가격했다. 수급 네 개가 바닥으로 떨어졌다. 놓친 무사 둘이 가야천으로 도망쳤다. 그때 가야천에서 서응기가 떡굽쇠, 조총을 겨누는 게 보였다. '아미타불. 내세의 일은 내세에서.'

소암은 언월도를 땅에 꽂았다.

말에서 내려오라는 압박이었다. 귀갑을 쓴 장수와 마주하자 주변에 있던 자잘한 병사들이 멀찍이 물러났다. 장수는 귀갑을 벗어 던졌다. 일본 병사가 귀갑을 받았다. 장수는 칼을 뽑아 훌쩍 말에서 뛰어내렸다. 장수는 조금 전 목이 달아난 장수처럼 무언가 말하려 했다. 빤했다. 이름. 그러나 이름 따위 알고 싶지도 필요하지도 않았다. 입을 떼 나불거리려는 장수에게 곧바로 언월도를 그었다. 놀란 장수가 성큼 물러났지만 그의 갑옷 가운데가 베였다. 고삐를 늦추지 않으며 소암은 언월도를 다시 찔렀다. 일본군 병사 수십 명이 돌차간에 막아섰다. 그들은 한순간 피를 뿜으며 쓰러졌다. 장수의 얼굴에는 경악을 넘어 공포가 어렸다. 이번에는 양옆으로 크게 언월도를 휘둘렀다. 몰려드는 일본군 병사를 물리기 위해서였다. 몇 번이고 크게 양쪽으로 휘두르는 언월도에 일본군들이 물러나거나 목이 날아갔다.

"저희가 맡겠습니다."

소암의 뒤에서 목소리가 들렸다. 여전히 진을 갖추고 있는 사대천왕 승려 십여 명이 소암의 좌와 우를 제압했다. 소암은 땅을 지르누르며 보법을 가져갔다. 언월도 끝으로 땅을 되짚으며 성큼 날아올랐다. 장수와 부딪칠 만큼 가까워졌을 때 권갑을 휘둘렀다. 권갑을 재빨리 피하려던 장수의 귀가 권갑에 스쳤다. 그의 왼쪽 귀에서 피가 뿜어졌다. 귀 일부가 권갑의 위력에 뜯겨나갔다. 장수를 끝장낸다면 이 싸움도 끝날 것이었다. 소암이 언월도를 크게 한 번 휘둘렀다. 장수는 주춤거리며 뒤로 물러났다. 그때였다. 무언가가 장수를 들어 올렸다. 곧장 장수는 하늘로 솟구쳤다.

"비……거?"

'비거가, 이 비를 뚫고서?'

소암은 소스라쳤다. 알고는 있었다. 눈으로 볼 줄은 꿈에도 생각지 못했다. 이런 상황에 비거라니! 소암은 망연히 하늘을 보았다. 하늘로 올라간 장수가 크하악, 비명을 내질렀다. 놀란 것은 소암만이 아니었다. 일본군 병사들 역시 경악했다. 전투라는 사실마저 잊은 듯 허공을 응시했다.

전라도의 김제군에 사는 정 아무개가 비차飛車[17]를 발명했다는 이야

---

17 비차, 비거에 대한 기록은 일본 역사서 『왜사기』뿐 아니라 신경준의 『여암전서』, 이규경의 『오주연문장전산고』 등 다수 문헌에 등장한다. 다만 비거인지 비차인지도 정확하지 않을 뿐더러 실전하지 않아 아쉬울 따름이다. 김제군에 살았던 정평구는 임진왜란 진주성 싸움에서 친지를 빼내 30리를 날았다고 한다. 이 기록은 위 세 책에 공히 등장한다. 이규경의 책에는 조금 더 세밀한 비차에 대한 묘사가 등장하며, 가오리연 모양에 4명이 탈 수 있었고 배를 두드리면 바람이 일어 공중으로 떠올랐다고 적었다. 공군사관학교에는 이를 근거로 제작한 비차의 모형을 전시 중이다.

기는 탁발하던 승려를 통해 해인사까지 전해졌다. 삼십 리를 날 수 있다고 했다. 비차를 이곳에서 볼 줄은 소암조차 꿈에도 몰랐다. 비차에 매달린 적장의 피가 점점이 뿌려졌다. 다만 비차는 쏟아지는 비로 위태롭게 휘청거리다 가야산 언덕 하나를 겨우 넘으며 사라졌다.

"그만, 그만하시게."

서웅기가 나타났다. 소암의 뒤로 해인사에서 목숨을 부지했던 일본인들도 나타났다. 무장하지 않은 일본인들이 일본군에게 크게 소리쳤다. 필사적으로 칼을 든 병사 사이에서 말하고 말했다. 살아있는 병사들은 먼저 살았던 일본인에게 설득 당한 듯 칼을 놓았다. 이때 누군가 외쳤다.

"이겼다!"

이겼다, 팔만대장경을 지켰다.

소암의 귀에는 그 말이 원각도량하처, 현금생사즉시로 들렸다. 그저 환청이었을 따름이라도 계속해서 그렇게 들렸다.

부처여, 깨달음, 아니 행복은 어디에 있습니까?

소암, 모르겠느냐. 삶과 죽음이 교차하는 이 자리가 바로 깨달음, 행복의 자리니라.

깨달음이 없는 것이 깨달음이 아닙니까!

소리에 소리가 더해지는 가운데서도 소암은 환청에 대고 물었다.

삶도 죽음도 없는데 그러면, 무엇이 깨달아지며 행복해지겠느냐. 네 말처럼 깨달음도 행복도 없는 그것이 깨달음이고 행복이지 않겠느냐.

비는 앞이 보이지 않을 정도로 퍼붓기 시작했다. 지금껏 흘렸던 피는 있지도 않았다는 듯, 땅은 씻기었다. 그 땅에 살아남은 일본군들이, 깨달음을 얻은 사람처럼 엎디었다. 부처가 없기에 그들이 부처고 부처가 있기에 그들이 부처였다.

소암은 적장이 사라진 하늘을 노려보았다. 언월도를 쥐고 산등성을 따라 넘고 싶었다. 부들부들 언월도를 쥔 손이 떨렸다. 그의 곁으로 옆구리를 감싸 쥔 조평사와 격전을 벌였다고는 느껴지지 않는 도담이 다가왔다.

퍼붓는 비는 멈추지 않았다. 연이틀 넘게 땅을 적시고 적셨다. 비가 멎을 즈음 바람이 불었다. 어쩌면 탄금대를 훑었을 바람은, 이 땅을 건드리며 가야산으로 이어졌다. 가야산의 기세에도 눌리지 않은 바람은 해인사에 다다라 노래했다. 소암은 구슬픈 바람의 소리에 귀를 기울였다. 바람은 가야산을 훑고 조선 곳곳으로 퍼져나갔다.

도코노마에 앉아 꾸벅꾸벅 졸던 토요토미가 번쩍 눈을 떴다. 그는
여전히 거대한 지도가 깔린 상을 지키는 가네모토를 보고 다시 눈을
감았다.

가네모토, 김의겸은 토요토미를 보고 긴장했으나 이내 안심했다.
김의겸은 약속의 잔에 술을 따랐다. 그리고 절을 올렸다.

'왕이시여, 보고 계시나이까. 전하신 분부대로 예가 아닌 재물의
나라를 만드나이다. 새로운 나라를 위해 역모를 꾀했나이다. 아무도
모르겠지만 왕께서만은 알아주시겠지요.'

엎드린 눈썹 끝으로 모이던 눈물이 결국 방울이 되어 다다미로 떨
어졌다.

벌써 십일 년이 지난, 겨울이었다. 야나가와 시게노부와 게이테
츠 겐소를 어쩔 수 없이 경복궁까지 안내했다. 아무리 상인이라지만

그들의 요구는 김의겸조차 수용할 수 없는 것이었다. 명나라로 가는 길과 도공을 내어 달라는 것, 거기에 더해 팔만대장경을 조공하라고 했다. 장사치로서 중용을 지키려 애썼다. 그렇다 해도 오만불손하기 짝이 없는 태도는 그조차 감당하기 어려웠다. 그 겨울 왕은 겐소 승려와 대마도주의 가신인 시게노부를 내치고 만나지 않았다. 당연한 귀결이었다. 그때 왕이 김의겸을 찾았다. 김의겸은 경복궁을 지나 창덕궁까지 상선인 김계한을 따라 발맘발맘 걸었다. 눈은 점점 싸락눈에서 함박눈으로 변해갔다. 행여 미끄러질까 조심스레 뒤를 따랐다. 창덕궁 깊은 곳까지 다다라서야 그곳이 춘당지임을 알았다. 왕은 눈이 내리는데도 배를 띄워 술을 마시고 있었다. 술을 따르는 기녀도 음식을 집어줄 궁녀도 없었다. 왕은 망연히 하늘 어디인가를 보고 있었다.

"전하 왔습니다."

내관이 가녀린 목소리에 힘을 주었다. 보기에 따라 불손했다. 왕이 고개를 끄덕이자 배에 있던 무관이 노를 저었다. 무관은 배를 춘당지 가에 댔다.

"타라."

왕이 하명했다.

김의겸은 어쩔 줄을 몰랐다. 내관도, 또 무관도 어여 타라는 듯 눈을 부릅떴다. 위태롭게 배에 올랐다. 왕이 무관을 향해 귀를 두드리는 시늉을 했다. 무관은 무명천으로 귀를 막았다. 무관은 배를 저어 춘당지 가운데로 향했다.

"내가 왕이더냐?"

"왕이십니다. 이 나라 조선의 왕이십니다."

왕의 눈이 발갛게 상기되더니 눈물이 고였다.

"내가 진정 이 나라의 왕이더냐?"

"여부가 있겠습니까?"

"그럼 이것은?"

왕이 소매 안에서 은 한 냥을 꺼냈다.

"너희 천박한 상인의 논리대로라면 이것으로 나라도 살 수 있지 않더냐?"

"허나 그것은……."

무언가 말하고 싶었지만 아무 생각도 떠오르지 않았다. "신이 있다면 바로 이것이다."라며 부하 상인들에게 떵떵거렸는데.

"한 잔 따라보거라."

왕이 매화가 그려진 잔을 내밀었다. 김의겸은 예를 다해 잔에 술을 따랐다.

"돈이라면 새 나라를 세울 수 있느냐?"

왕이 물었다. 김의겸은 대답할 수 없었다. 그 순간 왕이 김의겸의 뺨을 후려쳤다.

"아니면 돈으로 새 나라를 살 수 있느냐?"

"그게……." 말을 하려다 머리를 조아렸다. 왕은 김의겸의 머리채를 쥐었다. 뺨을 내리쳤다. 한 번, 두 번. 후려치고 내려친 뺨으로 코피가 터졌다. 김의겸은 그저 뺨을 내밀고 주억거렸다.

"이게 나라더냐?" 왕은 노기를 터뜨렸다. "저들은 언제든 왕을 독살해 갈아치울 수 있다 말한다. 아느냐? 그리고 나는 돈밖에 없는 너를, 왕이라는 이유로 죽일 수 있다. 너라면 나를 독살하지 않겠느냐?"

안다, 모른다 대답할 수 없는 질문이었다. 흐르는 코피도 내버려둔 채 그저 고개만 주억거렸다.

"나랑 약속 하나 하자. 지킬 수 있겠느냐? 그래야 약속이지 않느냐?"

"네, 전하." 새된 목소리가 김의겸의 입에서 튀어나왔다.

"자, 받거라. 약속의 잔이다."

왕은 조금 전 술을 마셨던 잔을 내밀었다. 잔을 받아들자 왕이 친히 잔에 술을 채웠다.

"약속해라. 내 말을 반드시 지키겠다고. 내 오늘 치기 어린 기운에 또 만취한 무모함에 너에게 약속을 하자고 종용한다만, 꼭 지킨다고 약속해라."

"어찌 제가 명을 어기겠습니까. 약속을 지키겠나이다, 전하."

"예가 땅에 떨어졌다. 예가 무너졌으니 나라는 망한 것이나 다름없다. 그런데 네가 보이는구나. 너는 돈이 종교이고 나라이지 않느냐. 유도 불도 아닌 너는……!"

왕은 차마 다하지 못한 말을 꾹 지르눌렀다.

"너의 나라를 만들거라. 그곳이 어디든 관여치 말고. 어명이다."

김의겸의 손이 벌벌벌 떨렸다.

"마셔라."

어명에 김의겸은 떨리는 손을 어쩌지 못한 채 술을 마셨다.

"네게 줄 것이 그 잔밖에 없구나. 그 잔을 가져라. 그래, 술병도 가져라. 너와 나의 약속의 잔이다. 너의 나라를 만들어라. 당장 어렵더라도……."

왕은 말을 다 맺지 못했다. 만취했다지만 왕의 회한이 김의겸에게 또렷이 전해졌다. 왕은 무관을 향해 배를 대라 손짓했다. 김의겸의 코피는 여전히 멈추지 않았다. 뚝 떨어진 피가 배에 쌓여가는 눈 위로 떨어졌다. 매화 잔에 음각된 꽃처럼 붉었다. 왕이 무관을 향해 귀를 건드렸다. 왕은 무관이 귀를 막았던 천을 건네받았다. 왕은 그것으로 친히 코를 막아 주었다.

엎드렸다 몸을 세웠다. 잔에 든 술을 마셨다. 그때 토요토미가 다가왔다.

"무에 그리 절까지 할 정도로 심각하신 겐가?"

"드디어 약속을 지킬 수 있게 되어서입니다."

"약속?"

"네. 새로운 세상을 만드는 약속이었지요."

새로운 세상. 나의 세상. 조선부터 시작해야만 했다. 거짓을 쓸어버리고, 관념에 매달린 구습을 없애버리는! 김의겸은 얼른 기억을 지웠다.

"새로운 세상? 그렇지 암. 새로운 세상이지."

토요토미도 김의겸도 고개를 끄덕이며 웃었다.

"참, 오늘은 어제 다 못 먹은 사찰음식을 먹는다고 하지 않았나?"

토요토미가 김의겸에게 다가왔다. 술 냄새가 훅 끼쳤다. 김의겸은 바깥에 대기하고 있을 부하들을 향해 박수를 쳤다. 궁녀였던, 여인이 들어왔다. 남송색 치마를 입은 그녀는 언제든 흐트러짐이 없었다. 그녀가 나른 쟁반 위에는 각종 나물이 정갈하게 담긴 그릇이 놓였다. 소리 없이 그러나 빈틈없는 동작으로 그릇을 상 위에 배열했다. 그때 문을 두드리며 "가네모토 상, 가네모토 상" 하는 다급한 외침이 들렸다. 토요토미가 눈을 둥그렇게 떴다. 여인이 나가 다시 들어왔다. 그녀의 손에는 전서가 들려 있었다. 재빨리 전서를 펼쳤다.

허. 김의겸의 입에서 탄식이 터졌다.

"무어냐?"

글을 읽을 줄 모르는 토요토미는 전서에 놀란 김의겸이 꽤나 신경 쓰이는 모양이었다.

"고니시 다이묘의 별동대가 해인사에서 전멸했다고 합니다."

"고니시의 별동대? 무어라, 전멸?"

토요토미는 김의겸의 말에 껄껄껄 웃었다.

"농담이 지나치네. 그깟 촌구석 절에 무에 그리 겁날 게 있다고, 그런 농담은 하덜 말게나."

토요토미가 오히려 웃으며 타박했다.

"전멸했다고 합니다. 고니시 장군의 오른쪽 귀 일부가 잘려나가는 상처까지 입었다고 합니다."

"해인사가…… 그럼 팔만대장경은?"

"어차피 조선은 토요토미 간바쿠의 것입니다. 그때 가서 취해도 늦지 않을 것입니다. 조금 더 기다리는 것이 어떠하겠습니까?"

김의겸에 말에 토요토미의 안색이 어두워졌다. 토요토미는 상 위에 있던 나물을 오른손으로 쓸어버렸다. 쨍그랑 소리를 내며 놋그릇과 자기가 바닥에 엎어졌다.

"사찰음식 따위, 맛이 없네그려. 오늘은 이만하세. 고니시의 귀를 베? 거허, 장수들에게 명령하겠네. 조선인들의 귀를 베어 오라고 하겠네. 고니시가 당했다는데, 암, 내가 가만히 있을 수는 없지."

벌떡 일어선 토요토미는 휘청거렸다.

고니시가 이끌었던 해인사와 달리, 카게무샤 고시니가 충주를 점령하던 밤이었다. 카게무샤는 그 전투에서 조령에 매복이 있으면 전투가 패한다며 거듭 첨병을 보내 출전하지 않으려 했다. 역할을 잘 해냈다. 카게무샤는 고령을 지나 신립에게 바람잡이 역할을 했다. 폭우가 내렸다. 폭우는 논과 밭을 넘었다. 길은 길이 아니게 되고 더불어 땅은 땅이 아니게 되었다. 성급히 출병한 신립은 폭우에 갇혔다. 좌우에서 감싸고 들어온 소 요시토시와 야나가와 시게노부의 병력에게 궤멸했다. 이 밤부터 만 하루가 지난 시간까지였다.

왜란이 발발한 뒤 명국이 참전했다. 정명가도라는 일본의 요구가 명을 자극했다. 참전한 여러 장수 중 심보경은 유격장군으로 임명되었다. 시간이 흘러 심보경은 휴전과 강화를 논의하는 임무마저 맡기에 이르렀다. 심보경과 대면한 장수는 고니시 유키나카였다. 심보경도 고니시도 조선 정벌 전쟁에는 회의적이었다. 특히 고니시가 그랬다. 두 장수는 어떻게든 소모적인 전쟁을 종식시켜 보려 머리를 맞댔다. 명나라의 입장을 대변하는 심유경도, 또 일본국의 입장을 대변하는 고니시도 서로의 주장에 상당한 트집과 난해한 요구가 존재하는 사실을 알았다. 먼저 토요토미는 명나라 황녀를 정실도 아닌 후궁으로 달라 요구했으며 경상, 전라, 충청, 강원에 이르는 조선의 절반을 차지하겠다 으름장을 놓았다. 반면 명나라는 조선에서 물러가라 요구했다. 인질로 잡은 두 왕자 임해군과 순화군을 비롯해 많은 전쟁 노예를 송환하기를 원했다. 명나라는 토요토미가 전쟁에 대해 사죄하기를 바랐다. 사죄의 한 방법으로 조공을 권했다. 조공에는 은이 포함되었다.

실로 극명한 입장 차이였다.

명나라는 이종성을 정사로, 심유경을 부부사로 일본국에 가도록 명했다. 전쟁 와중에 목숨이 위태롭다 여긴 이종성은 도망을 가버렸다. 일대 혼란 중 부사였던 양방형이 정사가 되었다. 심유경이 부사로 승진했다. 사절단이 가토의 판옥선에 올라 동해를 건넜다.[18] 이런 가운데 실무 담당자였던 심유경과 고니시는 서로의 요구를 교묘히 속였다. 서로가 알고 꾸민 간계였다. 토요토미와 대면한 자리에서 토요토미의 가신인 사이쇼 조타이가 명의 칙서를 그대로 읽었다. 토요토미가 대노했다. 명과 일본을 상대로 했던 사기극, 심유경과 고니시의 간계가 드러났다. 심유경은 이로 인해 같은 명나라 장수 양원에게 결국 능지처사를 당했다. 고니시 역시 목이 잘릴 위기에 처했다. 다만 토요토미를 대변하는 상징성과 충성을 의심하지 않았던 여러 장수의 만류로 목숨만은 부지했다. 토요토미 역시 비밀 임무에서 실패하고 죽을 뻔했던 고니시의 충정을 모르는 바는 아니었다. 그가 화의를 주장하고 굳이 문서를 조작해서까지 전쟁을 멈추려한 의도도 짐작하는 바가 있었다. 토요토미는 은근슬쩍 부하들의 청을

---

18 「선조 수정 실록」 선조 29년 5월 1일 정묘 1번째 기사 : "가등청정이 목채(木寨)를 태운 뒤 군대를 철수하여 바다를 건너갔다. 명나라 조정이 봉왜부사(封倭副使) 양방형(楊邦亨)을 정사 (正使)로 삼고 심유경을 부사로 삼았다. 유격 진운홍(陳雲鴻)이 칙서를 갖고 와서 이를 선포하였다." 양력 1596년 5월 27일의 일이다.

들어주는 형태로 고니시를 살렸다.

한 해가 지났다. 여름에 이르자 토요토미는 재차 조선 출병을 명령했다. 이를 위해 오사카 성에 모인 장수들 사이에 긴장이 감돌았다.

"이번에는 확실히 명을 쳤으면 하네. 그러니 조선 따위 완전히 박살을 내주게. 조선인들을 얼마나 죽였는지 알려면, 그래, 코도 베어 버려. 귀도 베고."

토요토미의 말에 다이묘들이 당황했다. 조금은 실성한 듯한 명령이었다.

"얼마나 출병이 가능한가?"

토요토미가 물었다.

가토 기요마사와 구로다 나가마사, 나베시마 나오시게, 시마즈 요시히로, 쵸소카베 모토치카, 하치스카 이에마사에 이르는 2군에서 7군이 도합 육만 육천 명이 넘는 병사를 약조했다. 후방을 담당하고 교섭을 위해 8군인 우키다 히데이에는 사만 명의 병사를 준비했다. 목숨이 위태로웠던 고니시 역시 일만오천 명에 이르는 대군을 징발하겠다 말했다.

"일단 이순신의 그림자만 보여도 싸움은 피하도록 하게나."

토요토미도 익히 이순신의 명성을 알고 있었다. 해전에서는 이순신과 싸워 승산이 없다는 이야기가 속속 다이묘를 통해서 확인되던 탓이다.

"이순신이 모든 바다를 책임질 수는 없지 않습니까. 이순신만 잘

피하면 육지는 연전연승, 속전속결일 것입니다."

가토가 목소리를 높였다. 몰락에 가까운 고니시의 상황으로 가토는 우쭐했다.

"암요, 육지에서는 거리낄 장수가 없습니다."

비교적 신중한 우키다 히데이에조차 장수들을 독려하는 말을 꺼냈다.

"아니요, 아니요 틀렸습니다."

고니시는 두건을 풀었다. 교묘히 가려졌던 오른쪽 귀가 나타났다. 귀의 일부가 짓무르듯 떨어져 나갔다.

"이게 왜 그랬다 생각하십니까? 단 오백 명의 승려에게 저의 일만 이천 별동대가 당했습니다."

"네가 무능한 탓이겠지!"

고니시와 앙숙을 이루는 가토가 비난했다.

"여러분들에게 승병들이 중심이 된 의병이 어떠했습니까? 특히 합천 지역을 중심으로 일어났던 의병들은 여러분들을 죽음에 이를 정도로 괴롭히지 않았습니까? 부대는 패퇴하고 몇몇 다이묘는 목숨을 잃기도 했지요."

고니시의 말에 동의한다는 듯 다이묘들이 고개를 끄덕였다.

"합천을 중심으로 한 의병, 특히 승병들의 사부가 바로 소암입니다. 소암대사!"

소암? 장내에 다이묘들의 목소리가 높이 울렸다.

"암요, 소암대사. 바다에서 이순신의 그림자만 보여도 피하라고요? 그럼 땅에서는요? 아십니까! 조선 땅에서 소암대사를 이길 자는 없습니다. 그림자요? 암요, 소암대사의 발소리만 들려도 피하십시오. 그림자를 봤을 때는 늦습니다. 이렇게 귀 정도로 끝나지 않으려면요!"

고니시가 맹렬한 기세로 말을 맺었다. 그의 눈에는 해인사의 그날이 생각나는 듯 먼 어디인가를 응시했다. 고니시의 말에 오사카 성 천수각에는 비좁을 정도로 급작스러운 침묵이 들어찼다.

『소암유록』을 쿠마 몬 책 꺼풀로 감쌌다. 윤정에게 주는 쿠마 몬은 이것으로 땡 치기로 했다. 검색대를 통과하는데 공항 직원이 유심히 덕남을 보았다. 일본으로 입국할 때 마주친 남자였다. 유난히 귀찮게 굴었다. 이것도 인연이려나.

"이름이, 타 노리오가 됩니까?"

"아닙니다. 전덕남이라고 읽습니다."

"타 노리오, 타 노리오가 맞는데 말이죠."

"지가이마쓰!"

아뿔싸. 덕남은 그만 남자에게 일본어로 대응하고 말았다. 한국어로만 말했으면 아무렇지 않았을 것을.

"일본어를 잘하시는군요."

"어려서 일본에서 자랐거든요."

남자는 만족한 듯 고개를 끄덕였다. 남자는 여권을 건네주기 전

여권 사진의 머리 부분을 손가락으로 두드려댔다. 보기에 따라 머리를 때리는 모양새였다. 왠지 서너 번은 얻어맞은 기분이었다. 비행기에 오르기까지 별다른 이상 징후는 없었다. 비행기에 오르고서야 깜짝 놀라고 말았다. 이십여 명의 아이들이 서울로 수학여행을 떠나는지 시끌벅적했다. 부모들과 아이들, 거기에 인솔 선생님까지 그야말로 아수라장이었다.

"전쟁터가 따로 없구나. 죽었다 깨어나도 너희들은 못 키우겠다."

푸념을 던지며 자리에 앉았다. 그때 한 아이가 아오타에게 다가왔다. 아이는 덕남을 보더니 발그레 웃었다. 왠지 그 웃음이 덕남의 마음을 흔들었다. 덕남은 지갑을 뒤져 만 원짜리 한 장을 건넸다.

"일본 돈으로 천 엔쯤 될 거야. 한국 가거든 맛있는 거 사 먹어."

일본어로 말했다. 아이는 두 손으로 돈을 받더니 고개를 숙였다. 금세 뛰어가더니 아이가 장난감 하나를 가져왔다. 척 봐도 싸구려 로봇이었다. 아이의 로봇은 싸구려라는 덕남의 인상과는 반대로 반질반질했다. 꽤나 소중히 다루었던 장난감이 분명했다. 아이가 "아저씨, 잠시만." 하고 로봇의 다리를 쫙 벌렸다. 로봇은 그대로 변신해서 칼 모양으로 바뀌었다.

"야, 칼 모양은 비행기에 가지고 타면 안 돼."

"몰라 나는. 아저씨 주려고. 가져."

아이는 덕남의 손에 칼을 쥐어 주고는 미련 없이 자리를 떴다.

"쿨하네, 고 녀석."

덕남은 아이가 준 로봇을 다시 변신시켰다. 손바닥으로 던지고 놀다 일어나 가방에 넣었다. 씁쓰레했던 조금 전과 달리 로봇에 괜히 기분이 좋아졌다.

네 시간이 지날 무렵, 덕남은 인사동으로 돌아왔다. 책에 대한 연구자들이 즉각적으로 모였다. '바한모'가 가진 네트워크 덕분이었다. 젊은 소장파 학자부터, 대학교수, 자글자글한 주름에 저승꽃이 보이는 향토사학자까지 모였다. 자리를 중재하는 의미로 윤정도 함께였다. 오늘은 개나리처럼 노란색 블라우스로 멋을 냈다.

『소암유록』은 일기였다. 내용 그대로를 보자면 충무공이 쓴 『난중일기』에 비할 만큼 자세한 묘사로 일본군이 팔만대장경을 취하기 위해 침공한 이야기를 기록했다. 여기서 그치지 않고 해인사 승려들이 합천을 중심으로 의병장으로 거듭난 이야기까지 적혀 있었다. 특히 광해군의 분조를 도운 조평사에 대한 이야기는 꽤나 진지하게 기술되었다. 해인사 승려들, 그들의 전쟁이었다. 임진왜란 중 몇 번이고 왜장들이 해인사를 침략했다. 소암은 침략에 맞서 오롯이 해인사를 지켜냈다.

"본격적인 의병, 특히 해인사 승병이 합천을 중심으로 전국으로 뻗어 나간 최초의 기록이 되겠네요."

"아무렴요. 지금까지 의병에 대한 기록은 『난중잡록』이나 몇몇 후전하는 기록이 다였거든요. 『조선왕조실록』이나 『승정원일기』에는 왕이 도망하는 것까지 기록했지요. 『승정원일기』는 불에 타버렸습니다만 이런 민초들의 기록, 특히 강점기 분서갱유로 사라진 역사서나 숭유억불 정책으로 인해 기록에서 제거되거나 굳이 기록하지 않은 이런 승려들의 기록은 값어치가 있지요. 유일하고 무이할 테니까요."

소장파 학자에 이어 나이 지긋한 학자가 연이어 말했다.

그랬구나. 전덕남은 고개를 끄덕였다. 청전덕남, 같은 이름을 가진 남자가 등장하는 것은 운명일까. 아니면 그저 우연일까. 하긴. 기록이 사라지면 알아낼 수 없는 것들은 영원히 묻히게 된다. 형인 일한은 강점기에 동원된 조선인의 기록을 찾아 헤맸다. 몇십만 명, 아니 백만 명[19]이 넘을지 모를 강제동원에 관한 기록은 조직적으로 파기되었다. 상당한 친일파가 이에 관여했다. 일한은 분노하고 애통해했다. 위안부로 몇 명이나 끌려갔는지, 강제노역에는 몇 명이나 동원되었는지. 임진왜란, 정유재란 시기 조선에서 끌려간 노예는 정확한 추정이 불가능했다. 육십만 명 이상이라고 주장하는 학자도 있었다. 이들 중 이십만 명 이상이 주요 기술자로 추정되었다.[20] 당시 추정 조선인 인구는 적게는 육백만 명, 많게는 팔백만 명 정도였다. 인구의 십 분의 일이 노예로 끌려갔던 것이다. 더불어 임진왜란으로 사망한 숫자는 추정조차 불가능했다. 상당한 사학자들이 사십오만 명에서 오십만 명 사이로 추정하지만, 근거가 빈약했다. 임진왜란 당시 의병에 관한 기록은 전무하다시피 했다. 『난중잡록』에 기록된

---

19 2019년 강제징용을 연구하는 몇몇 시민단체에서는 강점기에 동원된 총원이 150만 명에 이르는 것으로 추산했다. 그리고 이들 중 상당수는 사망한 것으로 보고 있다.

20 전통적인 사학계에서는 적게는 2만 명, 많게는 10만 명 정도로 추정한다. 확인이 가능한 추정치이므로 보수적일 수밖에 없다. 다만 몇몇 이야기를 합쳐도 조선인 노예의 숫자는 이를 능가하고 만다. 역사학계 전체에서 이에 대한 연구는 더욱 활발해져야 할 것이다.

장수들이 거의 전부였다. 다만 구전되는 이야기는 이를 훨씬 넘어섰다.

덕남에게 소암에 관한 이야기를 전해 주었던 목사이자 사학자인 윤병석의 이야기도 구전에 불과했다. 『소암유록』은 구전에 관한 끄나풀을 붙잡았기에 가능했던 일이었다. 『소암유록』을 가져오는 대신 그에 상응하는 일본의 책 한 권을 두었다. 학자들이 매기는 값어치가 불어날지 줄어들지는 알 수 없었다. 아무렴, 역사란 알려고 하는 자에게 가치를 두는 법이었다. 보지 않는 자에게 역사는 보이지 않는 법이었다.

"『소암유록』에 관한 내용으로 역사 세미나를 여는 것은 어떨까요?"

"아직은 묻어둡시다."

소장파 학자의 말을 노학자가 말렸다.

"지금의 불교를 뭐라고 말해야 할까요. 숭고한 기록이 오히려 곡해되어 앞잡이 노릇을 하지 않으리라는 보장이 없지요. 조금 더 지켜봅시다."

대학교수 역시 노학자의 말에 동의했다.

학자와 자리에 함께한 윤정이 덕남에게 물었다.

"넌 어떻게 생각해?"

"바로 갈 부분은 분명 바로 가고 있습니다. 하지만 오늘! 소암대사가 이 땅에 살아있다면, 이 나라와 불교를 어떻게 바라볼까요?"

그때 덕남의 가방에서 변신 로봇이 툭 떨어졌다. 변신 로봇은 칼 모양도 로봇 모양도 아닌 어정쩡한 모습이었다. 그랬던 탓에 마치 한자 모# 자처럼 보였다.

   끝.

소설에 붙여

해인사 인근에는 왜구치(倭寇峙)라는 지명이 있다.

"임진왜란 초기 일본군이 팔만대장경을 약탈하러 왔다. 해인사 소암대사가 이끄는 승병들은 이 언덕에서 왜군을 막아냈다."

조선 역사는 이 언덕을 이렇게만 기술했다.

다만 구전은 달랐다. 해인사는 소림사와 대적할 정도로 상당한 승병들을 보유했으며 이들이 상시 노략질에 대비했다는 것이다. 조금 과장되었겠으나 해인사가 고려를 이어 호국불교를 잇는 무승들의 본산이었다고도 한다. 더불어 이러한 말도 전해진다.

"육지에는 소암대사, 바다에는 이순신의 그림자만 보여도 피해가라!"

임진왜란 제1군 대장이었던 고니시 유키나카의 말이라고 한다.

10년 동안 소암에 관해 추적했다. 안타깝게도 역사적 상상을 더해 허구를 구성하는 것 외에는 그림자조차 찾기가 힘들었다. 기록이 없는 역사는 이래서 안타깝다. 사실로 공인하기가 어렵기 때문이다. 아쉽게도 의병에 관한 기록은 전무하다시피 드물었다. 고니시 유키나카의 말도 지금에 와서 근거를 찾아내기가 어렵다. 그러나 왜구치에 얽힌 전설과 이를 방증하는 향토역사가들의 구전은 의미심장하다 하겠다.

참고 문헌

『조선왕조실록』

『칼의 노래』, 김훈 저, 생각의 나무

『징비록』, 류성룡 저, 김문정 역, 미르북컴퍼니

『조선인 60만 노예가 되다』, 주돈식 저, 학고재

『무예제보 번역속집』, 계명대학교 동산도서관 저, 계명대학교 출판부

『병서, 조선을 말하다』, 최형국 저, 인물과사상사

『역사저널 그날 4』, KBS 역사저널 그날 제작팀 저, 민음사

『임진난의 기록』, 루이스 프로이스 저, 정성화 외 1명 역, 살림

『침묵』, 엔도 슈사쿠 저, 임균성 역, 바오로딸

'구마모토 시 국제교류 진흥사업단 홈페이지', 구마모토 시 공식 홈페이지

동아일보, 경향신문, 조선일보 기사 및 '네이버 뉴스 라이브러리'

그 외에 '네이버 지식인'과 '위키백과', 더불어 수많은 사람들의 도움을 받았음을 밝힙니다.

『망우당 유록』의 비밀

20**- 07-18 (수) 14:11

세목 : 흥미로운 제안, 감사드립니다.

보낸 사람 : 장일한〈jang11@******.com〉

받는 사람 : 대한애국문화재단〈ceo@******.net〉

날이 무척이나 덥습니다.

먼저, 일개 서지학자의 제자에 불과한 저를 수소문해 메일까지 주신 점 진심으로 감사드립니다. 몇몇 소장파 역사학자들의 모임인 일명 바한모, '바른 역사를 위한 한국인들의 모임' 회원 중 누군가가 저의 메일을 귀띔한 게 아닌가 여겨집니다. 비밀스럽다고는 할 수 없지만, 최대한 서로의 정보를 조심하는 입장에서 볼 때 충분히 숙고하고 제 연락처를 가르쳐드렸을 것입니다. 그런 연유로 몇 번이고 되짚어주셨던 제 개인 정보에 대한 사죄는 이것으로 갈음하겠습니다.

불필요한 이야기는 최대한 접고 본론으로 들어가겠습니다.

저에 대한 소개와, 의병장 곽재우에 대한 생각을 알고 싶다 물으셨지요. 더불어 이를 알고 싶은 이유는 일본에서 발견했다는 오래된 책 때문이라는 말씀도 주셨습니다. 책에 대해 이것저것 캐묻기 이전에 '왜'라는 물음이 우선되어야 합니다만, 물음은 일단 뒤로 돌리겠습니다.

먼저 저에 대해 소개하겠습니다.

저는 장일한이라고 합니다. 대한민국 최고가 되라는 뜻으로 아버지는 일한이라고 이름을 지었답니다. 단 한 번도 아니 단 하나도 대한민국에서는 최고인 게 없는 사람이라 아버지의 바람은 깨끗이 빗나갔습니다. 저는 인사동 골목에서도 끝자락에 위치한 노포, '모파상模琶商'을 운영합니다. 프랑스 최고의 단편소설 작가이자 자연주의 작가인 기 드 모파상의 이름을 음가 차용한 선대의 장난이 육십 년 넘게 인사동에 자리하리라 예상한 사람은 없었을 겁니다. 부끄럽게도 '비파무늬상인'이라는 한자 뜻이 무엇인지는 저도 정확히 알지 못합니다. 다만 제가 취급하는 물건은 정확하게 압니다.

모파상이 취급하는 물건은, 역사에 대한 추적, 그리고 상상력 덧입히기입니다. 일견 흥미롭게 들릴지 모르겠습니다만 더러 아무것도 아니기도 합니다. 예를 들자면 이런 것입니다.

일연이 쓴 『삼국유사』에는 만파식적에 관한 설화가 등장합니다.

설화 중 "……이 피리를 불면 적병敵兵이 물러가고 병病이 나으며, 가뭄에는 비가 오고 장마 지면 날이 개며, 바람이 멎고 물결이 가라 않는다. 이 피리를 만파식적萬波息笛이라 부르고 국보國寶로 삼았다. 효소왕孝昭王 때에 이르러 천수天授 4년 계사癸巳: 693에 부례랑夫禮郎이 살아서 돌아온 이상한 일로 해서 다시 이름을 고쳐 만만파파식적萬萬波波息笛이라 했다[21]."

만파식적을 설명하는 대목입니다.

설화나 신화로 치부해 현실이 아닌 판타지의 영역으로 간주하기 이전에 살펴볼 대목은 '가뭄에는 비가 오고 장마 지면 날이 개며'라는 대목입니다. 물론 이 외에도 살펴볼 몇몇 부분도 있으나 가장 알기 쉽게 이 대목만을 언급하겠습니다.

가뭄에는 비가 오고 장마 지면 날이 개며!

피리를 분다고 해서 이런, 기적이 일어나지는 않을 것입니다. 다만 이 이후 팔백 년이 지나서야 역사에서 괄목할 만한 하나의 피리가 등장합니다. 바로 황종률입니다. 황종률은 조선 세종대에 이르러서야 정확히 용도가 언급되는 피리입니다. 세종대왕과 박연, 장영실에 이르러서야 완성되는 이 피리는 조선이 세운 거의 모든 도량형의 기준이 됩니다.

도량형의 기준, 이렇게만 표현해서는 머릿속에서 구체화되지 않을 것입니다. 풀어서 설명해 보겠습니다.

피리는 특성상 속이 빕니다. 또한 특정한 음을 내기 위해 구멍을 뚫지요. 이를 지공이라 합니다. 더불어 하나의 악기로 작용하기 위

---

21   「삼국유사」 만파식적 인용

해 적당한 길이로 만듭니다. 먼저 이 피리가 황종률로 불리는 이유는 우리나라의 음악, 즉 아악의 기준이 되는 소리인 황종음을 내기 때문입니다. 음의 기준인 황종음을 바탕으로 편경과 편종을 제작합니다. 편종과 편경은 황종률에 비해 쉽게 만들 수 있기에 관아 곳곳까지 퍼져 아악의 기준 음을 잡아줍니다.

기준 음을 잡는 이 피리는 특정한 대나무로 만듭니다. 이 대나무에 황종음을 내기 위한 지공의 길이를 세분화해서 길이를 통일하는데, 이 황종률 하나의 길이가 결국 한 척이 됩니다. 정확한 길이에 대한 의견이 분분합니다만, 34.6센티미터로 보기도 하며 현재 도량형과 같은 30.3센티미터로 보기도 합니다. 더불어 안이 비어있는, 정확한 길이로 만든 피리 속에는 한 척의 백 분의 일에 해당하는, 즉 일 분에 해당하는 기장 일천이백 알이 들어갑니다. 일천이백 알 기장은 현재로 치면 정확히 3밀리미터 크기라야 합니다. 기장 일천이백 알에 해당하는 부피는 여러 모양으로 다양한 변환이 가능합니다. 이를 사각형에 가두면 한 작이 됩니다. 열 작이 모이면 한 홉이 됩니다. 바로 쌀을 담는 그릇의 기준으로 바뀌지요. 더불어 천이백 알의 기장이 들어가는 피리 내부에 지공을 막고 물을 채우면 그 물의 무게가 여든여덟 분이 됩니다. 이 무게가 또한 기준으로 작용합니다. 이는 약 33그램입니다.

길게 썼습니다만 요약하면 이렇습니다. 특정 지역에서만 나는 대나무로 만든 피리 황종률은 황종음을 내며 길이, 부피, 무게가 특정해 기준으로 삼을 수 있습니다. 농경사회였던 한반도에서는, 이를 바탕으로 정확한 치수가 가능해져 과학적인 농사를 지을 수 있습니다. 또한 악기를 만들 때 정확한 음을 구현할 수 있습니다. 이에 그치지 않겠지요. 단 하나의 피리인 황종률만으로, 응용 방법에 따라 성취할 수 있는 것들은 무궁무진해집니다.

다시 돌아와 만파식적과 황종률을 대비해 봅니다. 판타지, 즉 환상의 영역으로 가버릴 뻔한 만파식적이 꽤나 구체적인 모습으로 바뀔 것입니다. 농경사회였던 한반도에서 길이, 부피, 무게, 심지어 음악의 단위로도 작용하는 피리는 보물이 아니고 무엇이겠습니까. 다만 현존하는 황종률은 찾아보기가 어렵습니다. 조금 속된 표현으로 박연과 장영실마저 일종의 대 명나라 사기극을 꾸며 명의 황종률을 가져오려 했다고 합니다. 오늘, 현존하는 제대로 만들어진 황종률은 없습니다.

황종률에 상상력을 덧입힌 만파식적, 나아가 이를 바탕으로 박연과 장영실이 의기투합해 만들었다는 조선 최초의 황종률을 찾아낸다면 현재 324번에 더해 325번으로 국보가 늘어나지 않으리란 법이 없겠지요.

저에 대한 설명은 이쯤에서 마치겠습니다.

두 번째. 곽재우에 대한 생각을 알고 싶다 하셨습니다.

간단히만 말하자면 임진왜란과 이어지는 정유재란에서 활약한 의병 장수입니다. 단순히 백의종군했다는 상황을 넘어 왜란 중에 상당한 벼슬에 오르기도 합니다. 이에 대한 기록은 『조선왕조실록』에 기록되었으니 정확하게 남았습니다. 허나 선조가 한양을 버리고 몽진하는 아침나절까지도 전임 사관들이 왕의 일거수일투족을 기록했던 데 반해 의병에 관한 기록은 전무하다시피 합니다. 강점기에는 단 오십 명의 의병으로 이천 명에 가까운 일본 제6군의 전라도 진출을 저지한 정암진 전투는 가짜라는 이야기가 나돌기도 했지요.

곽재우에 대한 이야기를 하자면, 먼저 한량에 대한 이야기를 짚고 넘어가지 않을 수 없습니다. 오늘에 와서 '한량閑良'은 강점기를 거치며 상당한 어의 격하가 이루어졌습니다. 국어사전에서도 '돈 잘 쓰고 잘 노는 사람을 비유적으로 이르는 말'로 정의합니다. 다만 곽재우가 살았던 시대로 거슬러 오르자면 이야기는 달라집니다.

곽재우가 살던 시대는 붕당정치가 비극으로 치닫던 시대였습니다. '정여립의 난'만 보아도 간단히 유추할 수 있습니다. 난을 일으켰다는 사건 뒤로, 당시 동인과 서인으로 나뉘었던 위정자들 중 동인은 상당한 폐해를 당합니다. 이런 가운데 붕당 어디에도 속하지 않고 실리적으로 행동하는 양반이 나타납니다. 현대로 치자면 욜로족에 해당할 이들은 웬만한 정치인들과 타협하지 않고 잘 먹고 잘 사는 법에 매진합니다. 주로 대를 이은 지방 토호였던 이들은 그들 스스로 네트워크를 구축합니다. 이들은 벼슬길에 오르지 않거나 벼슬에 크게 욕심을 두지 않습니다. 심지어 곽재우는 지방 양반들의 탄탄한 네트워크 시스템인 향교에도 등록되어 있지 않았습니다. 하지만 임진왜란 전 통신사 부사로 일본을 방문했던 김성일과의 상당한 교류, 더불어 의병 활동을 시작한 곽재우를 도왔던 모습에서, 한량들의 끈끈한 유대감을 짐작할 수 있습니다. 즉 한량은 기존 질서를 따르지 않고 새로운 사상으로 무장한 완전히 다른 양반의 한 흐름으로 보아야 합니다. 곽재우에 관한 설명에서 빠지지 않고 등장하는 '새로운 농경법'이나, '농업 경영으로 인한 부의 축적'은 비단 곽재우에만 그치지 않습니다. 이는 한량이 택했던 실리를 엿볼 수 있는 대목입니다. 비약이기는 하나, 곽재우를 비롯한 이런 새로운 흐름을 주도한 무리, 즉 한량들은 최초의 실학자로 판단해야 하지 않을까요.

주목해야 할 점은, 이러한 한량들이 '수신제가修身齊家'에도 게으르지 않았다는 점입니다. 유교를 숭상하고 불교를 억압했던 조선에서 수신제가라는 말은 사실 기이합니다. 바로 천년 전 신라 불교와 통하는 말이기 때문이지요. 이 점에서 곽재우를 비롯한 신흥 양반인 한량은 단순히 유교를 공부하는 것에 그치지 않고 상당한 혜량으로 불교와 교류했으리라 여겨집니다.

임진왜란이 발발하자 곽재우는 자신의 가솔들마저 황산벌로 향하는 계백의 심정으로 내치려 합니다. 여러 사료에서 언급되었듯이 곽재우는 매부 허언심을 통해 가족도 살리고 전우도 얻는 일거양득을 취합니다. 실로 유연한 모습입니다.

길었습니다만 곽재우는 지리멸렬했던 기존 양반과 궤를 달리합니다. 무예를 익혔고 불교에도 해박하며 실리를 추구합니다. 더불어 같은 뜻을 지닌 이들과 네트워크를 구축해 일종의 동지애마저 끈끈히 하지요. 가장 눈여겨볼 대목은 곽재우가 임진왜란이 발발하자 분연히 행동했다는 점입니다. 역사에 한 줌 이름을 남기기는 커녕 상당히 높은 확률로 죽임을 당할 상황이 확실한 데도 주저하지 않았다는 뜻이죠. 비단 이는 곽재우에 그치지 않고 이름을 남겼든 그렇지 못하고 유명을 달리했든 간에 벌어진 일이었습니다. 우리는 이들을 의군, 즉 의병으로 부릅니다만 곽재우를 비롯한 한량이야말로 시대를 반영한 완전히 새로운 한 흐름이었습니다. '한량'에 대한 연구가 전무하거나 또한 상당한 어의 격하가 이루어진 이유는 강점기 일제가 만든 주작일지도 모르겠습니다. 정명가도를 가로막은 의병에 대한 일본의 적개심은 노골적이었을 터이니까요.

부족하나마 곽재우에 대한 제 개인적인 생각입니다.

솔직히 어떤 일로 저를 찾으셨는지 추측하기 어려우나 앞서 '뒤로 물렸던 왜'에 대한 답변을 주시리라 믿으며 이만 글을 마칩니다.

제목 : 망우당 유록이라 하셨습니까!

보낸 사람 : 장일한〈jang11@******.com〉

받는 사람 : 대한애국문화재단〈ceo@******.net〉

정가청 이사장님.

빠르게 답변을 주셔서 감사합니다. 날씨는 연일 기록치를 갱신하며 무려 섭씨 40도를 넘었다고 합니다. 계시는 오사카 역시 상당히 덥다는 보도가 이어집니다. 폭서에 건강 해치지 않기를 바랍니다.

보내신 답장을 보고 제 눈을 의심했습니다. 『망우낭 유록』이라니요. 이는 실로 고고학적 쾌거가 아닐 수 없습니다. 단순한 기록조차 남기지 않았던 망우당 곽재우는 요즘 말로 소위 쿨하기 그지없다 여겼거든요. 그런 곽재우가 자신의 기록을 남겼다는 것은, 임진왜란 의병사를 다시 써야 할 중대 발견이지 않습니까. 말로만 들어도 가슴이 뛰는 책을 판단해볼 수 있는 막중한 소임을 주신 데 대해 심심한 감사를 드립니다.

현암사라고요?

어떻게 해서 『망우당 유록』이 오사카에 있는 진토종 사찰인 현암사에 유출되었는지는 차치하겠습니다. 다만 현암사 주지스님이 입적을 앞두었고 그런 의미에서 있어야 할 곳에 유록을 두고 싶다는 의중은 참되고 바르다 하겠습니다. 실로 감사한 일이 아닐 수 없습니다.

더불어 분노 또한 점점 커져 가는 것을 느낍니다.

도대체 우리나라의 유물은 얼마나 많이 일본에 밀반출된 것일까요. 어쩌면 저보다 더 잘 아실 테지만 밀반출을 규명하지 못하는 문화재는 돌려 달라 주장할 수도 없습니다. '경천사지 10층 석탑'만 해도 그렇지요. 석탑은 해체되어 일본으로 밀반출되었습니다. 비록 1960년 수교에 앞서 여론 환기를 노리며 선심을 쓰듯 일본에서 건네주었다지만, 석탑 안에 있었을 부장품은 하나도 찾아내지 못했습니다. 우리네 불교 문화를 살필 때 건축한 석탑 안에는 건축 연대나 이와 관련해 안전이나 여러 기원을 바라는 부장품을 넣는 것은 일반적이지 않습니까.

언급해주셨던 『망우당 유록』만 해도 마찬가지입니다. 현재 실물을 보지 못해 망우당이 직접 쓴 책인지, 아니라면 후대가 필사한 것인지, 이도 아니라면 목판으로 찍은 책인지조차 알지 못합니다. 더불어 망우당의 친필이라고 해도 이를 입증할 사료가 없습니다. 안타깝고 아쉽습니다. 다만 정가청 이사장님께서 말씀하셨던 대로 『망우당 유록』이 실재한다면 여러 유의미한 그리고 전문적인 판단을 위해 실물을 볼 수 있도록 허심하여 주시길 간청합니다.

아무쪼록 빠른 시간 안에 오사카를 방문해 인사드리고 싶습니다. 더불어 망우당이 남긴 말을 직접 확인하는 기회를 기다리겠습니다.

제목 : 안타깝습니다!

보낸 사람 : 장일한〈jang11@******.com〉

받는 사람 : 대한애국문화재단〈ceo@******.net〉

이사장님. 안타깝습니다. 당장에라도 실물을 보기 위해 달려가고 싶은 심정은 굴뚝같습니다. 달리 어찌 설명드리겠습니까.

먼저 제게 해주셨던 말씀을 되짚어 보겠습니다. 책이 진토종 사찰 현암사에 있다는 점과, 얼마 전까지만 해도 입적이 가까운 주지스님이 우리나라에 기부하겠다고 하셨습니다. 그런데 현암사 주지스님이 이틀 전 급작스레 입적했다고요. 문세는 대를 이은 주지스님인데 입장을 바꾸었다고요.

기부하지 않겠다는 것인가요? 아니라면 다른 경로로 시장에 내놓겠다는 뜻인가요? 이와 관련해 하나하나 궁금해서 미칠 지경입니다. 어디 거기서만 그치겠습니까. 실로 통곡할 정도로 마음이 안타깝습니다.

무엇 때문에 현암사의 후임 주지가 마음을 바꾸었을까요?

여러 이와 관련한 이야기를 세세하게 들려 주실 수 없겠습니까?

조금 귀찮으시더라도 소상히 알고 싶습니다. 작은 것 하나라도 놓치지 않고 알고 싶습니다. 이사장님께서 귀찮으시겠지만 거듭, 거듭 부탁드리겠습니다.

제목 : 교섭을 해야 할 것 같다고요?

보낸 사람 : 장일한〈jang11@******.com〉

받는 사람 : 대한애국문화재단〈ceo@******.net〉

한국과 일본 불교가 상당히 다르다는 사실은 압니다.

한국이 호국불교를 바탕으로, 대승과 소승이 적절히 섞여 발전해 온 데 반해 일본의 불교는 상당히 토착화되었다고 하지요. 한국에서 도교 사상 상당수가 불교에 흡입, 흡수된 것과 비슷하다 하겠습니다. 다만 숭유억불을 거치며 대부분 산으로 숨어버린 조선의 사찰과 달리 일본의 절은 생활과 밀접히 관련했다고 압니다. 지역 사회에서 유지나 지도자 역할까지 도맡았다고 하고요. 더해서 그들은 신사와 마찬가지로 각기 절을 대표할 물건들을 봉안해 두기도 하니까요.

『망우당 유록』이 현암사에서 신물처럼 여겨진다는 말씀도 충분히 이해할 수 있습니다. 일반인들도 알듯이 일본의 신사나 절은 어떤 의미에서 비슷한 전통을 가졌으니까요. 야스쿠니 신사가 늘 세간에 오르내리는 이유도 아시아 전체를 화마로 몰아 넣었던 2차대전의 전범들을 합사해 두었기 때문이지 않습니까. 나아가 일본의 정치 지도자들이 때마다 이곳에서 참배를 하는 터라 아시아인들의 공분을 사는 것이고요.

각설하겠습니다.

앞서 입적한 주지스님이 기부를 하겠다고 했지만 후임 주지스님이 이를 팔겠다고 한다니 당연히 놀랐습니다. 다만 정가청 이사장님께서 뜻을 가지고 이를 입수하려 끈질기게 접촉하신다는 점에서는 고마움과 존경의 마음이 무한히 일었습니다.

신임 주지가 시장에 내놓겠다고 했다고요? 절의 경영이 어렵고 현암사 입장으로 볼 때는 크게 매력이 없는 서책이라 팔겠다고 했다니 이해는 가지 않지만, 그들 입장은 그들 입장이겠지요. 개인적으로는 어떻게든 가지고 오고 싶지만, 교섭을 맡으신 정가청 이사장님에게 누를 끼칠 수는 없으니까요.

신임 주지가 판매하겠다는 금액이 얼마인지요?

허언이 아니라 진심으로 묻습니다.

경우에 따라 뜻 있는 분들의 유지를 모아 대한애국문화재단에 기부를 하는 형태나, 또는 직접적으로 『망우당 유록』을 구입하는 교섭을 해볼 수도 있지 않겠습니까.

메일을 통해 이렇게밖에 말씀을 드리지 못해 죄송합니다. 중언부언하는 듯해 죄송합니다만, 거듭해서 몇 번이고 역사적인 사료를 위해 나서주신 점에 대해 감사의 말씀을 드립니다. 또한 이사장님께서 여러모로 시간과 비용을 써가며 애써주시는 데에는 저 개인적으로는 대신하지 못해 마음이 아플 뿐입니다. 제가 할 고생을 이사장님께서 하시는 거잖습니까. 아무쪼록 뵙지 못하고 이렇게 금액적인 부분을 언급하게 되어 송구하다는 말밖에 달리 드리지 못하겠네요.

시장에 내놓겠다니, 거두절미하고 금액을 알고 싶습니다. 또한 구매자 입장이라고 한다면 응당 실물을 보아야 합니다. 어떻게 실물을 볼 수 있을지요. 두 가지만 현암사와 교섭해 주십시오.

　더운 날씨에 건강 꼭 챙기십시오. 멀리서 친구가 오는 심정으로 답변 기다리겠습니다.

제목 : 1억 엔이라고요?

보낸 사람 : 장일한〈jang11@******.com〉

받는 사람 : 대한애국문화재단〈ceo@******.net〉

바쁘실 텐데 빠른 답변 주셔서 감사합니다.

현암사 신임 주지가 사진을 찍어줄 수는 있다고 하셨다지요. 오늘 당장에라도 실물을 보고 싶은 마음은 가눌 길 없을 정도입니다. 의병장이었던, 그리고 신흥 양반이었던 곽재우의 사상과 철학을 누구보다 처음으로 본다는 게 얼마나 큰 영광일지요. 생각만 해도 핏속에서 전율이 일고 모공이 서늘해져 소름이 돋습니다.

현암사에서는 대한애국문화재단을 통해 판매하고 싶다고요? 망우당이 남긴 말씀을 입수하기 위해 현암사 신임 주지가 제안한 비용이 1억 엔이라고요?

우리 돈으로 10억 원이 넘는 금액이라 선뜻 구입하겠다 말씀드리기 쉽지 않네요. 다만『망우당 유록』에 관한 이야기가 몇 주에 걸쳐 이어지며 상당한 분들의 관심을 받았습니다. 물론 저희를 이어주었던 '바한모'에 대해 정가청 이사장님이 알고 계시듯 나름대로 비밀스러운 단체입니다. 지금껏 주고받았던 내용과 함께『망우당 유록』에 대한 이야기가 내밀히 진행되는 것은 이해하실 거라 생각합니다.

먼저 이번 메일로 1억 엔에 사겠다는 확답을 드리지는 못해 송구합니다. 다만 메일을 보낸 뒤 곧바로 '바한모' 회의가 열린다는 것과 함께 대한애국문화재단으로 국제 특급으로 택배 하나를 보냈습니다. 보낸 물건은 카메라입니다. 일반적인 스마트폰 카메라는 픽셀 문제로 인해 회의용으로 확대할 경우 사진이 깨집니다. 제가 메모해둔 대로 조리개를 조절하셔서 『망우당 유록』 실물을 다섯 장만 찍어주십시오. 그것이면 충분합니다. 거추장스럽지만 용서해주시기를 바랍니다. 더불어 회의 내용은 파하는 대로 알려드리겠습니다.

몇 번이고 또 거듭해서 감사 인사를 드려도 부족합니다. 아울러 여전히 뜨겁고 무더운 날씨에 몸과 마음이 다치지 않도록 하시기 바랍니다.

제목 : 회의 내용을 공유합니다.

보낸 사람 : 장일한〈jang11@******.com〉

받는 사람 : 대한애국문화재단〈ceo@******.net〉

휴. 큰 한숨이 터집니다.

한국 역사에 뜻이 있는 여러 분들이 모였습니다. 격론이 벌어졌지요. 이유는 간단합니다. 실물을 본 적이 없기 때문이지요. 실물만 보고 이야기한다면야 어쩌면 더 많은 금액에도 고개를 끄덕였을지 모르겠습니다.

임진왜란을 이끈 상징적인 의병장인 곽재우가 기록한, 임진왜란에 대한 내용일지, 아니라면 그와 관련한 신변잡기일지 등등, 내용을 모르는 시점에서야 가격도 또 진위 여부도 알 수 없기에 막연한 회의밖에 나눌 수 없었습니다.

그래도 다행입니다. 대한애국문화재단 정가청 이사장님을 믿고, 또 실물이 진짜라는 전제하에 독지가가 기부한 10억 원으로 구입하기로 결정했습니다. 다만 앞에서도 언급했듯이 『망우당 유록』이 진품이라는 전제가 우선할 경우입니다.

반가운 말씀 전하게 되어 저도 오랜만에 마음이 홀가분합니다. 현암사에서는 저희와 직접 거래를 하는 게 아니라 대한애국문화재단을 통하고 싶다니 교섭에 대한 전권도 맡기자 결론이 났습니다. 큰 금액을 보내는 것이 문제인데요. 한국에 대한애국문화재단의 지사를 두거나 여러 사람을 통해 쪼개서라도 돈을 보내자 결론이 났습니다. 즉 어떻게든 『망우당 유록』이 진품이라면 최대한 빠른 시일 내에 1억 엔의 돈을 지불하기로 했습니다.

그간 힘드셨을 텐데 여러모로 도움을 주셔서 감사합니다. 아울러 부탁드렸듯이 카메라가 도착하는 대로 사진만 찍어주십시오. 특별할 것 없습니다. 제 메모대로만 찍어주시면 됩니다. 메일로 첨부파일 보내주시면 감사하겠습니다.

주말 잘 보내십시오. 소식 기다리겠습니다.

제목 : 모든 정보가 업데이트되었습니다.

보낸 사람 : 장일한⟨jang11@******.com⟩

받는 사람 : 대한애국문화재단⟨ceo@******.net⟩

대한애국문화재단 이사장 정가청 님.

모든 정보가 업데이트되었습니다!

무슨 말씀인가 하실 겁니다. 이사장님은 아직 사진만 찍었을 뿐 저에게 첨부파일로 보내지 않으셨을 테니까요.

먼저 사진을 찍는 시도(!)를 해주셔서 감사합니다.

제 메모에는 『망우낭 유록』의 특정한 페이지를 조리개를 조절해 다섯 번 찍어 달라.' 부탁드렸을 겁니다. 메모에는 조리개 값 역시 적혀 있었지요.

앞서 설명을 드리자면, 최근 카메라 렌즈는 비약적으로 발전하고 있습니다. 최근에 천경자 화백의 '미인도' 감정 사건이 한국을 발칵 뒤집어 놓은 사실을 아시리라 봅니다. 여기에 감정을 위해 프랑스에서 한국까지 왔던 감정 회사는 '뤼미에르 테크놀로지'입니다. '뤼미에르 테크놀로지'에서 사용한 감정기법은 유화를 단층으로 심층 분할해 촬영하는 방식입니다. 물론 여기에는 천경자 화백이 그린 '진품'인 다른 그림이 표본으로 사용됩니다. 이를 통해 유화가 칠해진 방식이나 물감의 두께 등 화백 당신조차 몰랐던 부분을 과학적으로 분석해내지요. 여기에 사용되는 카메라는 멀티스펙트럼 필터를 사용하는 렌즈입니다. 이 렌즈는 일반적인 광각이 아니라 적외선과 자외선을 적절히 사용하거나 복합해 사용하기도 합니다. 놀랍게도 천경자 화백의 '미인도'를 분석하기 위해 무려 1,650개로 단층을 촬영했습니다. 한국의 감정 팀과 검찰은 '미인도'를 진품이라 주장합니다만 상당한 관점에서 위작일 가능성이 제기되었습니다. 특히 한국 감정 팀과 검찰을 제외한 외국에서는 프랑스 '뤼미에르 테크놀로지'의 과학적인 분석 기법에 상당한 힘을 실어주고 있습니다.

일례를 들어드렸을 뿐이지만 이러한 감정기법이 가능토록 해주는 것은 렌즈의 비약적인 발전 덕분입니다.

렌즈의 발전이 광학기기의 발전을 의미한다면 또 다른 발전도 하루가 다르게 이루어지고 있습니다. 무엇이냐고요? 바로 IT 분야입니다. 통칭해서 IT라고 해버리면 모르는 분들이 허다하더군요. Information Technology, 즉 정보 및 인터넷 관련 모든 기술을 통칭합니다. 제가 이 말을 적는 순간 이사장님은 뒤통수를 맞았다 여길지도 모르겠군요. 네, 제가 보낸 카메라는 WiFi 환경뿐만 아니라 데이터 통신을 통해 곧바로 찍은 사진이 업데이트됩니다. 이 말씀은 이사장님이 제가 보낸 카메라로 사진을 찍는 순간 사진이 특정 웹하드에 저장된다는 사실을 의미합니다.

이사장님은 제가 보낸 카메라로 모두 38장의 사진을 찍었습니다.

먼저 첫 번째로 찍었던 사진은 빈 테이블이었습니다. 유리 테이블 아래에 재떨이와 함께 『주간문춘』이라는 옐로 저널리즘으로 유명한 잡지가 보였습니다. 이 사진이 특별히 의미하는 바는 없습니다. 다만 이 사진이 가진 속성이 있습니다. 사진은 오사카부 오사카시 주오구 1초메에 있는 특정 절에서 찍었더군요. 날짜는 어제인 8월 14일 저녁 19시 24분이었습니다. 이 사진을 필두로 특별히 의미 없어 보이는 사진 다섯 장을 연이어 찍었습니다. 이유는 간단합니다. 제가 부탁했던 조리개 값을 실험해보기 위해서였지요.

상상이 됩니다.

아마 이사장님은 사진을 찍은 뒤 조리개 값마다 어떤 식으로 사진이 달라지는지 알아보려 했을 겁니다. 사진을 찍었어도 이상한 점이나 특기할 만한 내용을 사진에서 알아내지는 못했겠지요. 사실 조리개 값은 트릭이었습니다. 이사장님께 가짜 미끼를 던져준 것에 불과했거든요. 아마도 사진을 찍고 별다른 이상이 없다는 사실에 안도하셨을 겁니다. 이 역시 뒤에 다루겠습니다.

47분이 지난 20시 11분에 다시 사진이 찍힙니다. 놀랍게도 업데이트된 사진에는 고서 한 권이 찍혔더군요. 완벽히 조선에서 간행한 서책 모습입니다. 특히 놀랐던 점은 제목 때문입니다. 『休靜雜錄』입니다. 네, 저는 제목을 보고 깜짝 놀랐습니다. 『휴정잡록』이라니요. 이는 서산대사가 남긴 글이라 짐작하게 합니다. 앞서 서산대사는 『선가귀감(禪家龜鑑)』과 『청허당집(淸虛堂集)』을 남겼으나 그 외에는 전하는 글이 없습니다. 만약 서산대사가 직접 남긴 글이라면 대한민국 불교계가 환영할 만한 일대 사건이 아닐 수 없습니다. 특히 그의 생애에서 의심할 만한 당취黨聚 관련이라면, 유교 국가에 대항하려 했던 불교 집단에 대한 거사로 번질 수 있어 초미의 관심을 끌게 됩니다. 그게 아니라 해도 임진왜란에 대한 승병의 기록, 또는 의병에 대한 기록이라 해도 이는 엄청난 사료로 기능합니다.

당연히 놀랐습니다. 다만 이 이야기는 뒤로 미루겠습니다. 더불어 찍은 사진은 확인만 해본 뒤 삭제했지요. 이 정도까지 IT 기술은 발달했습니다. 더불어 앞서 찍은 사진 역시 한꺼번에 삭제합니다.

5분 뒤인 20시 16분이 되었을 때 다시 사진 한 장이 업데이트됩니다. 사진에 찍힌 책은, 네, 『망우당 유록』이었습니다. 사진이 업데이트되었다 알림이 왔을 때 저는 거의 실시간으로 확인했습니다. 그만 꿀꺽 침을 삼키고 말았지요. 책 이름을 본 순간에는 손에 감각이 없을 정도였습니다. 앞서 『휴정잡록』에 놀랐던 만큼이나 『망우당 유록』에도 놀랐습니다. 이번에도 이사장님은 조리개 값을 조절하며 사진을 찍고 삭제하셨습니다. 아무래도 표본이 적을수록 좋다고 판단한 때문이겠지요. 아니라 해도 삭제한 사진을 두고 왈가왈부할 마음은 없습니다. 물론 제 웹하드에는 사진이 존재합니다만.

이어서 책을 펼친 채 사진을 한 장 찍습니다. 딱 한 페이지를 부감으로 찍었더군요. 이 한 페이지를 조리개 값을 달리하며 28번을 찍었더군요. 오늘에야 메일을 보내는 이유는, 비록 한 페이지뿐이라 해도 내용에 대한 정확한 분석이 필요해서였습니다. 내용은 놀라웠습니다. 곽재우가 매부 허언심과 처음으로 의병을 모으고 이어졌던 첫 전투에 관한 내용이었거든요.

일반적으로 곽재우가 한량이던 자신을 버리고 의병장으로 첫 거병한 날짜는 임진년 을사월 신해일, 양력으로 변환하면 1592년 6월

1일로 봅니다. 이날은 임진왜란이 발발했으나 곽재우가 있던 의령에는 별다른 피해가 없었습니다. 고니시 유키나카의 제1군과 가토 기요마사의 제2군은 경상 좌도를 통해 속전속결, 한양까지 다다르는 전투를 치르던 중이었습니다. 의령은 경상 우도에 속해 며칠 뒤에야 왜군의 발길이 미칩니다.

열사흘 뒤인 1592년 6월 13일에야 곽재우는 첫 전투를 치릅니다. 기록이 남아있기에 확인되는 전투입니다. 평소에도 친분이 두터웠던 초유사 김성일에게 왜군 배 세 척을 공격했다는 답신을 보낸 날이기 때문입니다. 사진은, 『망우당 유록』에서 바로 이 전투를 묘사한 페이지였습니다. 낙동강 하류 언덕에서 곽재우 의병 일행이 전투를 위해 왜군을 살펴보았다는 대목이 적혔거든요.

사진을 보며 내용을 분석하던 학자들은 탄성을 뱉었습니다. 기술 내용이 구체적이고 사진으로 확인되는 종이가 상당한 과학적 분석으로 조선시대 종이라는 데 의견이 모이던 차였습니다. 이 부분은 앞서 언급했던 '뤼미에르 테크놀로지'를 예로 들겠습니다. 제가 보낸 카메라는 렌즈부터가 일반 렌즈가 아닌 적외선 렌즈입니다. 이를 보낸 이유는 종이 분석을 위해서였습니다. 딱 한 장만 찍혀도 사진 속성은 일반 사진의 160배 정도에 해당하는 정보를 담습니다. 조리개 값은, 달라질 때마다 적외선의 투사도가 달라집니다. 다만 사진기 액정에서는 표시되지 않습니다. 조리개의 트릭입니다. 사진은 제가 사용하는 특수한 프로그램에서 적외선 분석을 위한 변환이 가능합니다. 사진을 분석하고 놀랐습니다. 사진 속 종이는 1600년대

조지소에서 만들어진 종이와 특징이 겹칩니다. 무늬, 두께, 붓의 번짐 정도까지 거의 똑같았습니다. 다만 이것으로 확인되는 것은 종이의 연대일 뿐 책의 진위가 아닙니다. 이유는 간단합니다. 임진왜란 당시 조선에서 최상급의 종이를 만들던 기술자 상당수가 노예로 끌려갔기 때문입니다. 이들이 당시에 만든 종이가 지금까지 남지 말라는 법은 없거든요. 특히 조선에서 책을 만드는 방법은 독특합니다. 책으로 보자면 갑절이 되는 종이를 반으로 접어 하나의 장을 만듭니다. 이 장들이 모여 빈 책이 됩니다. 일종의 노트이지요. 이 책을 묶은 끈을 풀어 한 장을 펼쳐 뒤집으면 완전히 빈 종이가 나타납니다. 물론 쓰지 않은 새 책, 즉 빈 노트가 존재했을 수도 있습니다. 또한 사대부들의 경우 종이 두 장을 겹쳐 빈 책을 만들기도 했습니다. 일단 이 부분은 다음을 위해 남겨두지요.

상당수 학자들이 희열에 젖었을 때입니다. 이때 분석을 위해 남았던 학자들 중에 한국으로 귀화한 일본인이 있습니다. 이 친구가 고개를 갸웃합니다. 그가 이 한자, 하고 짚어낸 글자는 바로 언덕이나 고개를 뜻하는 '상峠'이었습니다. '낙동강 하류 고개에서 왜군을 보았다.'라고 표현된 부분이었지요. 곧바로 학자들이 한자를 찾아서 분주해졌습니다. 네, 그렇더군요. 상峠 자를 고개로 표현하는 한자는 일본에만 남은 특이한 한자였던 것입니다.

책은, 단번에 가짜라는 사실이 확인된 것입니다. 그렇다면 '왜'라는 의문이 남게 됩니다. 비록 이사장님과 대면한 적은 없다고 하나 당신은 상당한 진정성을 바탕으로 저에게까지 이르는 준비를 했을 테니까요. 여기서 뒤에 남겨두겠다고 했던, 『휴정잡록』과 『망우당 유록』에 더해 이사장님이 반쯤은 장난으로, 또는 어쩌면 진지하게 에너그램으로 쓴 '정가청'이라는 이름이 학자들 사이에서 회자됩니다. 가토 기요마사加藤淸正에 들어가는 한자를 적절히 조합하면 정가청이라는 이름이 됩니다. 적어도 이름만큼은 너무 안일하고 무심하셨습니다. 여기까지 다다르자 인사동의 힘이 발휘됩니다. 깊이도 유례도 알기 힘들다는 인사동 학자와 고서 상인들에게 두 겹으로 겹쳐진 활자본 책, 즉 특별히 값이 나가지 않는 책을 사간 일본인이 없었느냐는 질문이 던져졌습니다. 반나절이 지나기 전에 답이 왔습니다. 때는 3년 전쯤이더군요. 이러면서 종이 재질까지 밝혀졌습니다. 그러면 반쯤은 장난으로 '정가청'이라는 이름을 쓴 인물은 누구일까. 이 역시 허무할 정도로 쉽게 밝혀졌습니다. 조선에서 초반에 승승장구하지만 쥐까지 잡아먹으며 죽음을 버텨낸 인물이 바로 가토 기요마사였지요. 뼛속 깊이 각인된 패배의 기억에 가토 기요마사는 일본에서도 축성술로 최고라는 구마모토 성을 짓기에 이릅니다. 더불어 임진왜란 당시 활약했던 장수들 중 여전히 성 씨가 남은 후손이 바로 가토입니다. 1억 엔부터 시작해 천천히 가짜 서책을 풀며 대한민국 역사계를 뒤흔들 계획이었을지 모르겠군요.

추정하기에, 당신은 가토 기요마사의 생존한 14대에서 17대 사이 후손 중 한 명이겠지요. 놀라셨습니까? 조금 지나면 당신을 특정해 찾아갈지도 모르겠습니다. 그러니 아무리 한이 서렸다 해도 이래서는 안 되었습니다. 임진왜란으로 인해 스러져간 민초만 해도 230

만 명으로 추정합니다. 이는 조선이 가졌던 주도면밀한 호패제도 때문에 집계가 가능했지요. 이들 230만 명의 목숨을 우습게 아는 짓은 해서는 안 되었던 겁니다.

메일을 작성하는 중에 당신의 정보가 도착했군요. 가토 이치로加藤一郎 씨. 극우 단체 소속으로 가토라는 성도 진짜가 아니군요. 어떻게 알았냐고요? 당신이 처음 찍은 사진에 유리로 된 빈 테이블이 있었지요. 거기에 반사된 당신의 얼굴과 3년 전 대한민국에 입국해 책을 사 갔던 이름, 그리고 오사카에서 활동하는 가토라는 성을 쓰는 사람을 SNS에서 조합한 결과입니다.

어설프고 유치한 장난에 놀아날 뻔했습니다. 아울러 경고합니다. 당신의 유아적인 장난은 분명 처벌을 받게 될 것입니다. 공식적이든, 비공식적이든 반드시. 아 그리고 마지막! 가토 기요마사를 죽음의 위기로 몰아넣었던 장수 중 한 명이 바로 곽재우였습니다. 당신이 아는지 모르겠지만.

그리고! 기다리세요. 곧 찾아갈 테니. 악의적인 장난은, 악의적인 답례가 기다리는 법입니다. 기대하세요. 고통스럽고 무서울 테니.